渇水都市

江上剛

幻冬舎

渇水都市

装幀　平川彰（幻冬舎デザイン室）
装画　久保周史

目次

プロローグ

光が差し込まない部屋には、息苦しいほどの腐臭が満ちている。果物が腐った甘酸っぱい臭い、ゴムが焼けたような鼻腔を刺す臭い、生活臭というには程遠い。それは汗ばんだ男の皮膚の毛穴の一つ一つから体内に染み込んでいく。男はベッドから起き上がり、両手で体を支えると、大きく息を吐いた。まだ死んではいないようだ。そのことを確かめているかのようなゆっくりとした呼吸だ。そしてベッドから離れ、今にも倒れそうな足取りでキッチンへと歩いていく。喉がひりひりと痛い。ひどく渇いている。男は、この数日間、食べ物にありついていない。電気も来ないゴミ箱同然の部屋でじっとしていた。男の命を支えてきたのは、水道の水だけだった。

蛇口を捻《ひね》った。水を飲もうと、男は首を伸ばし、口を蛇口の下で大きく開いた。待った。顎が疲れてくる。しかし水は出てこない。男は耳を澄ました。水道管を勢いよく流れてくる水音を聞き逃さないようにと思った。だが、いくら待っても水音は聞こえてこない。

男は、持てる力を込めて蛇口を捻り続けた。急にがくっと力が抜けた。外れてしまったのだ。手の中にすっぽりと蛇口が入っている。そこから一滴の水が落ちそうになっている。男は目の色を変え、その水滴を受けようと必死で口を開けた。しかし水滴は無慈悲にも男の口ではなく、シンクに落ちた。

「ちきしょう。マジ、止めやがった」

男は、蛇口を投げ捨てた。軌跡は見えない。がさりという音がした。部屋中に積み上げられたゴミの中にでも落ちたのだろう。

男は手探りで部屋の中を歩き、ようやくドアのノブを摑むことができた。ドアを開けた。明るい光が目を射る。外は間違いなく昼だ。まぶしくて手をかざした。焼け爛《ただ》れるほど太陽に熱せられた廊下や壁のコンクリートが耐え難いほど熱い。

隣の部屋から女の悲鳴が聞こえてきた。男がその方向に目をやると、激しくドアが開き、中から若い女が飛び出してきた。乳児を抱きかかえている。

「助けて、救急車を呼んで！」

女は、哺乳瓶を振り上げ、狂ったように叫んだ。

「どうした？」

男は近づいた。

「この子が、この子が」

生まれて間もない乳児の頰や鼻先に青黒い斑点が浮き出ている。紫色に腫《は》れ上がったように見える唇は、すでに息をしていない。

「青斑病《せいはんびょう》か？」

最近、乳児の体に青い斑点が浮き出て死に至る病気が流行《はや》っている。

男は、女が握り締めている哺乳瓶を無理やり奪った。

「な、何するのよ」

女は必死で抵抗した。

「もうこの子には必要、ないよ」

男は、女を蹴飛ばした。女は乳児を抱きかかえたまま、その場に転がった。

男は、哺乳瓶を覆ったゴム製の乳首を剝《は》ぎ取り、捨てた。喉が鳴る。瓶を口に運ぶ。一気にミルクが喉に流れ込む。甘いミルクは命の源だ。生き返った。

女が泣き叫んでいる。

「死んだ子より、生きている俺様が大事さ」

男は、空《から》になった哺乳瓶を投げた。ひび割れた壁に当たり、瓶は粉々に砕け散った。女の悲鳴と一緒に、激しい音がマンションに響き渡った。

男の足下に、風に吹かれてきたように新聞が絡みついてきた。

男は、何気なくそれを拾い上げた。

「乳児に広がる謎の病気」

大きく見出しが躍っている。青斑病の記事だ。廊下に座り込んだ女を見た。子供を抱えたままピクリとも動かない。まるでイエスを抱くマリアの彫刻のようだ。

「市は原因を調査中」と書いてある。一月から三月までの三ヶ月で数十人の乳幼児が死に、その数は今も増え続けている。市当局は市民の不安を解消するためにもなんとかしなくてはならない。

「幼子だけを殺す病気を蔓延させるとは、神様も罪なことをするものだ」

男は新約聖書の中のエピソードを思い出した。それはイエスが誕生したときユダヤ王ヘロデがイエスと同じ時期に生まれたベツレヘムとその近辺の二歳以下の男の子をことごとく殺したというものだ。ヘロデ王は、イエスが自分に代わってユダヤの王になることを恐れ、凶行に及んだのだ。

「乳幼児が死ぬってことは、救世主が生まれているってことかな。誰でもいい。早くここから救い出してもらいたいものだ」

男は呟《つぶや》いた。

いつの間にか女は消えていた。幼子を抱いたままマンションの高みから飛び降りてしまったのだろうか。

「いずれ俺も飛び降りるさ。イエスが来るまで待てないからな」

男は薄く笑った。部屋のドアを開けると、深い闇が、再び男を包み込んだ。

1

剛士《たけし》は、マンションの階段を上っている。エレベータが止まっているのだ。汗が噴出してくる。もうハンカチで拭《ぬぐ》うのも面倒だ。

マンションは北東京市《きたとうきょう》の中心部の旧市街にあった。建物は古びて、あちこちがひび割れを起こしていた。赤錆《あかさび》が染み出し、もうこの建物はとっくに耐用年数を過ぎていることを証明していた。

この旧市街は同様のビルがほとんどだが、決して昔からこれほど薄汚く汚れていたわけではない。

「昔は、あそこのマンションに住むのが夢だったのよ」

老人たちが目を細めて、華やかだった昔を懐かしむのを聞いたことがある。しかし今では廃墟と化したオフィスビルやマンションに最低限の暮らしさえままならない貧しい人たちが住みつき、完全にスラム化している。こういう状態になったのは、北東京市の財政が困窮してからのことだ。北東京市は首都近郊にある人口約十万人の市だ。周囲はまだ自然が残っている田舎都市だったが、最近、周辺都市の環境破壊が進み、人口が増え、膨張し始めていた。それが原因で財政悪化に拍車がかかっていた。北東京市は、財政難から市街地の整備を怠るようになった。当然に建物の老朽化が進み、多くの人が郊外の新市街へ逃げ出した。その後、どこからともなく貧しい人が集まり始め、ここに住み始めた。北東京市としては、スラム化を好ましいとは思っていないが、放置している。住民からの税収などがほそぼそとでも滞らない間は、問題にしないという考えなのだろう。

ドアの前で止まった。剛士がインターフォンを押した。部屋の中にベルの音が響いているのが聞こえる。誰も出てこない。

「しょうがないな」

剛士は肩からかけていたショルダーバッグの中から黒いノートを取り出した。表紙には「水道料金未納者リスト」と書いてある。剛士が勤務するウォーター・エンバイロンメント社（WE社）から水道の提供を受けていながら料金を払っていないリストだ。

剛士は、北東京市水道事業を担っているWE社の社員だ。社員といっても集金を専門に臨時で雇われているだけだ。

ノートを開き、ドアに貼られた表札とリストを照合する。

「ミズカミ・テルミか。これで間違いないな」

剛士はインターフォンを押した。

「ミズカミさん、WE社の者です。いらっしゃいますか」

大声で叫ぶ。中からは何も応答がない。

いないのかな。剛士はドアの上に付けられた水道メーターを見た。数字が動いている。水が一滴でも蛇口から流れ落ちると、数字が変化するようになっている。その数字が激しく変化し、大きくなっている。

「ミズカミさん!」

剛士は中にいることは間違いないミズカミに向かって、再度、大声を上げた。

背後でギャーと烏《からす》が鳴いた。突然だったので剛士が驚いて振り向いた。驚くほど多くの烏が廊下の隅に山積みになったゴミをつついている。まるで辺りは日が暮れたように暗くなっている。

足下に落ちていた小石を投げた。烏は、けたたましく鳴いて、一斉に飛び立った。何をつついていたのだろうと首を伸ばし、遠目に覗き込んだ。ビニール袋を突き破り、中に入っているものをつついて食べていたのだ。

剛士は、ミズカミの部屋のドアから離れてゴミの山に近づいた。饐《す》えた臭いが鼻につく。鼻腔が痛い。鼻が曲がる。

口と鼻を手で押さえ、破れた袋を覗き込んだ。廊下を囲んだフェンスにはずらりと烏が黒い列を作っている。その目は剛士の一挙手一投足に注がれており、もし意に沿わぬことをすれば直ちに攻撃開始する意思を見せていた。

「ぐえっ」

剛士は、吐きそうになった。袋から蠟《ろう》のような透明感のある肌の腕が出ていたからだ。その腕の先の手はおもちゃのような可愛い指を丸めていた。

「ひどいなぁ。赤ん坊じゃないか」

剛士は恨めしそうに烏を睨《にら》んだ。最近、ゴミと一緒に子供を捨てる事件が頻発していた。

「青斑病かな」

病気の原因はわかっていない。

剛士はその場を離れた。警察に電話をするのも面倒だ。どうせ何もしない。

剛士が離れると、烏たちが一斉に袋に群がった。互いに嘴《くちばし》を使い喧嘩を始めるものさえいる。

剛士は再びインターフォンを押した。しかし何も反応がない。ドアを叩くか。右手を振り上げたとき、カチリとドアロックを外す音が聞こえた。覗き穴の向こうから誰かがこちらを覗いている。ドアが少し開いた。

剛士はドアノブを強く握り、手前に引いた。閉められないようにドアの隙間に急いで足を挿し入れた。

以前、この恰好で思いっきりドアを閉められ、ものすごく痛い思いをしたことがあった。会社に帰って調べると、赤く腫れていた。労災を申請しようかと思ったが、印象が悪くなりそうなのでやめた。

同じ目に遭ってはたまらない。剛士はドアの隙間に挿し入れた足を抜いた。

「何よ、うるさいわね」

ドアが大きく開いた。真っ白のパジャマを着た女性が頭からすっぽりバスタオルを被って出てきた。

剛士は、慌ててリストを見た。男性と思っていたのだ。たまたま小学校の同級生にテルミという男の子がいたせいなのだが、すっかりそう思い込んでいた。考えてみればテルミは女性の名前だ。

「ミズカミ・テルミさんでしょうか」

「そうよ、何か用？」

頭を覆っていたバスタオルを取った。ソバージュした髪が、水に濡れて艶やかに輝いている。大海原の波のようだ。きりりと引き締まった顔に鮮やかな黒い眉。瞳は強い光を放っている。剛士は、その瞳に吸い込まれてしまいそうだった。きれいだ……。

「どうしたの？」

テルミが顔を近づけ、手をかざしてきた。

「あっ、すみません！　僕、てっきり男の人だと思っていたものですから」

心臓がどきどきとうるさい。これをときめきというのだろうか。

「思い込むのは勝手だけど……」

「すみません」

「そのリストにWと記してあるじゃないの。それって女性のマークじゃないの」

テルミがリストを指差した。彼女の言う通りだ。Wのマークがある。年齢は二十四歳。剛士より二歳下だ。

「見落としていたみたいです。ミズカミ・テルミは水上照美って書くんでしょうか」

剛士は、手に持っていたリストの余白に字を書いた。

「その通りよ。きちんとデータにインプットしておいてね」

「わかりました」

剛士は、彼女のカタカナ表記の下に漢字で併記した。

「ところであんたの名前は？　一応確認しておくわ」

照美が腕組みをして、睨んだ。

「海原剛士です」

「ふーん、ウナバラタケシ。なかなかいい名前じゃないの。それはそうと、私、WE社の水道なんか使っていないわよ」

「からかわないでください。今、シャワーを浴びておられたのでしょう？　メーターが動いていました。水道を使わないでメーターは動きません」

剛士は水道メーターを指差した。

「ああ、それ？」

照美は横目でメーターを見上げ、

「勝手に動くのよ」

「まさか？」

「私が使った分よりも多く動くように作られているメーターだわ。私のような貧乏人から多くの水道料金を搾取するメーターなのよ」

「そんなことはありません」

いいがかりも甚だしい。きれいな女性なので、うっとりとしていたらとんでもないことばかり言う。

「水道料金を払っていただかないと、止めることになります」

「払わないとは言っていないわ。払うわよ。そんなにしつこく取り立てに来なくてもね」

「では水上さんは、水道管の口径が十三ミリですから基本料金が八千円、未払い月の使用量が四月は六千リットル、五月は五千リットル……」

「だいたい高すぎるのよ。やはりメーターがおかしいと思う。ところでね、私の収入は、毎月二十五万円程度よ。そこからこのボロマンションの家賃を十二万円支払って、食事や交通費や、たまには服も買いたいでしょう？　するとこの基本料金と従量料金はとても払えないわよ」

照美は怒りの表情を顕《あらわ》にした。

北東京市は財政の極端な悪化に苦しんでいた。そこで水道事業は民営化し、ＷＥ社に設備ごと譲渡してしまった。民営化して、水道料金は下がるという市の説明だったが、暴騰といっていいほどの値上がりになってしまった。

普通の家庭の十三ミリ口径の水道管なら民営化前は月間基本料金六百円だった。それがいつの間にか八千円になった。従量料金という使用量に比例した料金も従来は一立方メートル（千リットル）あたり二十立方メートルまで三十五円だった。それが百五十五円になってしまった。照美の場合、水道料金は民営化前の四月なら基本料金六百円に六立方メートル×三十五円×消費税率一・〇五を加えて八二〇円。しかし今ではそれが八九七六円。約十倍だ。

照美が怒るのも無理はない。だから未納者が増え、そのお陰で剛士の仕事があるという循環になっていた。これが社会にとっていい循環なのか、悪い循環なのかは剛士には何も言いようがない。

「すみません。少なくとも剛士が失業しなくてもいいという程度だ。ご不満は重々承知していますが、料金を払っていただけなければ、水道を止めざるをえません」

「でもね。これって市財政が悪化したせいでしょう。その責任は誰が取ったのよ。藤野《ふじの》の責任はどこに行ったの」

北東京市には、大きな特徴があった。それは藤野林太郎《りんたろう》という市長が絶対的な権力を持っているということだ。藤野は、市長を五期二十年も続けている。驚くべきは、彼は市長の座を父から譲られたということだ。北東京市誕生以来、藤野親子が市政のトップに君臨しているというわけだが、それができるのは、この北東京市のほとんどの土地、山林などが藤野家の所有だからだ。北東京市で生活するのは藤野家の支配下に入るというのと同義だった。

スラム街のすぐ近くには豪華な市庁舎がある。ベルギーの王宮を模して造られたその建物は中央に丸い塔があり、それを中心に翼を広げたように事務棟や議会棟の建物が続いている。その前は広い芝生の庭園になっており、真ん中には噴水がある。あまりにも贅沢な市庁舎だと批判された。しかしこれも藤野の趣味だ。

噴水にも藤野の趣味が生かされている。毎朝、七時。モーツァルトの交響楽が流れる。時報だ。それに合わせてそれまで静かだった池に水が噴出し始める。クラシック交響楽に合わせて踊り出す噴水は藤野のアイデアだった。ミッキーマウスがクラシック交響楽を指揮するファンタジアというディズニーアニメがあるが、それを観て思いついたといわれている。

こうした無駄ともいえる豪華な建物や多くの事業が北東京市の財政を圧迫しているのだが、警察からマスコミまで北東京市の全てを藤野が牛耳《ぎゅうじ》っている状況では批判する者は誰もいない。

藤野は、今、六十二歳だ。今年が改選期だが、当然、六期目に立候補する。多選禁止などの声もあるが、この北東京市を藤野以外の者が支配することなど考えられない。

照美のように藤野に対する批判を口にする人もいるが、それが大きな声になることはなかった。

「さあ、私にはお答えしようがありません。もう一度言います。水道を止めさせてもらいます」

剛士は淡々と事務を進めようと決意した。照美につい乗せられて藤野の悪口を一緒に口にしようものならたちまち密告されて、馘首《くび》になってしまう。

「払うわよ。必ず払うわ。だけど水って命の源よ。それを止めるなんてどうかしているわ」

照美は興奮した口調で言った。「私も心苦しいですが、WE社の方針で払わざる者飲むべからずということになっているものですから」

「あなたもひどい仕事に就いたものね。一番、嫌われている仕事でしょう？」

照美は軽蔑したように小鼻を膨らませた。

「大学を卒業してもここしか採用してくれなかったものですから」

剛士は苦笑した。WE社の集金人は世間から蛇蝎《だかつ》のように嫌われている。水道料金を払えなければ、容赦なく水を止めてしまい、人が死のうがどうしようが構わないという態度のせいだ。剛士たち集金人にも言い分はあった。担当地区内の集金の一％が自分の基本給料になるため、集金には力が入るのだ。特に未納分を集金したときは、その困難度合いに応じて一％から十％の臨時報酬が支払われることになっていた。

だから集金人の中には、あえてリスクの高いギャングの事務所に集金に行き、命を落とす者さえいるほどだった。勿論、その際はWE社の武器を携帯した特殊部隊と一緒に行動する。しかし集金人がまず交渉してからでないと特殊部隊は動くことができないことになっているため、集金人が犠牲になることが多い。

こうした危険は他の業種の集金人も同じだった。市税、健康保険料なども今では民間業者が徴収を請け負っており、未納者との間で凄惨な戦いが起きることが少なからずあった。

「水上さんのお仕事は？」

剛士はリストの職業欄にジャーナリストと記載されているのに興味を持った。

「ジャーナリストよ」

照美は自信ありげに微笑《ほほえ》んだ。

「へえ、凄いですね」

剛士は素直に尊敬した。

藤野が支配する北東京市には言論の自由はない。テレビもインターネットも、勿論、新聞、雑誌も何もかも市政批判を書こうものならすぐに摘発されてしまう。自由がなく息が詰まる気がするが、北東京市で生活するということは、藤野の土地に住むということであり、それも当然だと市民は納得している。

そんな中で自分の仕事をジャーナリストと公言できるのは、相当、市政とコネクションがある人物だけだ。ジャーナリストは、反市政ではなく親市政であり、職業としては最も安定していて、豊かな生活をしている人が多い。

しかしどうみても照美はジャーナリストにふさわしい生活をしているとはいえない。なにせ水道代まで滞納しているのだから。

「ちっとも凄くないわ。書く媒体もないんだから。時々、雑誌に企業レポートを書いたりしているだけ。だから水道代も次の原稿料が入ったら纏《まと》めて払うから、今日は、一ヶ月分だけで勘弁してよ」

照美は、バスタオルを首にかけ、両手を顔の前で合わせると、大げさに何度も頭を下げた。

「仕方ないですね。次は、必ず全額払っていただくということで、今日は一月《ひとつき》分だけ頂戴します」

「サンキュウ！」

照美は、明るい声を残して部屋の奥に消えた。財布を取ってくるのだろう。

烏が、また急にうるさく鳴き出した。あの声は、人の心を憂鬱《ゆううつ》にする。彼らの太い嘴が、柔らかい幼児をついばんでいるのかと思うと、世の中の烏という烏を殺してしまいたくなる。

「お待たせ！」

照美が赤い財布を持って戻ってきた。剛士は四月分の請求書を見せ、金額を告げた。あらためてその請求金額を聞き、照美の顔が曇った。

剛士は、素敵だと思った。真剣に請求書を見つめる照美の顔を美しいと感じいってしまった。

「チキショー！　腹が立つわ」

照美は呻《うめ》くように言って、お札を握り締めた手を差し出した。

「すみませんね」

剛士は金を受け取った。

「あれは？」

照美が鳥の群がっている方向に目をやった。

剛士は慌てて視線をそらした。

「鳥が何を食べているか、見たの？」

照美の目が鋭くなった。

「ええ、亡くなった赤ん坊です」

剛士は眉根を寄せた。

照美は目を大きく見開き、両手で口を押さえた。

「青斑病のようです」

剛士は言った。しばらく照美は鳥の群れを見つめていた。

「私、その病気の原因を調べているのよ」

照美は剛士を見つめて言った。剛士はその真剣な眼差しに体を射貫《いぬ》かれるような思いがした。

2

ＷＥ社の本社に戻ってきた。

たいした収穫はなかった。集金計画は未達成だ。憂鬱な気持ちで足取りも重い。

地下鉄の階段を上り、外に出ると、ＷＥ社の本社がそびえていた。見上げると最上階は雲の中だ。四十階建て、高さ百五十メートルのビルは建物が反って見え、自分の方へ倒れてくるような錯覚を抱かせる。

ＷＥ社はフランス資本の水道事業のグローバル企業だ。

もともとは、水をペットボトルに詰めて販売していた。それを足がかりに世界に進出したかと思うと、瞬く間にその国々の水道事業を支配するようになった。多くの国が財政難に陥っており、ＷＥ社に水道の経営を引き受けてもらったのだ。

ＷＥ社の成功を見て、水を事業とする企業が幾つも設立されたが、ことごとくＷＥ社に買収されてしまった。今では世界の多くの国の人々がＷＥ社の経営する水道の水を飲んでいる。

ＷＥ社のアジア進出は、中国から始まった。

中国は経済の肥大化につれて水不足に悩んでいた。巨大な国家を維持していくためには、膨大な水が必要だった。国内の主要な河川から主要都市に水を運ぶ運河を造った。その運河は、水の万里の長城と呼ばれるほど長大なものだった。ところがその運河開発と運営、そしてそれを産業用水や飲用水にして各工場や家庭に運ぶ水道事業に多くの経費が必要となった。そのためなかなか維持・管理が十分にできず蛇口から出る水に汚れなどが混じるようになった。人々は不満を募《つの》らせた。そこにWE社が現れ、水道事業を全てWE社に渡せば人々の不満を解消できると申し出た。勿論政治家や官僚に巨額の賄賂を贈ったことは想像に難《かた》くない。中国はそのセールスに乗せられ、水事業の全てをWE社に渡した。

確かに中国の水道事業財政は目に見えて改善し、水道から出てくる水もきれいで美味しくなった。ところがそれは一時的なものだった。すぐに色々な問題が噴き出るようになった。一番の問題は、水を飲めない人が出てきたことだ。

WE社は、徹底した収益管理を行なっている。多く使えば使うほど水道料金を安くした。それまでの官営水道の場合は水資源保護のため、多く使う人から高額の水道料金を徴収していたが、それが少なくなったのだ。すると工場など水を多く使う人たちは水を際限なく使い始めた。たちまち水不足になってしまった。するとWE社は、水道料金を払えない人々への水供給をストップし始めたのだ。

貧しく、水道料金が支払えない人々は溜め池などの水を使うようになった。その結果、病気にかかる人も現れた。

人々はデモを行ない、水を寄越せと叫んだ。しかしデモは、WE社と組んだ政府によって鎮圧され、人々の願いは聞き入れられることはなかった。今では、デモも少なくなり、水道管を流れる水を盗む盗水という行為によってWE社の支配に抵抗するのみだ。この行為に対して中国武装警察は、盗水者を発見次第発砲するため、命がけの抵抗運動だった。

ＷＥ社が次に目をつけたのは日本だった。ＷＥ社は、日本で水道事業を展開することは勿論だが、その水資源の豊富さに注目していた。日本の水資源は他国に比べて豊富かつ良質だった。それは昔から有名であり、日本が鎖国している江戸時代においてもアメリカやヨーロッパの捕鯨船などが、日本で給水することを楽しみにしていたほどだ。

ＷＥ社は水不足が深刻化しているため、日本の水を高く買ってくれる中国に販売しようと考え、両国を繋ぐ海にパイプラインを敷設《ふせつ》し、日本の水を中国に運ぶことを計画していた。この計画は、すでに公表済みだが、まだ日本政府と交渉中のようだ。

ＷＥ社は日本進出にあたって、さしあたってどこに本社を置くかを考えていた。ＷＥ社は本気で日本での事業を考えていた。その表れとして日本に設置する本社を世界本社にすることを決めた。世界本社候補地として名乗りを上げたのが北東京市だった。ＷＥ社が市に落としてくれる税収入に期待しての誘致だった。勿論、藤野の肝《きも》いりプロジェクトだ。

北東京市の交渉が実り、ＷＥ社はここに世界本社を設置した。このビルも北東京市がＷＥ社に提供したもので、かなりの好条件だったといわれているが、全容は知らされてはいない。

剛士は自分の部署のことはある程度わかるが、ＷＥ社全体がどういう会社で、誰が経営しているのかということさえ十分に把握していない。経営トップのＣＥＯはウォーター・バロン（水男爵）と呼ばれるワン・フーだ。フランス人ではなく華僑だという。彼の日本での住居は、この本社ビルの最上階だといわれている。剛士は、一度も最上階に上ったことはない。集金人では立ち入ることができないエリアだ。

剛士の所属する地域営業部は二十二階だ。剛士は、超高速エレベータの前に立った。最上階へ数十秒以内に到着するというものすごいスピードを持ったエレベータで、透明なパイプの中を飛ぶロケットと称した方が適切な乗り物だ。

すぐにエレベータが到着した。透明なドアが音もなく開く。剛士は乗り込む。緊張する。なかなかこのスピードに慣れない。もしエレベータが急にストップしたら天井か床に激しく打ち付けられ、血反吐《ちへど》を吐くことになるという不安がよぎる。

一気に上昇し始めた。体が一瞬、浮き上がる。あまりの速さに目が回りそうになる。しかし二十二階に上れば、そこから眺める景色は最高だ。スラム街も幼児の死骸も、そうした見たくないものは一切見えない。高層ビル群と周辺の山々がWE社のビルを囲む城壁のように広がっている。あの白亜の市庁舎さえ小さく見える。

空は青く澄み渡っている。この景色を眺めるときだけ、剛士でさえ北東京市の支配者になったような錯覚に陥る。ましてや最上階で毎日この景色を眺めていれば、どれほど気分が爽快だろう。

剛士は、目を閉じ、ウォーター・バロンのワン・フーの思いを想像してみる。この大地の全てを自分の手の中に摑み取った興奮になんだか血が騒ぐ。水を飲むことができない人々の気持ちなどわかるはずもない。

剛士は、一度だけ立体映像でワン・フーの姿を見たことがある。それは剛士とほとんど変わらぬ若い男だった。

ワン・フーはこんなに若いのですかとマネージャーに驚いて聞いた。その時、彼は笑って、馬鹿、これはいったい何年前の姿か誰も知らないんだぞと言った。そして余計なことを考えずに仕事に集中しないと馘首になるぞと付け加えるのも忘れなかった。

　二十二階に着いた。

　透明のドアが開いた。剛士は大きく伸びをした。この超高速エレベータはいつ乗っても疲れる。人間の生理を超えたスピードなのだ。古い映画に出てくるエレベータは自分の手でドアを開けるものもある。ああいうゆっくりとしたものに乗りたい。

　エレベータの外に出た。クリーム色の広いエントランスだ。大きく開いた窓からは市街を見渡すことができる。先ほどまで腐った食べ物の臭いが充満するスラムにいたとは思えない。

　このフロア全域が、剛士のような地域担当の集金人たちの集まるオフィスになっている。集金は銀行経由の自動集金扱いもあるのだが、それらを含めて地域担当が管理している。

　エントランスからオフィスに通じる廊下を歩いていると、マネージャーの山口稔《みのる》が声をかけてきた。

「剛士、どうだった成果は？」

　山口は、剛士よりも年上で三十歳くらいだろう。太っていて人がいい。酒も好きで、よく剛士を誘ってくれる。

「駄目でした」

　剛士は両手を目の前でクロスさせた。

「しょうがねえな。剛士は先月も駄目だっただろう。そのうち馘首になってしまうぞ」

　山口は手刀を首に当てた。

「それはないでしょう。勘弁してください。僕の担当地域には貧乏人が多くて困りますよ」

剛士は、照美の顔を思い浮かべていた。まだ水の滴《したた》っていた黒髪の艶やかさが目に焼きついている。なんとなく不思議な女性だった。

「照美……」

剛士は呟いた。

「何だ？」

山口は訊《き》いた。

「いや、なんでもありません」

剛士は慌てて答えた。照美のことを思っていたので顔が緩んでいたのではないかと気になった。彼女は四月分しかくれなかった。五月分以降が未納だ。すぐに訪ねてみたい。少し浮いた気持ちになった。

「おかしい奴だな。顔が笑っているぞ」

山口は、珍しいものを見るかのように剛士の顔を見た。

「ええ、そんな……」

剛士は慌てて額に右手を当てた。

「さては、いい女に出会ったかな。だまされないようにして集金するんだぞ。実際、貧乏人って奴は、金を払わないためにはどんな手段だって使ってくるからな。自分の体を提供する女もいるくらいだ。たいした連中だよ」

山口は含み笑いを洩らした。集金の手を緩める代わりに女性の体を求める集金人がいることは事実だ。しかしそのことがばれると、WE社を馘首になるだけではすまない。見せしめにリンチを受け、死に至ることもある。実際、研修ビデオでリンチを受けている集金人の姿を見せられたことがある。

山口はオフィスのドアのところに設置された静脈認証システムに手をかざした。ドアが左右に開いた。目の前に真っ白な壁に囲まれたオフィスが広がっている。ここは清潔な病院のようだ。剛士は中に足を踏み入れた。

3

自席についた。各自がブースに分かれている。机と椅子。机上には二台のコンピュータ。一台は顧客管理データを見るため。もう一台は、通常の事務処理とオートコールになっている。テレビ電話を使い、料金の支払いを督促するのだ。一台で顧客データを見ながらもう一方で電話をかけるという具合だ。この電話で支払いに応じてくれる客はいい客だ。それ以外の客には、今日のように直接出向いていき、本人に会い、支払う意思がないなら水の供給を止めることになる。

剛士は、今日の顧客データをコンピュータに打ち込んでいた。この作業だけはきちんとしておかなければ、払った、払っていないというトラブルになってしまう。ミズカミ・テルミも水上照美に修正した。

コンピュータ画面が急に切り替わった。緊急連絡だ。画面にマネージャーの山口の顔が大写しになった。

「どうしましたか？　今、作業中だったのに」

剛士は不満を顕にした。

「すまん。みんな会議ブースナンバー・10に集まってくれ」

山口が言った。

剛士は立ち上がり、フロアの中心部にある会議ブースに向かった。広大なフロアの中心部には円形の会議ブースがあり、いくつかに区分したり、そのまま全体を使用したりしていた。

あちこちのブースからメンバーが立ち上がり、会議ブースに歩いていく。剛士と同じ地域を担当するメンバーは二十名だ。剛士は若手のうちだ。四十代くらいのベテランが多い。担当地区の住民は貧しく、水道を止めようとして殴られたり、蹴られたりすることがあり、若い人は、なかなか勤まらない。

会議ブース入り口の静脈認証システムに手をかざす。セキュリティガードを外すためだ。ドアが開いた。剛士の背後からメンバーの木村幸男が飛び込んできた。

「危ないですよ、先輩」

剛士は言った。

「ごめん、ごめん、いちいち面倒でさ」

木村は苦笑いした。

「ところで何があるのですか？」

剛士は訊いた。

「新人の紹介らしいよ」

木村は言った。

集合したメンバーの前にマネージャーの山口が現れた。

「みんな、忙しいときに申し訳ない。日々の未納代金回収の苦労については、大いに多とする。集まっていただいたのは、他でもない。わがチームに新人が加入することになったので紹介したい」

山口が手を上げた。すると一人の男が集団の中から抜け出てきた。

一番、後ろに立っている剛士にはよく見えなくて背伸びをした。

若い。目鼻立ちがくっきりとしていてまるで少女のようだ。見ている剛士が恥ずかしくなる。

「きれいな顔をしていますね」

剛士は木村に言った。

「そうだな……」

木村も同意した。

男は山口と並んだ。がっしりした山口の側に立つと、一層、細く見える。身長は山口と同じくらいだから百七十五センチほどだ。

「挨拶してくれ」

山口が促した。

「はい」

男は赤く小さな唇を開くと、やや硬質な声で答えた。

本当は女じゃないかと疑いを持ってしまうほど優しい声だった。

「水神喜太郎《すいじんきたろう》といいます。水の神と書いて、スイジンと読みます。WE社に入ってすぐの未熟な私が皆様方とご一緒に難しい地区の担当に任ぜられるとは思っていませんでした。一生懸命やりますのでよろしくお願いいたします」

喜太郎は、丁寧に頭を下げた。

「みんな、こいつは、女みたいになかなかの美形だ」

山口が声を張り上げた。誰かが拍手をした。剛士だけではない。他のメンバーも同じように女ではないかと思っていたに違いない。

「間違いなく男だし、なかなか優秀な将来の幹部候補生だ。オカマなんて掘ろうと考えるんじゃねえぞ」

山口の品のない冗談に喜太郎は頬を染めて、照れている。

「了解しました！」

メンバーの誰かが叫んだ。ドッと笑いが沸き起こった。

「仕事の指導を兼ねて、喜太郎は剛士とペアだ。剛士、しっかり仕事を教えてやってくれ」

山口の声が剛士に突き刺さった。えっ、僕とペア？　剛士は戸惑ったが、妙に嬉しくもあった。

「わ、わかりました！」

剛士は背伸びして手を上げた。

「顔が赤いぞ！」

誰かが冷やかした。

会議ブースに笑いが満ちた。

剛士は、照れながら喜太郎を見つめた。彼は笑っていない。剛士は彼の真面目な表情を見て案外、外見より骨があるかもしれないと思った。

「みんなこのまま待機してくれ」

山口が言った。

自席に戻ろうとしていたメンバーたちはそのまま立ち止まった。

会議ブースを仕切っていた壁が消えた。隣にも人が大勢集まっていた。各地域が会議を行なっていたようだ。それぞれの会議ブースの仕切りがなくなると、広々とした円形ドームになった。

ほとんどの地域担当たちが集められている。二千名近い人間が一つのドームを埋めつくしている。ざわつき始めた。一人が囁《ささや》いても、これだけの人間がいれば、相当な騒音になる。

「いったい何が始まるんでしょうか？」

剛士は、木村に訊いた。

「さあ、俺にもわからないな」

木村は首を傾《かし》げた。

「ワン・フーが現れるんじゃないでしょうか」

剛士の背後で声がした。

「えっ」

振り向いた。そこにはいつの間にか喜太郎が立っていた。

「CEOのワン・フーが何かメッセージを告げるために現れるのではないかと思います」

喜太郎は静かな口調で言った。

「本当か？」

入社以来、ワン・フーの姿を見たのは一度きりだ。

剛士は緊張した。ここにワン・フーが現れるのか。ふと気になり、喜太郎を振り向いた。彼はじっとドームの中央を見つめていた。真面目なその横顔は、とても美しい。本当は女性なのではないかと思ってしまう。それにしてもなぜワン・フーが現れると知っているのだろうか。単なる勘なのだろうか。

「どうしてワン・フーが現れるって……」

剛士は我慢ができなくて喜太郎に訊こうとした。

「先輩、始まりましたよ」

喜太郎がドームの中心を指差した。質問は無視されてしまった。

剛士は話しかけるのを中断して、視線をドームの中心に向けた。そこには天井から青い光が伸びていた。その青い光に吸い寄せられるように、誰もが口を閉じた。ドームの中は急に静まり返った。二千人近くの人間がいるとは思えない。青い光は、海に差し込む太陽光線のように輝き始め、周囲を青く染めた。

「現れますよ」

喜太郎が青い光を見つめたまま言った。

青い光の中に、まず頭、ついで胴体、そして足が現れ、完全な人間の姿になった。

「ワン・フーだ」

剛士は声に出した。

青い光の中で真っ白なスーツに身を包んだその姿は、以前に見た立体映像と同じく若い男性だった。

「変わらない……」

喜太郎が呟いた。

「ああ、昔、見たのと全く変わらない姿だよ」

剛士は答えた。

ふと、何かが引っかかった。剛士はワン・フーの顔と喜太郎の顔を何度も見比べた。

「似ているな」

剛士は呟いた。

「誰とですか？」

喜太郎が言った。

「お前とワン・フーとだよ」

剛士の言葉に喜太郎は薄く笑った。

「ワン・フーが話し始めます」

喜太郎が言った。

ワン・フーは何を語ろうというのだろうか。多くの集金人たちが息を呑んでいた。

第一章　野望

1

地球は水の星だ。宇宙から見ると真っ暗な闇の中に青く澄んだ宝石のような地球が浮かんでいる。誰もが息を呑む美しさだ。遠く何万光年もの宇宙の旅を経てきた者にとってこの青い宝石は何ものにも替え難い癒しだ。

ワン・フーは社員に語りかける前に必ず水に対して思いを馳せる。水の星、地球……。

しかしその大部分は人間が利用できる水ではない。

地球の表面の七十％を覆う海、それは飲めばたちまち喉を焼き、腎臓を破壊する塩の水だ。地球の水の九十七・五％が海水だ。淡水は二・五％でしかない。

地球上には十四億立方キロメートルの水があるといわれている。

しかしこの七十％は氷河、南極の氷、万年雪だ。人間を拒否している世界に存在する。人間が利用しやすい河川や湖沼の水は地球の淡水の〇・三％でしかない。

こんなにも少ない水を人類全体で奪い合っているのだ。

現在は二〇四〇年。あと十年で二〇五〇年だ。その時には世界の人口は九十億人を突破する。百億人の大台に近くなるともいわれている。こうなれば淡水は一人あたり年間百数十トンしか利用できない。

石油はなくても生きていくことができる。しかし水だけはなくては生きていけない。

森がある。深い森だ。緑で息が詰まりそうだ。深呼吸すれば、森の精気が塊のようになって口から入り、喉を開き、胃に収まり、腸を浄化し、肛門から排泄されていく。体が内部からきれいになっていくのを実感する。

足下を涼やかに流れるのは森の精気をたっぷりと含んだせせらぎ。その冷ややかで透明な水は、爪先から足裏、足首、ふくらはぎ、太もも、性器、腹部、胸、首、そして頭と順番に体全体を癒してくれる。時間を忘れて佇《たたず》む。

あれはいったいどこの世界だったのだろうか？

ワンは記憶を辿る。しかしいっこうに思い出せない。あの森と水。あれを思い出すと、胸を掻きむしられそうなほど懐かしい。それはなぜだ？

少年だった。優しい母と少し厳しいが穏やかな笑みの父がいた。美しく着飾った妹が。生意気盛りの弟が。家族というものがあった。あれは夢だったのだろうか。いつそれを失ってしまったのだろうか。水がなくなり、喉が渇き始めた。その時、心まで渇いてしまったのだろうか。

彼は自分のバーチャル映像を眺めていた。その映像は、自分の記憶の中にある自分だ。若い。しかし今の自分も若いはずだ。あの映像通りの姿をしていると思っている。

「わが社は、世界の水道を支配している。わが社の水道管なくしては、人類は水を飲めない」

テレビカメラに向かって声を張り上げた。拳も振り上げてみようか。その方がより直接的に集金人たちに気持ちを訴えることができるだろう。

「わがＷＥ社は、水の帝国である。世界の水を支配している。その尖兵が君たちだ」

彼の目には、多くの集金人たちの緊張した顔つきが見えていた。

「ところがその帝国を揺るがす事態が起こりつつある。わが社の水支配を喜ばぬ者だ」

声を張り上げた。

あらかじめ作られた映像とはいえ、よく出来ている。集金人の誰もが、この若いリーダーがこの会社の中心だと理解するだろう。

「一つは金を払わぬ者たちだ。水道代を払わぬ者は人間のクズだ。生きている必要はない。死んでもなんら責任を感じる必要はない。水道を止めろ。彼らに水を飲ませるな。渇き、飢え、死に追いやるのだ。見せしめだ。もう一つは、わが社の水に対する評価だ。それが落ちている。この国に来たのは水が素晴らしいからだ。それなのにわが社の水を飲めば、病になる。それも幼きわが子が犠牲になる。こんな噂が蔓延しつつある。これはいったいどういうことだ」

青斑病という乳幼児を襲う病気が蔓延し始めた。それは水道が原因だという根も葉もない噂が流れている。それが契約減少に繋がっている。この噂がこれ以上拡大すれば、幾らわが社でも経営の基盤が揺らぎかねない。悪の芽は小さいうちに摘《つ》まねばならない。

「ワン・フー。藤野様が来られました」

秘書のタン・リーがやってきた。彼は若くて優秀な秘書だ。ワン好みの目鼻立ちの整った美しい若者で、どう見ても十代にしか見えない。

「こちらへご案内してください」

彼は、バーチャル映像から目を離し、入り口に体を向けた。

タンが重々しく入り口のドアを開ける。

人懐っこい笑みを撒き散らしながら、藤野が入ってきた。北東京市の市長だ。でっぷりとした体軀《たいく》に脂ぎった顔をしている。ワンの最も嫌いなタイプだ。仕事上で付き合わざるをえないが、彼と会うのは苦痛でしかない。

「ワン・フー、ご機嫌はいかがですか」

藤野がにこやかな笑みを浮かべている。

「藤野さんこそいかがですか」

「私はいつも通りですよ。ワンさんは社員に訓示ですか？」

藤野は、ワンの背後で動いているバーチャル映像を指差した。

「ええ、なかなか厳しいですからね。こうして集金人を激励しなくてはなりません」

ワンは背後をちらりと振り返った。そこでは映像のワンが激しい口調で拳を振り上げていた。

多少、演技が過剰かなと反省しないでもない。

2

藤野との出会いがこの北東京市への進出のきっかけとなった。

水道事業は自治体の責任において行なわれることになっている。水道法という法律が定められ、国民に清浄で豊富、かつ低廉な水を供給する責任が自治体には負わされていた。

また水道事業や水道用水を供給する事業を行なおうとするものは国家政府の認可を得なくてはならないことになっていた。

それは当然のことだった。水は住民の命の源だからだ。安心できる水の安定的な供給は自治の基本だ。そのため水道事業を営むものには、妥当な料金で、安定的に、安全な水を供給する義務が負わされていた。

しかしこれらの当然の義務は財政破綻の前に脆《もろ》くも崩れ去った。自治体は財政難から水道事業を民間に委託するようになった。これは世界中の傾向だった。どの国も自治体は財政が苦しく、民営化できるものは民営化するのがある種のブームになった。水道事業も例外ではなかった。

自治体ばかりではなく国家そのものが破綻に瀕し始め、自治体が水道事業を民営化していくのを放置するようになった。口を出したくとも金がない以上は、黙っているより仕方がないということだ。WE社は、各国政府に取り入り、その国の水道事業を一手に引き受け始めた。日本への進出は北東京市がきっかけで、ここに本社を置き、この国の全ての水道事業を支配しようと考えていた。

ワンは今でも藤野が、フランスのWE社を訪ねてきたときのことを思い出す。今から三年前だ。彼が来ることはわかっていた。そのように仕向けたからだ。

彼が統治していた北東京市は、まるで彼の所有物か何かのようだった。豪華な市庁舎、文化ホール、図書館、音楽堂などなど贅沢な彼の趣味に合わせた建物が競い合っていた。全てバブル時代の産物だが、藤野が市民の評判を得るために次から次へと造ったものだ。

バブルが崩壊し、日本の景気は冷え込んでいった。もともとたいした産業がない北東京市は財政的に苦しくなった。少なくともそうWE社では判断した。

日本に進出したい。それはワンの望みだった。水の国、日本。そこにはワンの心を滾《たぎ》らせる何かがあるように思えた。いつも夢に出てくる深い森。冷たく澄んだ水。そこは自分の故郷ではないか。ワンは、すぐに北東京市の詳しい調査を命じた。

ワンは自分の故郷を知らない。どこで生まれたのかも、どこで成長したのかも何も確かな記憶がない。WE社に入り、多くの機会に恵まれ、それらをことごとく手に入れることによってトップの地位を占めた。

しかしいつも心の奥で何かに飢えていた。渇望といってもいい。胸を掻きむしられる思いがすることもあった。その思いが何かはわからない。ただむやみにいらつき、むやみに何かを求めるのだ。その時浮かぶのが森と水のイメージだ。このイメージはどこか具体的なエリアを指しているのだろうか。

北東京市の調査結果が上がってきた。

北東京市は、不動産の開発などで税収を増やしてきたが、二〇三〇年代にバブルが崩壊し、開発がぱたりと止まると途端に税収不足になってきた。やがて人口が流出し十万人を切るところまで追い詰められてきた。さらに追い討ちをかけるように高齢化も進んだ。開発された土地に住んだ人々が高齢に至り、人口の三十五%が六十歳以上となった。街には活力が失われてきた。

直近期の歳入は約千百億円。歳出は千二百五十億円。恒常的に百五十億円程度の赤字が出ていた。ありとあらゆる交付税など国の補助金で赤字を補塡しながら生き延びてきていたが、もはや、限界に近づいていた。

藤野は、約二千五百人いた市職員を二年で半減させる、小学校など公立学校の統合や廃校、図書館、美術館などの廃止、養護老人ホームや介護事業の削減などの措置を矢継ぎ早に打った。中には市民から相当に評判の悪い施策もあった。しかしそんなことに構っていられなかった。

ついに市民税の値上げに踏み切った。今までの個人均等割り三千円を三千五百円に、所得割り六％を六・五％にした。それだけでは間に合わず固定資産税、軽自動車税、入湯税、施設使用料、ゴミ収集費用、保育料などなど。なりふり構わず引き上げた。

この一連の値上げに抗議して、いつ庁舎の前にデモ隊が押し寄せるかしれないほど市内は不穏な空気に包まれた。それにつれて富裕層というべき金持ちたちは徐々に市を抜け出し始めた。もっと住民サービスの充実した、あるいは快適に過ごせる街に逃げ出してしまったのだ。これは藤野の誤算だった。まさか自分の街を捨てていく者がいるとは思わなかった。その結果、街には貧困層や失業者が増え始めた。生活保護率は約二十五％と、住民の四人に一人が生活保護を受ける事態になった。藤野は、この生活保護も切り捨てなければならないと思い始めている。そうなれば飢え死にする人が出ることも覚悟しなければならない。

ＷＥ社の調査で浮かび上がった最も興味深いことは、市財政の会計操作だ。

北東京市は一般会計と他の会計、例えば病院や水道などの会計との間で一時借入金などを操作し、多額の隠れ負債を作っていた。やり方は極めて単純だ。一般会計と各事業会計との決算月が異なることを利用してありもしない資金を帳簿上だけ借り入れを起こす形でつじつま合わせをしていたのだ。帳簿上だけ資金繰りが合えばいい。そういう浅はかな意図がみえみえの粉飾だった。

政府が本気になって北東京市を調査すれば、すぐに見抜けることだ。しかしそういう調査を行なわないのは、政府にも北東京市破綻の後の対策がないからだろう。どうしようもなくなれば政府が乗り出すだろうが、それまでに北東京市でこの粉飾の拡大を防ぎ、できれば赤字の穴埋めを考えろというのが本音ではないだろうか。

その総額はWE社の調査では約千二百億円にも上っていた。藤野がこの事実を公表していないこともわかった。これほどの資金を何に使ったのか？　勿論、一時的な資金の繰り回しをすることで破綻を免れようとしたのではあるが、藤野の私的流用もあった。愛人の存在だ。

北東京市は、代々藤野の王国といわれるほど支配力が大きい。そのため全くといっていいほど批判勢力が存在しない。それをいいことに藤野は某所に愛人を囲い、彼女との豪奢《ごうしゃ》な生活を満喫していたのだ。バブル期から始まった関係であるが、バブル崩壊後も清算できずにいた。市民に苦しい耐乏生活を強いながら、一方で愛人と堕落した生活を営んでいるようでは、それほど遠くない将来に藤野王国の崩壊は間違いないだろう。

藤野もそのことをよく理解していて、なんとかしなくてはと焦っていた。

WE社は極秘に藤野に接触し、この調査結果を提示した。勿論、改善策とともに。

3

「ワン・フー、あなたのお陰で北東京市もなんとか破綻せずにおります」

藤野は卑屈な様子でワンの前に立った。

「それはよかったと思います」

破綻しないのは市財政ではなく藤野の堕落した生活だろうと言いたくなったが、ワンはにこやかな笑みを浮かべた。

「それにしてもあなたの本当の姿はいったいどのようなのか、三年も付き合った私にもわかりません。それが不満であり、不安であります」

藤野の前に座っているワンも集金人に対して訓示を垂れているのと同じ美しい青年の姿だ。どちらもバーチャルな立体映像だ。

同時に二ヶ所、いやもっと多くの場所にワンの姿が現れているのだろう。

ワンは藤野の表情にわずかに怯えを発見して、愉快な気持ちになったのか微笑した。

「私の本当の姿？　今、あなたの目の前にいるのが私ですよ。それ以外ありません」

「三年前にお会いしたときも今とお変わりがありませんでしたが」

「ははは、あなた方は変わりますが、私は変わらない？　それは変わらないように気をつけているからでしょう。若くなければ、野望を持ち続けられません。あなたもWE社と親しく関係すれば、私のように若さを保ち続けることができるでしょう」

ワンはリズミカルで透明な笑いを洩らした。

秘書のタンが藤野にコーヒーを運んできた。

「ありがとう」

藤野は、タンに礼を言いながら「彼も非常に若いですな。WE社の経営陣は若者の集まりであるかのようですな。年老いた古い私のような者は誰もいない」

藤野の言葉にタンは微笑し、ワンの背後に立った。

「面白い感想ですね。確かにWE社は若い人が活躍しています。それは会社が伸びているからです。日本の社会も北東京市も高齢化が多くの問題を引き起こしています。第一に活力がなくなる。しかし高齢化は防ぎようがない。会社は違います。伸びてさえいれば若さを保つことができる。優秀な若者がどんどん経営に参加してくるからです」

ワンは藤野を見つめて言った。

「さて本日、参りましたのは、WE社からの市への協力金の増額のお願いです。毎年、二十億円の資金提供を受け、財政赤字の補填をいたしておりますが、これを二十五億円にしていただきたいのです」

藤野は軽く頭を下げた。

ワンの目が厳しくなった。

「藤野さん、私たちはあなたの苦境を救った。それは覚えておられますね」

「もちろんです」

藤野は目を伏せた。

北東京市の財政状況をつぶさに調査した際、会計操作をしている事実を掴んだ。いわゆる粉飾だ。企業では業績悪化するたびに繰り返し行なわれてきた粉飾を北東京市が行なっているという事実を掴んだ。

ワンの動きは早かった。この粉飾の事実を藤野に突きつけ、粉飾解消の提案を行なったのだ。

それが水道事業の民営化だった。

市の粉飾は約千二百億円にも上っていた。このうち水道事業に関わる設備、人員など全てをWE社が五百億円で買い取る。ダム、貯水設備、検査管理設備、家庭への水道引き込みパイプにいたるまでの全てだ。

北東京市は毎年水道事業で二百億円の支出をしていたが、これが不用になる。これだけで七百億円の粉飾が埋まることになる。あとの五百億円は、毎年不用になった二百億円とWE社が拠出してくれる二十億円の協力金で埋めていく。勿論、WE社の事業税などが市の財政を潤すことは、計算にプラス部分として入っている。

藤野はWE社の提案を一も二もなく受け入れた。

もし財政管理団体に落ち、破綻の認定を受ければ藤野自身が行なってきた不正の数々や愛人との暮らしなどが糾弾《きゅうだん》されるのは明らかだったからだ。

北東京市の水道事業は、WE社のものになった。これはパイロット的な事業だった。日本のどの自治体も、法律に決められているため水道事業は自治体の責任において行なっているが、財政事業の厳しさの前に民営化を考えないところはなかった。

水道事業に関わる設備を全てWE社に譲渡した北東京市も、水道事業が適切に行なわれているかどうか監視する権限だけを残すことで法律に決められた自治体での水道事業運営という立場を辛うじて維持していた。こうすることで法律上は実質的な水道事業者はWE社であっても形式上は北東京市であるという日本的な玉虫色の合意ができたのだ。

この北東京市の試みは多くの自治体に支持された。どこも財政破綻寸前か、すでに破綻し、粉飾で生き延びていたからだ。そのため北東京市方式は全国の自治体に広がりを見せ始めている。今やWE社は北東京市のみならず日本の水道を牛耳ろうとする会社となったのだ。

　北東京市のみならず日本のどの自治体も水道事業のような公的な事業を民間に任せていいのかというアレルギーに似た拒否反応があった。しかし政府の「官から民へ」の大きな流れの中で一気に浸透していく気配を見せている。

「藤野さんの申し出はよくわかりました。しかしWE社も万全ではない。世界で多くの企業と戦っているということを忘れないでいただきたい。勝ち抜くためにはより多くの収益をあげねばならないのです」

　ワンは言った。

　背後では、もう一人のワンが集金人を激しく督励していた。

「WE社は、水メジャーとして世界に君臨している。中には我々のことをウォーター・バロンと呼ぶ向きもある。あなた方は、そのバロンの尖兵たちだ。誇りを持って事業の推進に突き進んでいただきたい。今やこの北東京市、あるいは日本の各自治体はWE社なくしては存在しえないといっても過言ではない。

　ようやくこの国の多くの自治体が水はタダではないと理解し始めた。水は商品なのだ。水を無駄にしないためにもそれが価値を生むことを教えねばならない。世界は水不足で困窮している。そういう中にあってWE社はすでに五億人もの人々に水を供給しているのだ。これらの国々ではWE社は神のごとき存在だ。やがて日本でもそうなるだろう。そのためには北東京市での事業を成功させねばならない」

ワンの人工的な声が響いている。

「北東京市も努力します。ぜひよろしくお願いします」

藤野はワンの比較的好意的な回答に満足したのか笑みを浮かべた。

「一つお願いがあります。聞いてくださいますか」

ワンは神妙な顔をした。

「なんでしょうか？　できることならなんでもお引き受けします」

藤野は、市民から王と呼ばれているとは思えないほど、卑屈な笑みを浮かべて、まさに身を乗り出さんばかりになった。

「実は……」

ワンは表情を曇らせた。

4

今までも、そして今も事業拡大のために相当強引なことをしてきた。ワンは過去の事件を思い出した。

水道事業をWE社に任そうとしないインドのある州で、WE社は、住民たちが炊事や洗濯に使っている溜め池に砒素《ひそ》剤を撒いた。

多くの住民が砒素中毒で死に至ったり、病気になったりした。このまま毒物を含んだ池の水を使いたくない住民が州政府に迫った。水道を敷設しろと。WE社は州政府と水道事業の全面委託で合意した。

またアフリカのある国では水道事業民営化に抗議する住民たちに対して、一方的に水道供給を中止した。住民たちは、仕方なく池や川から水を飲んだ。

あらかじめ池の水にコレラやチフスなどの細菌を撒いておいたため、数千人の住民が病気に倒れた。

住民たちの水道民営化反対運動はたちまち頓挫《とんざ》した。

また南米のある国では、塩素臭がして水道水が不味いという住民の声に対して塩素注入を中断した。勿論、どんな事態になるかは明白だった。予想通り数十万人という住民がコレラにかかった。

それ以降、塩素臭に対する苦情は消えた。

これらのことは全てワンの指示で行なわれた。ワンは、水道に理解を示さないなら、池や川に毒物や細菌を入れることを厭《いと》わない。しかし日本ではそうしたやり方は通用しないと思っている。だから北東京市のように財政赤字で苦労している自治体を中心に攻めることにした。安全、安心な水を供給することを使命にしているわけではない。

水はワンにとってあくまで収益をあげる商品に過ぎない。それ以上でもそれ以下でもない。どうして日本の水を支配したいのか。それはこの地が世界でも有数の良質で美味なる水の産地だからだ。

日本がまだ「徳川」という武家に支配されていた頃、多くの外国船がこの国に立ち寄った。

それは水が欲しかったからだ。

日本の水は不思議な水だった。長い航海でもなかなか腐らない。急峻な河川の日本の水は、欧州の水のように多くのミネラルを含み、硬く、飲みにくい水ではない。軟水といわれるミネラル分が少ない水ではあるが、雑菌が少ないせいなのか、いつまでも美味しさを保っていた。

やがて日本の水の良さは世界に知られるようになった。WE社も日本の水に注目し続けてきた。これはやがて世界の求める貴重な資源となる。そう確信したのだ。

日本の水を中国など水不足に悩む国に販売する。そうすればWE社は莫大な利益を得ることができる。

まず日本の水道事業を支配し、あらゆる水へのアクセス権を独占する。その後は、より付加価値を認めてくれる国への供給だ。その結果、この国の住民が十分な水を得られなくなっても、それはWE社の責任ではない。

世界の価値が全てマネーで測られる時代になったのだ。水もより高い価値を、高いマネーで評価してくれる相手に供給される。ただそれだけのことだ。

ところがこのワンの野望に暗雲が垂れ込める事態が起きているのだ。

「青斑病です」

ワンは言った。

「そのことですか」

藤野は関心がないという顔をした。

「困っているのです」

「赤ん坊が死ぬだけでしょう。そんなことをあなたが気になさっているとは信じられない。堕胎で亡くなる子供の数の方が多い。この国は少子高齢化などと騒いでいるが、堕胎を禁止すれば一挙にこんな問題は解決する。政府は年間出生数と同数の堕胎があると公式に認めているが、実際には闇堕胎を含めると三百万人以上の赤ん坊の命が一度も日の目を見ることもなく葬られている。これを思えばあなたの心配しているあの病気なんてたいしたことはありません」

藤野はまくし立てた。

「藤野さんはどう思おうと私は困っています。もし放置しておけばわが社の水道が疑われる可能性があります」

「原因は不明でしょう」

「市長として調査しないのですか」

「関係機関に調査を命じていますがね。はかばかしい結果は出ていないようです」

「厳しく原因を調査してください。わが社の評判が悪化すれば、藤野さんにも影響します」

藤野はわずかにたじろいだ。

「私の評判が悪化しますか……。脅かさないでください」

「水道の民営化を進めたのはあなたですよ。もし水道水が原因なら、それはあなたの責任にもなるでしょう」

ワンは皮肉な微笑を浮かべた。

「それは言いがかりだ。私は市の財政難を救うために……」

藤野は口元を歪めた。

「まあ、藤野さん、青斑病の調査をよろしくお願いします。しっかりやっていただけないなら他の方に依頼するだけですよ」

ワンの声が厳しくなった。市長を交代させてしまうと言っているのだ。実際、北東京市はWE社なくしてはやっていけない状態になってしまった。藤野王国と表向きはいわれているが、実質的にはWE社の支配下にあるのだ。

藤野は険しい顔をした。奥歯を噛み締めているようでもあった。

「わかりました。もし調査に予算が必要なら支援していただけますか」

「承知しています。必要な額は秘書のタンに伝えてください。むろん、厳密に監査させていただきますよ」

ワンは釘を刺すことを忘れなかった。ルーズにすれば調査費の名目で愛人との旅行費用を請求するのが、この藤野という男だ。

藤野はワンに一礼すると帰っていった。

「いずれ近いうちに措置しなくてはなるまい。タン？」

ワンは藤野の背中を見つめて言った。

「ええ」

タンは小さく頷いた。

5

「訓示は終わったようだな」

ワンは言った。

「はい。ただいま終わりました」

タンは答えた。

集金人たちがそれぞれの持ち場に戻っていく様子がモニター画面に映し出されている。

「より多く、より徹底した集金をするようにこれからも引き続き管理してくれ。ところで監視センターに行こうか」

ワンはタンに命じた。

「今すぐですか？」

タンは訊いた。

「すぐだ。監視センターの職務を久しぶりに見てみたい」

ワンの姿が消えた。

タンは慌てた。急いで別のフロアにある水運用監視センターに行かなくてはワンを待たせることになる。ワンはこのビル内のどこにでもすぐにアクセスできるが、タンはそういうわけにはいかない。

タンが監視センターの入り口ドアの静脈認証システムで、ドアロックを解除している頃、すでにワンは内に入っていた。

「遅いぞ。タン」

ワンが笑みを洩らした。

「申し訳ありません」

タンは軽く低頭した。

「極めて順調のようだな」

ワンは壁一面の監視モニターを見ていた。

監視センター長の木澤がワンの側に立っている。ワンは彼に問い掛けたのだが、木澤は緊張で何も言えない。やや青ざめた顔で凍りついたように監視モニターを睨んでいた。

「木澤、聞こえないのか。順調なのか？　そうでないのか？　答えなさい」

タンが怒った。ワンのいらいらした様子がわかったからだ。

「はっ！」

木澤はワンに向かって直立不動の姿勢になった。

「そんなに緊張しなくてもよい。どうだ？　順調か？」

ワンは穏やかに訊いた。木澤は緊張を解き、「はい」と答えた。

目の前の監視モニター画面で北東京市の水道の全貌《ぜんぼう》を捉えることができる。十数名の監視員が二十四時間態勢で監視している。

上流の幾つかのダム。北東京市を取り囲む山々に降った雨が、川となってそれらのダムに注ぎ込む。ダムに貯められた水は北東京市を横断して流れるトネ・リバーとエド・リバーの二つの川に入る。川の途中には幾つかの堰《せき》が設けられ、流れの方向を制御されて浄水場に入る。浄水場は水の工場のような設備だ。

「浄水場に何か毒物が混入するということはないのだろうね？」

ワンは監視モニターを見つめたまま言った。

木澤は何も言わない。

タンが叱った。

「木澤、お答えしろ」

「は、はい」

木澤は慌てて振り向いた。足下がふらついた。木澤の体がワンに倒れ掛かった。

「あっ」

木澤の悲鳴がした。ワンのバーチャル体を木澤の体がすり抜けてしまった。

「何をする！」

タンが木澤の側に駆けつけ、襟首を摑み、顔を引き寄せると思いっきり拳で打った。

「申し訳ありません」

木澤は青ざめた顔でワンを見つめた。頬が赤く染まっている。

「ワン様の体に触れるとは何事だ」

タンはもう一度木澤の頬を打った。木澤の唇が切れ、血が流れた。

「もう、よい」

ワンは不愉快そうに言った。

タンは、木澤の襟首を握っていた手を離した。木澤はふらふらと立ち上がった。

「申し訳ございません。お許しください」

深くワンに頭を下げた。

「気にするな。それよりわが質問に答えよ」

ワンは命じた。

「浄水は沈殿、濾過《ろか》、消毒の過程を経ております。沈殿にも普通沈殿と申しまして自然のまま沈殿させる方法と、凝集沈殿と申しまして薬剤を使う方法がございます。当浄水場ではこの二つの方法でまず不純物を取り除きます」

木澤は、荒い息を吐きながら浄水の仕組みを説明し始めた。

「次は濾過ですが、沈殿で取り除けなかった微粒子、微生物を砂利、砂を敷き詰めた急速濾過層や微生物、あるいは濾過膜を使う方法などで濾過します。これでたいていの菌は取り除くことができます」

木澤の説明をワンは黙って聞いている。

「さらに美味しい水を求める声に配慮しまして高度浄水処理というオゾンを使いまして浄化……」

「もういい。くどくどとした説明はいい。ワン様への返答の結論を言え！」

タンは、美しい顔を歪めて言った。

「タンは短気であるな。短気のタンかな？」

ワンは薄く笑った。

「は、はい。こうした浄水処理で不純物を取り除き、毒物や細菌、微生物検査も徹底しておりますので、絶対に毒物混入はございません」

木澤は言い切った。

「ほほう……、たいした自信であるな。頼もしい」

「ありがとうございます」

木澤は頭を下げた。

「そんなに言い切って大丈夫なのか。ダムに、川に、浄水場に、給水所に毒物を混入させる可能性はゼロか？」

タンは木澤を睨んだ。

「ゼロかと言われれば、ゼロではありません。何事も可能性のないことはありません。しかし限りなくゼロであると言えます。ダムや川には監視員が厳重なパトロールをしております。浄水場は上空も全て監視し、貯水池は蓋がされ、空からのテロを防備しております。給水所の場所は極秘であり、地下数メートルに設置しております。ここには関係者以外誰も立ち入れません」

木澤は唇の血を拭って、タンを睨んだ。

「木澤がここまで自信を持っているんだ。毒物混入は難しいとひとまず考えておいたらいい」

ワンは諭《さと》すように言った。

「わかりました。別の可能性も考えてみます」

タンが木澤を睨み返した。

「しかし素晴らしいものだな。山々に降り注いだ水が、我々の口に入るまでどれほどの長い旅に耐えるのかと思うと感動で熱いものがこみ上げてこないか」

ワンは監視ボードを見つめている。

ボードには給水所の水圧なども表示され、各家庭に順調に水が送られている様子がわかるようになっている。

「しかし料金を払わない者が多いですからね」

タンが厳しい口調で言った。

「センター長」

部下が木澤のところに駆けつけた。何か起きたのか、深刻な表情だ。

木澤に耳打ちをしている。

「了解。直ちに監視員を現場に急行させ、状況を報告させろ。その結果によってトネ・リバーの第一大堰を閉める」

木澤がきびきびとした声で指示した。

「いったいどうしたのだ」

ワンが訊いた。

「トネ・リバー上流で死魚が発見されました。釣り人からの報告です」

木澤は直立で報告した。唇の右端が赤く腫れている。タンに殴られた箇所だ。

「毒物か？」

タンが身を乗り出した。

「わかりません」

木澤が答えた。

「先ほど、絶対に混入はないと言ったところじゃないか。それなのにすぐに毒物を入れられるとは何事だ！」

タンが声を荒らげた。

「死魚が毒物のせいであっても水は水道に流れ込まないようになっています。堰で止めてしまうからです。このようにすぐに監視員に報告が来るシステムになっていますので混入しないと申し上げたのです」

木澤は毅然と言った。

「大丈夫か？」

タンは疑い深い目を向けた。

「もういい。タン、君は短気すぎる。一度現場に出た方がいいのかもしれないね」

ワンが睨んだ。

「御意《ぎょい》」

タンは深く低頭した。

「では木澤、しっかり措置をしてくれ。死魚の原因が何かを報告してくれたまえ」

ワンは言った。

木澤は直立でそれを受けた。

「私にも報告するんだぞ」

タンは言った。

「わかりました」

木澤は姿勢を崩さない。

「私は君たちが陰で何を言っているか知っているぞ。強欲な水泥棒、ハゲタカ外人などと言っているんだろう。なあ、木澤センター長、あなたは元水道局の職員、すなわち公務員だったわけだろう？」

タンの問いに木澤は何も答えない。

「公務員と大変な違いだろう？　民営化した以上、金を儲けなきゃならない。そのことだけを記憶しておけ。水は商品だからな」

「タン様、一言よろしいでしょうか？」

「なんだ？」

タンは怪訝《けげん》な顔を木澤に向けた。

「水は命です」

木澤はタンを睨んだ。

「ふん、くだらない奴だ」

タンは吐き捨てた。

「もう行くぞ」

ワンは言った。見る間に足下から消えていった。

タンは直立して見送った。

6

ワンは不安な思いがしていた。今までも水道で事故や事件が発生した。しかしそれらは全てワン自身が計画したものだ。全てがコントロール下にあった。ところが今回の青斑病は全く原因がわからない。死亡した赤ん坊の遺体を集めて解剖したが、原因は突き止められなかった。心配することもないと思うのだが、なぜか気になる。水道が原因ではなく他の原因であればいい。

タンが戻ってきた。

「タン、君は少し短気すぎる。私たちが資本家であり、この水道事業の所有者であるにしても、職員に威張るのはどうかと思う。反乱を起こされてみろ。ひとたまりもない」

ワンは、タンの態度を懸念していた。よく仕事ができる男だが、そういう男にありがちな他者へのいたわりの欠如が気になるのだ。

「ワン様、何をおっしゃいますか。今までも、私たちの力を見せつけることで事業を拡大してきたではありませんか。心が弱いと、こんな屑《くず》のような市民はすぐ牙を剝いてきますよ」

タンはその美しい顔に暗い笑みを浮かべた。

「今まではそうかもしれない。しかしどうもこの国はそのやり方でうまくいくのか、どうか……」

「何を弱気になっておられますか。この後も北関東のつばくろ市、東北の白神市などが水道事業を設備ごと譲渡したいと来ております。この国でも事業展開は洋々でありましょう」

タンは自信たっぷりに言った。

「わかった。引き続き、君に任せるから十二分に腕を振るってくれたまえ」

ワンは言った。

「お任せください」

タンは胸を叩いた。

「ところでタン」

「はい？」

「君は、この北東京市に水を守る者たちがいるという伝説を聞いたことがあるか」

ワンは遠くを見つめる目をした。

「いいえ。北東京市の隅々まで歩いておりますが、そのような伝説を耳にしたことはございません。ワン様はどこでお聞きになったのでしょうか」

タンは神妙な顔で訊き返した。

ワンは時々空想めいたことを言う。この北東京市を攻略し、本社を置くと言ったのもワンだ。こんな田舎町に本社を置いてどうなるのかとタンは懸念した。

ワンは決めると行動が早い。パリの本社をヨーロッパ本社にし、自らはここに世界本社を置いて常駐するようになった。

なぜここに世界本社を置いたのかとタンは訊いたことがあった。ワンの答えは「お告げだ」

と意味不明のことを言っただけだ。

「どこで誰から聞いたのかは思い出せない。しかし遠い昔に聞いたことは確かなのだ。どんな日照りになろうとも涸《か》れることのない水がある。その水は多くの命を紡《つむ》ぐ水で、不正なものが得ようとすると涸れてしまうという。国中の民が干ばつで、食物が穫れずに飢え死にしそうになると、その水を守る人たちが現れ、田に畑に水を引き、干ばつの被害を食い止めてくれるというものだ」

　ワンは静かに語った。

「ほほう、それはまるで私たちWE社のライバルのような者たちですね？」

　タンはしたり顔で言った。

「ライバル？　どうしてかね？」

　ワンが訊いた。

「水飢饉になれば、彼らが登場して人々を救うというのであれば、私たちWE社は高い料金を取れないということですからね」

　タンは得意げな表情をした。

「そういうことか……」

　ワンはタンのどこまでも貪欲な考えに眉根を寄せた。経営者としたら、タンのような貪欲な者の方がいいのかもしれない。

「ワン様はその伝説の正体をお知りになりたいのですか」

「ああ、興味はある。その水が涸れることがないのであれば、それをあらゆる国々に売ることができる。そうなれば世界一のボトル・ウォーター・カンパニーになれるだろう」

　ワンはタンの反応を見た。

「さすがです。その通りでございます。その秘密の水を探させましょうか？」

「それはしなくてもいい。無駄かもしれない。涸れない水などない。伝説はあくまで伝説。遠い先祖の話だ」

　ワンの前のテレビ電話が点《つ》いた。画面には木澤が現れた。

「どうした？」

　ワンは訊いた。

「先ほどの死魚の原因がわかりました。酸素不足です」

「毒物ではないのだな。ひと安心ではないか」

「そうではありません」

　木澤の顔が浮かない。

「それがよくないのです。酸素不足で死んでおります。水量が不足し、攪拌《かくはん》が十分でなかったものと推察されます」

　木澤は暗い声で言った。

「水量不足？　先ほど監視センターでは全く問題がないようだったのだが？」

　ワンは訊いた。

「問題はありませんでしたが、ダムの水位が微妙に下がっております。死魚が現れるほど水位は不足しておりませんが、たまたま水量が減っていく場所と魚の遊泳域が一致したものと思われます」

　木澤が言った。

「どういうことだね」

「水がダムから抜けているのです」

「なんだって？」

「気がつかないほど微量です。雨がここ数日降っておりませんでしたのでこういう事態になっただけで雨が降れば問題は解消されるのかと思います。ご心配されることはないと考えます」

　木澤は報告を終えた。

「そうか……。ダムが漏水しているのかもしれない。調べてくれたまえ」

　ワンは指示した、画面から木澤の姿が消えた。

「いかがされましたか？」

　タンが訊いた。

「死魚は酸素不足だそうだ。毒物ではない」

　ワンは答えた。

　水量が減っている……。ワンは胸騒ぎに似た不吉な思いがよぎるのを感じた。

第二章　出会い

1

「……今やこの北東京市、そして日本の各自治体はＷＥ社なくしては存在しえないと言っても過言ではない……」

　ワンの声がブース内に響いている。

「相変わらずですね」

　喜太郎がせせら笑う。

　剛士はどきりとする。周囲を見渡す。誰も聞いていない。魅入られたようにワンの言葉に真剣に耳を傾けている。

「気をつけてくれよ」

　剛士は囁くように言った。

「何に気をつけるんですか」

　喜太郎は、その端整な顔を剛士に向けた。

「君は、新人だからよくわかっていないと思うけれど、君の言葉は危険だ。ワン・フーを批判しているみたいに聞こえるからね。ここではそれは絶対にタブーさ」

「そんなにやばいのですか」

「すぐに馘首だよ」

剛士は首に手刀を当てた。

「それは大変だ。馘首になったら行くところがない」

喜太郎は愉快そうに笑みを浮かべた。

「本当にわかっているのかな。WE社に入社できただけで、この北東京市ではラッキーといわれるくらい若い人に仕事がないんだ。それを考えるとちょっと言葉を慎んだ方がいいよ」

剛士は眉根を寄せた。

最近、ワン・フーが水ばかりではなく北東京市全体を藤野市長と組んで支配していることに批判的な人が増えてきている。過激な行動、即ちテロに訴えてもWE社を追い出せという貼り紙さえ見ることがある。

もし反WE社、反ワン・フーだとWE社に認識されたら、どんな目に遭わされるかわからない。馘首ぐらいではすまないかもしれない。

喜太郎がどういう考えの持ち主なのかは全くわからないが、彼の余計な言動の巻き添えだけは食いたくない。

「アドバイスありがとうございます」

喜太郎は素直に頭を下げた。

ワンの訓示が終わった。ものすごく久しぶりにワンの姿を見たというのに感慨はない。喜太郎に注意しているうちに終わってしまった。ワンが昔通りの若さだったことが奇妙だった。

剛士は頭を振った。余計なことを考えてはいけない。あれがバーチャルだろうと実物だろうと関係ない。ワンに違いないのだ。そう思い込むことが、この会社で生き抜くコツだ。時々、世の中には「王様は裸だ」と真実を説いて、得意になっている奴がいるが、あれはバカだ。真実を説いて何になるというのか。生き辛くなるだけではないか。剛士は人生に対して慎重であれということが信条だった。

「さあ、集金に行くぞ」

山口が大きな声を上げた。

山口はいつでも元気だ。彼がマネージャーであるうちは世の中は大丈夫だと思わせるほどだ。あちこちで山口に呼応して、イエイとかオウとかの声が上がった。

「行こうか」

剛士は喜太郎に言った。

「はい。よろしくお願いします」

喜太郎も立ち上がった。

剛士は喜太郎を連れて担当エリアを回ることにする。二週間も一緒に回れば、集金の仕方を覚えるだろう。

超高速エレベータで駐車場まで一気に降下する。地獄に激突するのではないかと思うほどのスピードだ。

「速いですね」

喜太郎が驚いて言った。

「名物エレベータなんだけど、僕にはちょっと合わないね」

「速すぎるんですね？」

「そうさ、少しね。この会社は何事もスピード重視だからね」

地下駐車場に着いた。ここには集金カーがずらりと並んでいる。剛士は歩いて回ることも多いが、喜太郎と一緒なので車を使うことにしたのだ。

「乗れよ」

剛士はドアロックを解除した。集金カーは環境に配慮して電気自動車になっている。この駐車場に充電システムがあり、帰社すると忘れないように充電しておく必要がある。

「この水、あまり美味しそうじゃないですね」

喜太郎がペットボトルを摘《つま》みあげた。

「まあ、そう言うなよ。それだってWE社に勤めているから、割合自由に飲めるんだからな」

「まあ、そうですね。今、ペットボトル入りの水を買おうと思うとなかなか高くて手が出ませんからね。僕がここに入社したのも水が自由に手に入るっていう噂を聞いたからです」

喜太郎がドアを閉め、シートベルトをつけた。

「出発進行！」

剛士はエンジンを入れた。

「どこへ行きますか」

「スラムさ。最初は一番厳しいところから訓練するのがいいだろう」

集金カーはエレベータで地上階に運ばれた。シャッターが開いた。剛士はスラム街に向かってアクセルを踏んだ。

2

慎重な運転だ。スラム街の道路際の歩道には多くのホームレスが寝ている。男女を問わない。中にはホームレス同士で結婚し、子供を作っているケースもあるという。

「気をつけないと、車に当たってくるからな」

剛士の言葉に喜太郎は不安そうな目で窓外の景色を見つめている。

古びたビル。壁のタイルが剝げ落ちているものがある。コンクリートの壁にはあちこちにクラックが走っている。道路にはゴミが散乱し、風に舞って、集金カーのフロントガラスにへばりつく。

「ここには来たことはないだろう」

「ええ、近寄るなということになっていましたから」

「どう思う？」

「すさまじいですね」

コンビニエンスストアーが見えた。建物や看板の塗装がまだ色褪せていない。周囲が荒涼としていると、コンビニのブルーとホワイトのツートンカラーの看板がとてもさわやかに見える。

「WE社の車が止まっています」

「コンビニにペットボトル入りの水を配送しているんだよ」

「WE社は水道だけではないのですね」

喜太郎は真剣な表情だ。

「北東京市の水という水は全てWE社が支配しているのさ。ペットボトルの水も今では貴重品だから、スラムでは誰でも自由に買えるというわけにはいかない」

「水も自由に飲めないなんて、ひどい時代だ」

喜太郎が悲しげな表情を浮かべた。

剛士が急ブレーキを踏んだ。

「どうしたのですか」

「どうしたもないよ。ひどい時代だなんていうのが、WE社の監視員の耳に入ったら大変だよ。僕を巻き添えにするな」

「しかしどうしてこんなに水が不足することになってしまったのでしょうか」

「仕方がないさ。水ってもともと偏在していたからね。途上国では生活水はとっくになくなっている。国連で緊急に水を供給するっていうことを決めたけど、無理な話さ。水はそんなに遠くから大量に運べるものじゃないから」

「途上国の少ない水資源もWE社が買い占めています」

真面目な顔で喜太郎は言った。

「それはビジネスだからさ。途上国で地下水を掘る事業を先進国の援助で行なった。水が出たところがその水は全て砒素などに汚染されていた。それは途上国が産業を優先したからだ」

「それも先進国の資本が造らせた工場でしょう？」

喜太郎は眉根を寄せた。

「一理はあるさ。でも何もかも先進国の責任にするのはどうかと思う。それと繰り返すけど、WE社に批判的なことを言うのは僕限りにした方がいいよ。馘首になってしまうから」

「わかりました」

「本当に余計なことを言わないって約束してくれないか。水が不足しているのはWE社のせいじゃない。WE社は水をビジネスにしているだけだ。僕らはその末端の労働者だ。いわば水不足の上がりを撥《は》ねているようなものだ。威張れたもんじゃない。だからごちゃごちゃ言わない方がいいんだ」

剛士は喜太郎が、最近増えてきた危険思想の持ち主ではないかと思い始めた。困ったことだ。反WE社思想を持った社員と組まされると、問題があれば連帯責任になってしまう。

WE社は社員の中にスパイを紛れ込ませて、社員の思想をチェックしている。問題がある社員が見つかれば監視員に報告され、査問されるのだ。喜太郎の言動が彼らの耳に入ったらどうなるだろうか。彼だけの馘首ですめばいいが、それ以上の罰を受けることがあれば大変だ。とばっちりを受けることは絶対に避けたい。

「コンビニに寄ってみますか」

喜太郎が同意を求めてきた。

「あのコンビニも取引先だからね」

剛士は、ひょっとしたら喜太郎はWE社のスパイではないのかと疑念が浮かんだ。初対面の剛士に向かって何度もWE社に対する批判を繰り返すのはおかしい。もし調子を合わせて批判的なことを言おうものなら、監視員に報告されてしまうかもしれない。車を止め、外に出る。

「要注意だな」

前を歩く喜太郎の背中を見ながら剛士は呟いた。

コンビニのゴミ箱にはゴミが溢れている。暑さのせいで臭いがきつい。

それにしても暑い。最近は季節に関係なく暑くなった。連日の猛暑だ。これも水が不足する原因になっているのだろう。

「こんにちは」

剛士はドアが開くなり、挨拶の声をかけた。

店主がじろりと睨んだ。

「WE社の集金です」

剛士は言った。店主は無視した。険悪な空気だ。店内には客はいない。食材などの商品も、棚のところどころに空きがある。定期的に埋めるほど仕入れをしていないのだ。こんなスラム街では、まともな客がいない。これでも品揃えしている方だ。

「何か用か」

店主はいかにも不機嫌だ。額が汗でてかてかと光っている。

「儲かっていますか」

「見てわからないか」

相手が不機嫌なことにいちいち驚いていては集金人は勤まらない。

「水は売れていますか。今、配送がありましたが」

「水は幾ら高くても売れるさ。貴重だからね。あんたのところの水道水がもう少し美味《うま》けりゃペットボトルの水は誰も飲まないがね」

喜太郎が冷蔵室に置かれたペットボトルの水を手に取っている。

「五百ｃｃが二千円ですね。このスラムで誰が買うのですか？」

喜太郎が訊いた。

「スラムの住人が買えるわけがないさ。金持ちがわざわざ買いに来るのさ。金持ちの住むエリアでも水はなかなか買えないからね」

店主は眉根を寄せた。

「ねえ、先輩、これフランスのミネラルウォーターになっていますが、本物でしょうか」

喜太郎が小声で訊いた。

「偽装に決まっているさ。今ではフランスも輸出できるほど、水はないっていう話だから」

剛士は喜太郎の耳元で囁いた。

フランスはかつてＷＥ社の世界本社があった国だ。かつてフランスは地下水が豊富で、ペットボトルで世界に水を販売していた。ところが地下水が徐々に枯渇し始めたことや、地下水は誰のものかという議論が沸き起こり始めた。地下水を独占的に販売するＷＥ社への批判が強まり、本社へデモ隊が押し寄せる騒ぎになった。

政府はＷＥ社の水販売に規制をかける動きを強め、地下水の実質国有化を宣言した。この事態も理由の一つとしてＷＥ社はフランス本社をこの日本に移転することになったのだが、その後フランスが水について国民が満足いくような運用をしているかといわれれば、決してうまくいっていない。国民は慢性的な水不足に悩まされているのが実情だ。

「じゃあ、これはどこで？」

　喜太郎は訊いた。

「おそらく水道水を高度に浄化したんじゃないかな。そういう工場があるらしいから」

　剛士は言いにくそうに答えた。やはり喜太郎には警戒した方がいいだろう。反WE社の人間か、逆にWE社のスパイか。

　喜太郎が冷蔵室にペットボトルの水を戻した。

　コンビニの入り口のところが騒がしい。

　剛士が振り向くと、ホームレスたちが入り口に押し寄せてきている。汚れた服、長く伸びた髭、黒く墨を塗ったような顔、目だけがぎらついている。男か女かわからない。十数人が店の前にたむろし、中に入ろうとしている。

「また奴らだ」

　店主が苦々しそうな顔をした。

「どうしますか」

　剛士は訊いた。

「当然、追い出すさ」

　店主はカウンターの下に手をやり、何やら探している。

「水をくれ、水をくれ」

　ホームレスたちは、水を求めて店内に入ってきた。

「あいつらWE社の車を見ると、やってくるんだよ」

店主がカウンターの下から取り出したものは、銃だった。

「店長、そんなもの……」

剛士は慌てた。

「大丈夫、殺しやしないさ。これで脅さないと、こいつら売り物の水を持っていきやがるんだ」

店主は、カウンターから出て、ホームレスの前に立った。先頭の者に向けて銃を構えた。

「やばくないですか」

喜太郎が囁く。

「ああ、かなりやばいな。もし銃が暴発でもしてみろ。僕たちも巻き込まれるぜ」

剛士が答えた。しかしヘタに動けない。店主の銃を奪うのが最もいいのだが、そうするとホームレスが一気に店内に入ってくる。これも大騒ぎだ。先ほどより人数が増えているような気がする。店主は顔を赤らめ始めた。興奮しているのだ。

「お前ら、中に入るな。撃つぞ」

店主は大きな声を上げた。

突然、集団の中から一人の男が銃を持つ店主の前に躍り出たかと思うと、こともなげに店主の腕を摑んだ。

「何をしやがる。ヒーッ」

店主の声がすぐに悲鳴に変わった。男は店主の腕を捻りあげた。銃が床に落ち、硬い音を立てた。店主は床に這い蹲《つくば》り、身動きができない。喜太郎が素早く動き、足で銃を遠くに蹴った。

「ありがとうよ」

男が言った。髪の毛は洗っていないためごわごわと糊《のり》を利かせたようになっているが、決して疲れ果てたような顔ではない。鋭い目つきだ。

「おい、みんな水を持っていけ」

男が声をかけた。他の者たちは一斉に店内になだれ込んだ。二十人ほどにもなるだろうか。彼らはまっすぐに水のコーナーに向かい、両手に水のペットボトルを抱えきれないほど持ち、奇声を発しながら、外へ出ていった。

「ま、まちやがれ、ヒーッ」

店主は、辛うじて悲鳴のように叫んだ。男が、空いている手で店主の首を摑んだ。力を入れた。店主の力が抜けた。

「殺したのか？」

剛士が男に訊いた。

「大丈夫だ。気を失っただけだ」

男はにんまりと笑い、自分もペットボトルの水を奪うためにコーナーへと歩いていった。その姿はまるで歓迎された客のように悠々としていた。

「どうしますか」

喜太郎が興奮した様子で訊いた。

「どうしようもないな。僕たちがＷＥ社だということを知られるな」

水強盗に変身したホームレスを捕まえようとしても、逆にやられてしまう。剛士は武器を持っていない。危ない場所へはWE社の特殊部隊と行動するから、普段は武器の携行をしていない。

「迷惑をかけたね」

男はペットボトルを両脇に抱えて、剛士の前に立った。鋭い目だ。射貫かれてしまいそうだ。緊張で顔がこわばる。身構えた。こう見えても多少は武道の心得はある。

「君たち、WE社の集金人さんでしょう?」

男は笑みを洩らした。意外なほど白い歯だ。

「WE社は日本人の敵だ。日本から出ていけ。南水北調の失敗を日本で埋め合わせしようとするな」

男は剛士を睨んだ。剛士は、あまりに強い視線にたじろぎそうになったが、辛うじて耐えた。

「中国は長江の水を北に運び、北京、天津の水不足を解消しようとした。数十年に及ぶ工事を継続したが、結局、長江の汚染を北に拡大しただけに終わったではないか。最近は、独立運動を活発に展開しているチベット族に対する虐待も激しさを増している。これもチベットの水を黄河に集中的に流すための工事を開始したからだ。WE社のワン・フーは中国人だと聞く。彼は中国政府の要請を受け、日本の水を中国に運ぶ目的でこの国にやってきた。この国の民はかつて自由に水を利用できた。ところがWE社の進出とともにそれが不可能になった。WE社を絶対に許さない」

男は一気に喋った。とてもホームレスに思えない堂々たる態度だ。

剛士も喜太郎も男の迫力に圧されて、何も言えない。

「ちょっと待って」

大声を上げて、突然、店内に飛び込んできたのは女性だった。

カメラを抱えている。

「水上さん！」

剛士は叫んだ。女性も驚いた様子で剛士を見返した。

「じゃあな」

男は素早い足取りで照美の横をすり抜けていった。

「待って、待って」

照美は叫びながら、男の後を追いかけ、カメラのシャッターを押し続けた。

3

「驚いたな。水上さんがいきなり現れるんだもの」

剛士はびっくりしているものの、妙に心が弾んでいた。

「こんなところで何していたの？」

照美はカメラに収めた映像をチェックしている。

「ここも取引先なものですからね。寄ってみたのです」と剛士は言い、「そうそう、彼は新人の水神喜太郎君です。今、研修中なんです」と紹介した。

「水神です」

喜太郎は頭を下げた。

「水上照美。水道料金の払いの悪いジャーナリスト」

照美は微笑した。

「嫌だな……、僕へのあてつけみたいじゃないですか」

剛士は頭を掻いた。

「どうしたのですか？」

喜太郎が訊いた。

「水道料金の延滞金を取り立てたのさ」

剛士が言いにくそうに言った。

「無理やりね」

照美はウインクをして、喜太郎を見た。

「ところで、どうするの？」

照美が床に倒れた店主を指差した。まだ当分、起きてきそうにない。

「死んではいないだろう？」

剛士が喜太郎に言った。

「大丈夫。息をしています。いずれ気がつくでしょう」

喜太郎は、店主の鼻先に手を当てた。

「ねえ、こんなところにいるのもなんだから、どこかに行かない？　お昼の時間だしね」

照美が軽くウインクした。

「行きましょう！　僕がおごりますよ」

剛士が弾んだ声で言った。

「山の上のホテルのレストランがいいわ」

照美が言った。

剛士の顔に一瞬、緊張が走った。それは市で一番高級なレストランだ。剛士の収入では何度も行くことはできない。

財布を収めているズボンのポケットに手をやった。財布は薄い。カードは？　もう限度額一杯だ。

「あの……、例えばケンタッキーとかマクドナルドでは、だめ？」

「がっかりね。WE社っていうグローバル企業のエリート社員でしょう？」

照美が口を尖らせた。

「グローバル企業のワーキングプワーだから、僕たちは、なあ、喜太郎？」

「いいですよ。僕がおごりましょう。あそこのランチは割合手頃な値段ですからね」

喜太郎は、右手の親指を立てた。

「やったー！　行きましょう」

照美はもうドアの方へ歩き出した。

「大丈夫か？」

剛士は恐る恐る訊いた。

「大丈夫です。今日は僕がなんとかしますよ。先輩にはまた別の日にお願いします。でもなかなか可愛い女性ですね」

喜太郎は言った。

「うん、まあな」

剛士は複雑な思いだった。それにしても喜太郎は謎が多い。山の上のレストランのランチをおごるという気前のいい奴が、集金人になんかなるのだろうか？　剛士は喜太郎の後ろ姿を見ながら、なんとなく胸騒ぎを覚えていた。

4

山の上のホテルは、北東京市の郊外の高級住宅地のエリアにあるホテルだ。スラム街とは違って、整備された区画に、緑の木々が生い茂り広大な豪邸が並んでいた。そのエリアの中心に小高い山があり、その中腹に山の上のホテルがある。

かつては藤野一族の別邸だったのだが、ホテルとして営業していた。北東京市を訪れる賓客などを専門に宿泊させているのだが、そのレストランが人気だった。ランチタイムには、普通の洋食から簡単なコース料理まで、ディナーとは比較にならない料金で提供していた。それでも庶民には高くて手が出ない料金だが……。散歩がてらに山に登り、レストランで食事をして帰る人も多い。

　剛士の運転する集金カーは、深い森の中にある緩やかなスロープを登っていく。急に視界が広がった。目の前に壮麗な石造りの門が現れた。高さは三メートル近くあるだろうか、石柱の上には鷲《わし》とライオンの像が置かれている。この門をくぐるだけで緊張してしまう。門を入ると目の前に迎賓館と呼ぶにふさわしい、エリザベス王朝期の宮殿を模したといわれる、やはり石造りの建物が現れる。歴史を経ているくすんだ灰色の外壁は荘厳というにふさわしい。

　剛士は門を通過し、入り口の車寄せに集金カーをつけた。

「ドアについているWE社のマークが目立つよな」

　剛士が心配そうに言った。

「大丈夫よ。大口顧客と一緒だったと言えば、いいのよ」

　照美があっけらかんと言った。

「確かに。大口の延滞客だからね」

「嫌だわ。すぐに払うわよ」

　ドアマンが近づいてきて、車のドアを開けた。

「ありがとう」

　照美は、まるでドレスを着た淑女のように軽く頭を下げると、ジーパンの足を出した。

　喜太郎も降りた。

「僕、車を駐車場に入れておくから、先にレストランに行ってくれ」

　剛士は喜太郎に告げると、車を発進させた。駐車場は車寄せから少し離れたところにある。

バックミラーに喜太郎と照美が並んでホテルに入っていくのが映った。焦る。バカだなと思いながら嫉妬している自分が情けない。剛士はアクセルを踏んだ。

剛士はレストランに足を踏み入れた。まず目に飛び込むのは緑の庭だ。全敷地が十三万坪というだけあって、レストランのテラス側には広大な洋風庭園が広がっているのだ。手入れされた芝生の庭の周囲をうっそうとした森が囲んでいる。この庭を眺めるだけで、滅入っていた気分が癒されるという人が多い。ここに来ると、腐った生ゴミの臭いが漂っていたスラム街は、いったいどこの国の話だと思ってしまう。

天井は高く、漆喰《しっくい》塗りで太い梁が施され、キリストや天使などの宗教画が美しく描かれている。

客は少ない。庭に近いテーブルに照美と喜太郎が座っている。何やら顔を近づけている。剛士はなぜだか腹立たしくなり、自然と足が速くなった。

「待たせたな」

剛士は席に座りながら上ずったような声になった。

「ねえ、何にする？」

照美がうきうきした顔を向けた。

手にはとても大きなメニューを持っている。それを見ただけで値段が想像できるというものだ。

「決めたの？」

「やっぱり山の上のスペシャルランチかな？　ステーキもついているのよ」

「幾らなの？」

「一万円！」

「ヒエー！」

剛士は絞るような声になった。喜太郎を見た。おごりだと言ったからだ。特に驚いた顔はしてない。

「喜太郎は、何にするの？」

「僕は野菜カレーでいいですよ。野菜は今、貴重ですからね」

「そうだな。最近、高いからな。幾らだ？」

「野菜カレーと水のセットで五千円です。水が高いですね。二千円もしますよ。たった三百五十ccなのに」

「ふーん……、五千円ね」

剛士は動揺を見せないようにした。普段のランチは水で戻したチキンラーメンやお握りだったからだ。

「僕はこのオムライスセットにしようかな。野菜サラダもついているし……」

剛士が言った。

「それ美味しそうね。四千七百円で少し安いし……」

照美は喜太郎に同意を求めるような目をした。

「照美さんは、スペシャルランチを食べてくださいよ。最後に出されるデザートが評判ですよ」

喜太郎は微笑した。まるで貴公子だ。

「そう？　じゃあ、お言葉にあまえて、そうするわ」

照美は、満面の笑みだ。

「本当におごってもらっていいのか」

剛士は喜太郎に訊いた。

「ええ、お近づきのしるしです」

喜太郎は微笑した。

「お決まりですか」

ウエイターが問い掛けた。上背のあるがっしりした男だ。

「決まったよ」

剛士はウエイターと目が合った。にこやかに男は微笑んだ。

剛士の顔が凍りついたようにこわばった。声が出ない。

「どうしたの、海原君？」

照美が心配そうに声をかけた。

剛士は我に返った。まさか……。

「ごめん、大丈夫だよ。じゃあ、注文を言います。僕がオムライスセット、彼が野菜カレーと水、彼女はスペシャルランチ。オムライスセットには水はついている？」

「はい。おつけしています」

ウエイターは軽く会釈をすると、メニュー表を抱いて、去っていった。

「急に喉を詰まらせたような顔をするから驚いたじゃないの」

照美が剛士に言った。

「ところでさっき照美さんがカメラで追いかけていた男は誰なのさ？」

剛士は訊いた。あのとき、照美がコンビニに飛び込んできたのは偶然ではない。明らかにあのホームレスのリーダーを追いかけていたと思える行動だった。

「彼はウルフよ」

「ウルフ？」

剛士は訊いた。

「ええ、腕のところに狼の刺青《いれずみ》があるのでウルフと言われているのよ。今まで誰もはっきりと素顔を見たことがないし、写真に撮られたこともないのよ」

「何者？」

「反WE社、反グローバリズムの闘士ね」

「それがどうしてホームレスなんかになっているの？」

剛士は首を傾げた。

「正体不明なんです」

喜太郎が答えた。

「その通りよ」

照美が大きく相槌を打った。剛士は喜太郎を見つめて「知っているのか？」と訊いた。

「噂を耳にした程度です」

喜太郎は答えた。

「謎が多いの。情報ではね、ホームレスやワーキングプワーなど社会的に虐《しいた》げられている人を組織化しようとしていると聞いたわ」

「それにしてもコンビニを襲うのはどうかな」

剛士はいらいらしていた。喜太郎もウルフの噂を聞いているのに自分だけがのけ者にされているような疎外感を覚えていたのだ。

「あれは組織化するために自分の力を仲間になりそうな連中に見せているのではないでしょうか」

喜太郎が言った。

「どういうこと？」

照美が興味深そうに身を乗り出した。

「ウルフはホームレスを組織化するに当たって、空理空論ではなく、実践を積み重ねているのだと思います。テロリストが大きな事件を起こす前に仲間を増やす手立てとして小さな事件を起こすようなものでしょう」

喜太郎は言った。

照美は、感心したように聞いている。

「お待たせしました」

ウエイターが食事を運んできた。先ほどの男ではない。

ウエイターがテーブルに食事を並べ始めた。

「先ほどのウエイターさんは？」

剛士が訊いた。

「先ほどのと、申しますと？」

「注文を取りに来た人だよ」

「さあ、ちょっとわかりませんね。申し訳ございません。何か失礼でもありましたでしょうか？」

ウエイターはさも苦しそうな表情で剛士を見つめた。

「いや、そういうわけじゃなくてね。気にしないでいいよ」

剛士は無理に笑みを作った。

「どうされたのですか？」

喜太郎が訊いた。

「いや、なんでもないよ。ちょっと気になっただけ。ところでウルフはテロリストなのか？」

「国際的にも注目されているテロリストよ」

剛士の問いに照美が答えた。

「中国の南水北調を批判していたけど……」

剛士は言った。

照美の顔が輝いた。ナイフとフォークを持つと、ステーキに挑み始めた。

剛士もオムライスをスプーンに載せた。とろけるような玉子焼きがご飯を覆っている。いい香りがしてきた。喉が鳴る。

「南水北調とは、中国の独裁者だった毛沢東が『南方には水が多い。北は南方の水を借りればいい』というアイデアから始まったといわれています。それよりも何よりも南の長江は度重なる洪水で溢れだすくらいなのに、北の黄河は涸れ、断流が数百ヶ所も発生し、水が途切れるような状態だった。また地下水のくみ上げすぎで地盤沈下がいたるところで発生したんです」

喜太郎が説明を始めた。

「治水は政治の要だものね」

照美が同調する。

「それで中国政府は東、中央、西の三本の運河を掘り、南の水を北に運ぶことにした。それが南水北調です。数百億元という巨額の投資と何十年もの歳月をかけて運河を掘り続けたけど、結果は散々だった。当初二〇二〇年に完成予定だったものの、その後も継続工事され、最近ようやく中止が決まった。膨大な費用と時間を空費して、中国の環境を悪化させただけだといわれています」

喜太郎はまだカレーに手をつけていない。

「それとウルフはどういう関係があるの？」

剛士は照美に訊いた。

「この南水北調の失敗の根本原因は長江の汚染よ。中国は長江流域の工場地帯の汚染を放置していた。川には重金属を垂れ流し、毒物や産業機械などありとあらゆるものを捨てた。いずれ浄化してくれると思っていたのね。その水を北の土地に撒き、人々に提供した。多くの人々が病に倒れたの。そこで困った中国政府は水道事業など水に関することを民営化することにしたの」

照美は、話しながらも食事の手を止めない。

「それがＷＥ社です」と喜太郎は言い、「水道事業の運営に困った中国政府はＷＥ社に全てを任せた。するとＷＥ社は水を独占し、金持ちや国営企業には潤沢に水を供給したが、貧しい人には提供しなかった。当然、盗水という事態が起きた。ウルフの両親は貧しさに耐えかねて盗水を行なった。中国政府はＷＥ社に盗水者の射殺の許可を与えていた。ある日、ウルフの両親はＷＥ社の警備兵に後ろから撃たれて死んでしまった……」と顔を曇らせた。

「ウルフは恨みを晴らそうとしているのか。わざわざ中国からこの国に来てまで……」

剛士は言った。

「ウルフは両親の無惨な死に様を見て、テロに走ったの。ＷＥ社の水道管を爆破して、そのまま行方をくらませたわ。ところがＷＥ社が日本に本社を移したので、ウルフも日本に侵入したという情報がもたらされたのよ。それでずっと追っかけていたの。まあ情報といっても、噂の域を出ていないけどね。本当のことは誰も知らない」

照美はようやくナイフとフォークを置いた。ステーキはほとんど食べ終わっていた。

「オムライス食べないの」

照美は、剛士がオムライスを半分も食べていないのを羨ましそうに見つめた。

「すごい食欲だね」

剛士は驚いた。細い体のどこにこんなにたくさんの食事が入ってしまうのだろう。

「おごってもらうとなると違うのよ」

照美は当然という表情で答えた。

それにしてもと剛士は喜太郎の顔をまじまじと見つめた。喜太郎は、美味しそうにカレーを食べている。どういう事情でWE社に入社したのかは知らないが、色々なことに詳しすぎる。剛士にはそれが不審に思われた。

「照美さんはどうしてウルフを追いかけているの?」

喜太郎がカレーを食べる手を休めて真剣な表情を見せた。

「どうしてって? 魅力的じゃない? そう思わない? 両親をWE社に殺され、復讐を誓う孤独のテロリスト……。絶対に共感を呼ぶと思う」

照美がうっとりとした目をした。

「でもさっきのコンビニ襲撃もそうですが、暴力はいけないでしょう。照美さんは暴力を肯定するのですか」

剛士は訊いた。

照美は、少し考えていたが、「他にWE社の支配を否定するのに方法はあるの?」と厳しい表情をした。

剛士はたじろいだ。

WE社に勤務する者として、どう答えればいいのか。

「興味深い男ですね」

喜太郎が平然と言った。

「喜太郎は暴力を肯定するのか」

剛士は言った。

「暴力を肯定するかどうかというより、WE社に対抗しようとするのが興味深いと思うだけです」

「自分の勤務する会社に対して攻撃しようって男を興味深いと言うかな……」

剛士は呆れ顔で言った。新人の研修担当には、彼がどんな思想を持っているかなどを調べる項目がある。たいていは「特になし」だが、今回は何かを記入しなければならないかもしれない。憂鬱な思いだ。

「あなた方もWE社の支配がこのまま続いていいと思っているの？　悲惨な現実を見たことあるの？　私が調べている青斑病だってWE社の責任かもしれないのよ」

照美が怒った。

喜太郎は青斑病と聞いて、身を乗り出し、「あの病気もWE社の責任だというのですか？証拠はあるのですか？」と訊いた。

「まだ何もわからないわ。警察だって調べようとしない。でも幼い子供が亡くなることで、確実にこの北東京市の未来もなくなっている。それはこの日本の未来もなくすることよ」

照美は強い口調で言った。

「僕もあの青斑病には心を痛めています。WE社の仕事をしながら、原因を追究したいと思います。一緒にやらせてください」

喜太郎が照美の手を握った。

おい、やめろと剛士は叫びそうになった。そんなに気安く手を握るなと言いたかったのだ。

しかし言葉になる前に、照美が少し興奮した表情で、「やりましょう」と喜太郎に同意をしている。

「仲間が増えるのは心強いわ。私は、この北東京市では反WE社のジャーナリストとして孤独な戦いを強いられているから」

照美が微笑んだ。

「喜太郎、それは従業員コードに違反しないか」

WE社の社員として喜太郎の行動はやばいのではないかと剛士は心配になってきたのだ。思いとどまらせた方がいいのか、迷うところだ。このまま喜太郎が突っ走れば、絶対に問題になり、パートナーを組まされている自分にも累が及ぶに違いない。

「従業員コード？　それはなんですか？」

「知らないのか？　まだ交付されていないのかな？　WE社の従業員として守るべき約束事だよ。もしこれに反する行動があれば、馘首になっても仕方がないというものだよ」

剛士は財布を取り出し、中から小さな名刺大のカードを取り出した。

「これだよ」

「まだ交付してもらっていませんね」

喜太郎はカードを手に取った。そこにはWE社の社員は社会に貢献しますなどと書いてある。

「環境と社会に貢献しますって書いてあるじゃない？　青斑病を調べるのは、従業員コードに反することじゃないわ」

照美が喜太郎からカードを取り上げて言った。

「海原君も一緒にやりましょう」

「僕が……、ですか」

剛士が困惑気味に照美からカードを返してもらったとき、突然大きな爆発音がし、地面が揺れた。

「キャーッ」

照美が悲鳴と一緒に椅子から落ちた。

剛士は、咄嗟《とっさ》に床に腹ばいになった。厨房付近から黒煙が噴き出ているのが見える。

「照美さん、大丈夫？」

剛士は照美の側ににじり寄った。喜太郎はテーブルの足にしがみついている。

いったい何が起きたのだ……。

5

「出よう」

剛士は照美の手を握った。喜太郎も立ち上がった。レストラン内には黒煙が立ち込め、視界がはっきりしない。

「慌てないでください！」

ウエイターの声が聞こえる。客は多くなかったが、それでも先を争うように外に出ようとしてパニックになっている。

「こっちだ」

剛士は、客がひしめき合っている出口を避けて、庭に出ようとした。

「これで口を覆うんだ」

照美にお絞りのタオルを渡した。煙を吸い込まないようにするためだ。照美はタオルを口に当て、その場にしゃがんでいた。ショックを受けているようだ。

「喜太郎もタオルを口に当てろ」

「わかりました」

剛士は庭に通じるガラス戸を開けようとした。

「ちきしょう！　なんてことだ」

「開かないですか」

「ああ、がっしり閉まっている。駄目かな……」

「割りましょうか？」

喜太郎が黒煙を払いのけながら言った。

「割る？」

「この黒煙を外に出すためにも割った方がいいでしょう」

「わかった。どうする？」

剛士は椅子を持ち上げた。椅子をガラス戸にぶつけることを提案したのだ。

「やってみましょう」

喜太郎が椅子を持ち上げた。剛士も椅子を振りかぶった。案外重い。

「それ！」

同時にガラスに椅子をぶつけた。腕に強い衝撃が来た。

「割れたか？」

煙で目が痛い。しょぼしょぼする。

「駄目ですね。弾かれます」

「もう一回行くぞ」

椅子を振りかぶり、思いっきりぶつけた。衝撃は強いが、また弾かれた。

「駄目だな……」

剛士は入り口付近に目をやった。煙で何も見えない。悲鳴だけが聞こえている。この煙を外に出すためにもガラスを割らねばならない。

「これ、ぶつける？」

タオルを口につけたまま、くぐもった声で照美がテーブルを叩いた。剛士も叩いた。テーブルは硬い。樫《かし》のような木で作られているようだ。かなり重い。

「やりましょう」

喜太郎がテーブルの前に散乱している椅子などを取り除いた。ガラス戸まで一直線の道が出来た。

「三人で一緒に押すぞ。いいか」

「オーケー」

テーブルの背後に立ち、剛士は喜太郎、照美と手を合わせた。前かがみの体勢になり、テーブルを後ろから一気に押すのだ。床はよく磨いてあるから、滑りやすいだろう。

「さあ、行くぞ」

剛士はテーブルに手をかけた。喜太郎も照美も同じ姿勢になった。

「ワン、ツー、スリー、ゴー！」

剛士は踏ん張っていた足を蹴った。三人の力が一緒になった。テーブルは勢いを得て、ガラス戸に突っ込んでいく。

ものすごい音がした。テーブルがガラス戸を突き破って、庭に躍り出た。

粉々になったガラスが辺り一面に飛び散った。

「行くぞ。ガラスで怪我をするな」

剛士は、まず照美を先頭に押し出した。照美は、ガラスを踏まないように慎重に足を出した。カメラは忘れずに持っている。

「大丈夫よ。早く！」

照美が口に当てていたタオルを放り投げた。

続いて喜太郎、そして剛士も庭に出た。

「助かった……」

剛士は庭に座り込んだ。芝生の感触が柔らかい。喜太郎も照美も側に座った。

三人が破壊したガラス戸から黒煙が外に出ている。煙突の役割を果たしたようだ。

「弁償金を請求されるかな？」

剛士は独り言のように言った。もし請求されたら、この三人の一番年長者として支払い責任が生じるに違いない。

「大丈夫よ。緊急事態だったもの。でも何が起きたのかしら」

「先輩、僕たちの壊した場所から人が出てきますよ」

喜太郎が指差した。レストランに閉じ込められていた人が、破壊されたガラス戸をまたいで庭に出てくる。

「よかった。これで緊急事態だからやむをえない措置だったと証明されたね」

剛士はほっとした。

「あっちに人が集まっているわ。ホテルの入り口でよ。何が起きたのか訊きに行きましょう」

盛んにカメラのシャッターを押していた照美が走り出した。

「行ってみよう」

剛士も喜太郎も後に続き、人だかりの方に向かって急ぎ足で歩いた。

「みなさん、申し訳ございません。このままここで待機してください」

ホテルの従業員が大きな声で叫んでいる。

「帰るぞ」

「なぜ、待機するんだ」

客たちが興奮気味に叫んでいる。

「警察からの指示です。爆発物が爆発したようなのです」

従業員が声を張り上げている。

「ばかにするな。こっちは被害者だ。引き止めても帰るからな」

男が従業員の制止を振り切ろうとする。男の後ろには女性が不安そうに立っている。

「お待ちください」

「うるさい。おい、帰るぞ」

男は女性の腕を握った。女性は男に引きずられるように歩く。照美がカメラを向け、シャッターを切った。

「やめろ!」

男が照美に襲い掛かった。剛士は咄嗟に男に体当たりした。女性の悲鳴が聞こえた。男がもんどりうって倒れた。

「行こう!」

剛士は照美の手を摑んだ。

「喜太郎、行くぞ」

剛士は、照美の手を握ったまま駐車場に走った。

「この野郎!」

男が立ち上がった。追いかけてきそうだ。

「急げ!」

剛士は叫んだ。

男は立ち上がったが、痛そうに顔を歪めてその場を動かなかった。足をくじいたのかもしれない。

治療費を請求されるか？

走りながら、剛士はまた余計なことを考えた。

ふと何かを感じた。空気を引き裂くような鋭い視線だ。走っている自分たちを見ている。剛士は人だかりのしているホテルの入り口付近を振り返った。黒服のウエイターがいる。

あの目……。

「ウルフだ！」

剛士は急に立ち止まった。

「えっ！　何？」

照美が剛士の視線の方向を見た。

「どうされたんですか」

喜太郎が心配そうに剛士の表情をうかがった。

「ウルフだよ。ウルフがいたんだ」

「どこに？　どこにいたの？」

照美が慌ててカメラを構えた。

「あそこだよ」

剛士は人だかりを指差した。しかしそこにはもう黒服のウエイターはいなかった。

「どこよ！」

照美がいらいらしている。カメラをどこに向けていいかわからないのだ。

「もういないさ。さっきまであの人だかりにいた黒服のウエイターだよ。彼は僕たちの注文を取りに来た男だ」

「注文を取りに来た？」

喜太郎が驚いた顔をした。

「声をかけてきたウエイターの顔をどこかで見た気がした。まさかと思ったのだけど、彼は間違いなくウルフだった。あの鋭い視線は忘れられないから」

「あのウエイターが……。まさか」

「なぜ、言ってくれなかったのよ」

照美が悔しそうに言った。

「僕の勘違いかと思ったからね。でもあの混乱の中で冷静に周囲を見渡し、逃げていく僕たちに視線を送ってきたから彼は間違いなくウルフだと確信したのさ。この爆発は自分の仕業だと僕に伝えるような視線だった」

剛士は呟いた。

「行きましょうか？」

喜太郎が言った。

もしウルフの仕業だとなれば、問題が大きくなる。なぜWE社の人間がいたのかと、事件との関連を疑われないとも限らない。それよりも何よりも仕事をサボっていたことを山口マネージャーに叱られてしまう。最悪は、せっかく得た集金人の仕事を失いかねないことだ。

「行くぞ」

剛士は、まだシャッターを押し続けている照美に言った。

「先輩、警察です。突破は難しそうですよ」

遠くからパトカーのサイレンが聞こえる。

「大丈夫だよ。運転には自信があるから」

剛士は拳を握り締めた。あのウルフの視線を思い出すと、なぜだか身震いがしてくる。また
どこかで会うに違いないと感じた。

第三章　死魚

1

照美は、そのままテロの取材を続けると言い、山の上のホテルに残った。

剛士は喜太郎を連れて本社へ帰った。まさかサボってホテルにいたなどと言うわけにもいかずテロのことは誰にも言わなかった。

剛士は山口に呼ばれた。喜太郎も一緒だ。

「知っているか？　さっき、山の上のホテルで爆発があったらしい。テロの可能性が高いそうだ。物騒になったものだ」

山口が言った。

「ちょっと聞きました。怪我人はいたのですか」

「詳しいことはわからないが、大丈夫のようだ。しかしどうも嫌なことだが、わが社への反発らしいな」

山口の顔が曇った。

「WE社への反発ですか」

剛士は、喜太郎と顔を見合わせた。

「そうだ。わが社が、実質的に市を支配していることに不満を持つ連中がいるんだ。もし仮に不満があったとしても暴力はいかん」

山口は強い口調に変化した。剛士は、ウルフを思い出した。印象的なのは目だ。鋭いが、純粋な光を放ってた。なぜか恐怖や憎しみを感じなかった。

「我々に、何か用ですか？」

「すまん、すまん」と山口は、書類を繰りながら、「実は、特殊問題解決チームというのが出来た。俺がそのリーダーになった」

山口がわずかに微笑んだ。おそらく昇格か昇給したのだろう。

「なんですか？　その特殊？」

喜太郎が訊いた。

「今回のテロなどわが社に不満を持つ連中を調べることだ。そこでそのチームに君たちも入ってもらいたい。というより俺と君たち三人だけだがね」

「私たちが？　なぜですか？」

剛士は、テロに立ち向かうほどの勇気を持ち合わせているわけではないので、気が進まない。逆に喜太郎は、「名誉ですね。ねえ先輩」と嬉しそうだ。

剛士から見ると、どうも喜太郎は怪しい。妙にテロリストなどに関心を持っているし、山の上のホテルで食事を振る舞うなど金回りもいい。ただの集金人とは違う気がする。今回も、普通なら嫌だと言うところを即座に、好意的な反応をした。

「二人とも独身だからな。ちょっと危ない業務だろう？」

山口は、申し訳なさそうな顔をした。

「危険な業務なんですね」

喜太郎は、あくまで嬉しそうだ。

「おいおい、まだ引き受けるって言ってないんだぞ」

剛士が喜太郎の暴走気味な行動を注意した。

「剛士は嫌か？　嫌なら無理にとは言わんが……」

「嫌だとは……、ちょっと迷っているだけです」

「なら決まりだ。手当も出るからな」

「手当ですか？　幾らですか？」

給料が上がるなら、考えてもいい。

「まだわからん。しかしスズメの涙程度だと思うぞ」

山口は笑った。

「なんだ……」

剛士はがっかりした。期待するだけ損だということだろう。

「そこで早速だが、一緒に、ここまで行って欲しい」

山口は机の上に、地図を開いた。そこには北東京市の全体像と周辺が描かれている。

「どこですか？」

喜太郎が身を乗り出した。

「ダムだ」

山口は言った。

「ダム？」

剛士が首を傾げた。

「トップからの命令だ。すぐに出発するぞ。はい、これ！」

山口は机の中から、銃を取り出した。

「これを装備しろ」

「やりましたね」

喜太郎は興奮気味に、山口が机の上に置いた拳銃を見た。セミオートタイプのコルトだ。銃を装着するベルトに入っている。

「使い方は？」

「知りません」

山口の問いに、二人同時に返事した。

「それじゃ、おいおい教えてやる。すぐに出るぞ」

山口が椅子を蹴った。剛士は慌てて銃を摑んだ。重い。なんだか憂鬱になった。

「行きましょう」

喜太郎は、さっさと銃を持ち上げると、ベルトを腰に回した。

2

喜太郎が運転するジープは、本社近くのスラム街を抜けていく。

「臭いな」

山口が鼻を摘む。

「水洗トイレを使ってませんからね。この辺の連中は」

剛士が答えた。

水道を止められているから、トイレで排便しても流せないのだ。スラム街の住民の中には、排便した後、それらを外に持ち出して、穴を掘り、埋めている者もいる。また新聞や袋に排便をして、ゴミと一緒に出す者もいる。

「嫌だね。そんな連中は。水道代、下水道代くらい払えよなぁ」

山口が顔をしかめた。

「清潔な水を飲み、清潔なトイレで排便をするというのは、基本的な人権というものでしょう」

喜太郎がハンドルを握りながら言った。

基本的人権などという言葉を使ってはいけない。WE社では、全て収益が優先するのだ。

「基本的人権？　そんなの金を払わない奴がいけないんだ」

やはり山口が怒った。

喜太郎は黙った。

ジープが揺れる。道路が悪い。

「あれを見てください」

喜太郎がハンドルから片手を離し、指差した。途端にジープが大きくバウンドした。石か何かを踏んだのだ。

「あっ」

山口が叫んだ。

「しっかり運転しろよ」

剛士が叫んだ。

「すみません。ＷＥ社の給水車に気を取られたものですから」

喜太郎が謝った。

「あれはうちのボランティア給水車じゃないか」

ボランティア給水車とは、貧しい人たち用に無料で水を配っている、ＷＥ社が社会貢献として大きく打ち出しているものだ。

多くの人に取り囲まれている。百人以上はいるだろう。デモ隊に取り囲まれた機動隊の装甲車のようだ。

「あれだけの人が、ボランティア給水車に頼らなければならないっておかしくありませんか」

喜太郎は遠慮なく山口に議論を吹っかける。

「いいことしているじゃないか」

「でも水って、生きるために絶対必要じゃないですか。貧しい人へは安く提供するべきでしょう」

「喜太郎、もうやめろ。リーダーと議論しても仕方がない」

剛士が間に入った。

「水がなくなり、水道設備の維持が公共事業にとって負担になった。だから我々がその部分を担っている」

　山口は言った。

「なぜ水がなくなったのでしょうか」

　喜太郎はやめない。

「それは温暖化だ。世界中の水が涸れつつある。北東京市だけのことではない」

「そればかりではないはずです。大量に使用する工場などがあるからです。庶民は水不足に泣いていますが、半導体工場などは水をふんだんに使いすぎでしょう」

　喜太郎の言うことは、正しい。工場ではふんだんに水が使われている。

「でも、その結果、市は財政的になんとか維持されているんだ。またＷＥ社がなければ北東京市は壊滅していただろう。水道事業が維持できなくなったんだぞ」

　山口は反論した。

「確かに……」

　喜太郎が黙った。

「もう一つ言わせてもらうとだな、南米のある街で、水道事業を我々のような民間の業者に委託した。反対運動が起きた。水を売り物にするなという声が、街に溢れ、インターネットにも民間業者を非難する声が溢れた。その結果、水道事業は再度公営化された。しかしそれはまだ水があった頃の話だ。今はその街もまた我々の前に頭を下げてきたのさ。やはり財政が維持できないのだ」

山口の言う通りで、南米やアフリカなどはかつて一九八〇年代から九〇年代にかけて水道事業の民営化が進められた。ところが水をビジネスと考えることに反対な人々の動きによって公営水道に戻ってしまった。しかしここにきて再び民営化され、WE社も数多く受注するようになった。基本的に水がなくなってしまい、公営で維持するには費用がかかりすぎ、財政破綻を来《きた》してしまうからだ。民営化さえしてしまえば、水道維持費用はかからないし、WE社からの税収も期待できる。

「しかしどうしてこの国も北東京市もこんなになってしまったんですかね」

剛士は呟くように言った。剛士だってできればボランティア給水車に群がる人たちを見たくはない。水は生きる絶対条件だ。こんなものをビジネスにして、金に換えることは神様に反することだと思っている。そんな風に思い切って、山口に言いたい。しかしそんなことを言えばたちまち危険思想の持ち主として、マークされ、馘首になるに決まっている。だから曖昧《あいまい》な言葉で言わざるをえない。

剛士は喜太郎を羨ましいと思った。なんでも率直だからだ。

「今はまだましなのかもしれない。さらに水不足は加速するだろう。それは中国への水の輸出の件があるからだ」と山口は言った。

「どういうことですか？」

喜太郎が訊いた。

「中国は、国内の水不足を補うために日本から水を輸入することを検討している。かつては日本の方が豊かな国だったが、中国は急激な経済発展で、あれよ、あれよという間に日本以上の経済大国になった。しかし揚子江《ようすこう》の水を北京に運ぶような大工事をしても水不足は解消されなかった。かえって深刻になった。そこでもはや販売する工業製品もなくなった日本に水を寄越せと言ってきた。日本政府は、いそいそと日本の水を中国に販売することに合意する意向だ。それがこれから日本の水不足を深刻化させるだろうよ」

「WE社もそれには関係しているのですね」

「勿論だよ。こんなビッグビジネスチャンスはないからね」

喜太郎の問いに山口は得意そうな顔をした。山口は忠実なWE社の社員だった。出世も望んでいた。

「ねえ、リーダー」

剛士は言った。

「どうした？」

山口は剛士の顔を見た。

「なぜ、ダムに行くのか詳しいことは聞きませんでしたね」

「実は、俺もよくわからんのだ。向こうへ行けば、監視センターの責任者が待っているらしい」

山口も詳しいことを聞いていないのだ。

「デモをやっていますね」

剛士が前方を指差した。道路をデモ隊が横断しようとしている。数百人はいる。

「最近、多いなデモが。車を止めろ」

山口が喜太郎に命じた。ジープが止まった。デモ隊が横断し終えるまで、待つことになる。

水を企業から、我々の手に取り戻せという幟《のぼり》やプラカードを持っている。WE社による水道事業支配に反対するデモだ。

「嫌になるよな。俺たちは一生懸命仕事をしているだけなのによ」

山口が言った。

デモ隊は、シュプレヒコールを叫びながら歩いていく。

水道事業を民間業者に任せたら、公営部門効率化や衛生環境の整備などが進むと考えられていた。しかしそれらは所詮、絵に描いた餅《もち》だった。WE社のような民営企業は、あくまで利潤の追求が目的なのだ。だから利潤の極大化を目指すが、それに反することはしない。そのことが市民生活を脅かし始めたのだ。しかし北東京市は市長の藤野がWE社と手を組んでおり、市民は文句を言えない。

「ガス抜きデモなんだから、早く通れよ」

山口が苛立《いらだ》った。

「これはガス抜きですか？」

剛士は訊いた。

「当たり前だ。この北東京市でWE社を批難するデモを自由にやれるはずがないだろう」

山口が言う通りで藤野が支配する北東京市において、純粋に市民によるデモを実行することは難しい。そんなことをすれば、たちまち摘発され、逮捕されてしまうだろう。

ジープはデモ隊が通過するために、止まっていた。

剛士は、デモ隊の人々をぼんやりと眺めていた。口々に、「水を寄越せ！」「水を我らに！」などと叫んでいる。彼らの表情は、真剣で深刻だ。大人たちばかりではない。多くの子供たちが、大人たちに混じって張り裂けんばかりの声を上げている。

「みんなやつれていますね」

喜太郎が言った。

「貧乏人が、日当目当てで動員されているからな」

山口の言葉には彼らに対する同情の思いはない。山口にしても、決して豊かではない。やっと結婚することになったようだが、三十歳過ぎまで、独身を続けてきた最大の理由は貧しいからだ。結婚して、妻子を養う自信が持てなかったのだ。

日本の人口はついに一億人を切り、今や九千万人さえ切るかもしれないと言われるまでになった。高齢者は人口の四十％を超過し、二人ないし三人に一人は六十五歳以上だ。これだけ少子化と高齢化が進行すると、国は活力を失ってしまう。そこで国は、それぞれの都市や県などに自治権限を大幅に任せ、それぞれで生き残りの道を探るように指示した。地方分権という美辞麗句を並べる評論家がいたが、そんな生易しいものではない。単に切り捨てたのだ。国に活力がなくなった結果、財政的に破綻を来し、それぞれ勝手にやれとばかりに国の責任を放棄してしまったのだ。その結果、北東京市の藤野支配は一段と進み、市は一部の豊かな人と大多数の貧しい人になってしまった。

最悪なのは、貧しい山口のような人間が、更に貧しい人間を苛《いじ》め、さげすむようになったことだ。山口にしてみれば、自分はWE社というグローバルカンパニーに勤務しているから、それなりの生活ができる、しかし貧しい人間は、怠けているから、水さえもまともに手に入れることができないのだということだ。

剛士は、豊かな人間たちが高みの見物をしているように思う。どうしても目の前を行進するデモ隊の人々のやつれた顔を見ていると、同情してしまうのだ。

「ねえ、リーダー。私たちの仕事ってなんでしょうね」

「何を言っているんだ？　剛士？」

「あのデモ隊を見ていると、水を人々に安定的に届ける仕事を果たしていないのではないかと思えてきませんか」

剛士は眉根を寄せた。

「その『人々』の頭に、『水道代を払える』という言葉をつけろ。水道代を払えない人間は水を飲む必要はないんだよ」

山口は、デモ隊に毒づいた。

山口が、人間的にひどいというわけではない。こうして貧しい人に毒づくことで、仕事に対するモチベーションを上げているという皮肉に彼自身が気づいていない。それは毒づかなければ、WE社という有利な職場を失ってしまうという恐怖に支配されているのも事実だ。

「デモ隊がこっちに向かってきますよ」

喜太郎が引きつった顔で言った。デモ隊の一部が、ジープに近づいているのだ。

「ウォーター・エンバイロンメント社の連中だぞ」

「俺たちの敵だ」

口々に叫んでいる。怒りに満ちた顔だ。こちらに向かってくる人たちが、ちょうど雁行《がんこう》と同じように、先頭になって方向を変えてしまった。

先頭の男たちがジープに向かって走り始めた。目が血走り、凶器のようにプラカードを振り上げている。

「逃げろ！」

山口が叫び、喜太郎に命じた。

「ガス抜きデモ、やらせデモじゃなかったのですか！」

剛士が叫んだ。目の前に人々が迫っている。

「やっつけてしまえ」

「あいつらが全て悪いんだ」

憎しみの声が徐々に大きくなってくる。剛士の耳には、騒音としか聞こえない。

「やばいぞ。これは」

剛士も恐怖が足下から全身に回り始めた。彼らはジープのボンネットを打ち砕かんばかりに、プラカードを振り下ろすだろう。彼らはやらせではない。本気で怒っている。

「早く、早く、発進するんだ！」

山口が叫んだ。顔が引きつっている。ガス抜きデモだと毒づいていたときの余裕はすっかり失っている。

「今、発進すると、相手を撥ねてしまいます」

喜太郎が悲鳴を上げた。

「いいから、行け！」

山口は喜太郎の頭を拳で殴った。喜太郎は、目をつむり、アクセルを踏んだ。同時にクラクションを思い切り鳴らした。

目の前でデモ隊の男たちが割れた。左右に散り、道が出来た。ジープがその道を飛んだ。砂《すな》埃《ぼこり》が舞い上がる。

「ゴーッ！　ゴーッ！」

山口が叫ぶ。喜太郎がアクセルを更に踏み込む。剛士はジープから振り落とされないように注意しながら、背後を見た。デモ隊の男たちがプラカードをジープに向かって投げている。

「死ね！」「悪魔！」。叫び声が聞こえる。

「大丈夫、誰も撥ねなかったみたいです」

剛士は、山口に言った。

「チキショー。二、三人撥ね飛ばしてればよかったな」

山口も背後を振り返った。ようやく余裕を取り戻したのか、肩で大きく息をした。

3

ジープは猛スピードで走る。

「時間がかかったな」

山口が時計を見て、いらついた表情をした。

「約束の時間を過ぎているんですか？」

剛士が訊いた。

喜太郎は、強くハンドルを握り締めて、前方を睨んでいる。周囲の緑は濃くなってきている。山口の指示通りに運転しているのだが、トネ・リバーの上流のヤギ・ダムに向かっているようだ。ダムは、ナラ・ダム、フジ・ダム、アカ・ダム、そしてヤギ・ダムの四ヶ所だ。北東京市を取り囲む山々の中に、ひっそりと隠れるように存在し、水をたたえている。

もう一つの河川であるエド・リバーの上流には、タキ・ダム、ウラ・ダム、カワ・ダムの三つのダムがある。これら七つのダムが北東京市の水源となっている。

「この方向は、ヤギ・ダムですね」

剛士は自分の推測を言った。

「その通りだ。今回の特殊問題解決チームは、実はワン・フーの肝いりなんだ」

山口が神妙に答えた。

「ワン・フーの肝いり？」

剛士は、山口の言葉を繰り返した。喜太郎も興味深そうに耳をそばだてている。

「先日、ワン・フーが突然、水運用監視センターを視察したらしい。その時、死魚が出たんだ。その原因がどうもダムからの漏水らしい」

山口は言った。

漏水で？　死魚とはすぐに結びつかないが、水で生きるべき魚が死ぬというのは、水でビジネスを行なっているワン・フーに何かの不安をかきたてたのかもしれない。剛士は、先ほどの喧騒が嘘のような静かな森を眺めていた。緑が更に濃くなっていく。鳥の声が、騒音のように激しく聞こえる。ここには確かな命が息づいている。

それにひきかえこれだけ豊かな森を背後に抱えながら、市の中心部にはゴミが溢れ、腐臭が漂っているのだ。なんと皮肉で、悲しいことか。

この森が緑を保っているのは、WE社が水源保護のために、森を破壊する人を一切排除するなどの強力な森林保護策を実施しているからだ。

水源を保護するためには、水源涵養林《かんよう》としての森を育てなくてはならない。育てる範囲は河川に沿ってだけというわけではない。広大な範囲の山々の緑が必要なのだ。WE社は、河川の上流の数万ヘクタールに及ぶ森を買占め、針葉樹を植栽し、それを育て、間伐することで広葉樹を生長させ、可能な限り自然に近い森にしていく。

以前に一度、剛士はこの森に来たことがある。その時もヤギ・ダムに行く途中だった。WE社は、これだけ森を大事にするくせにそこから湧き出る水を利用する人間を、どうして大事にしないのかと強く疑問に思ったものだ。またこうして同じ景色を眺めていると、同じ疑問に囚われてしまう。グローバルカンパニーというものは、収益を生み出すものしか重要視しない。その姿勢の表れなのだろう。

「それでその死魚を調査しろというのが任務なのですか？」

喜太郎が前を向いたまま、言った。

「ダムに着けば責任者から説明があると思うが、最近のわが社に対する批判的な行動の多発をなんとかしろということじゃないのか」

山口が、渋い顔をした。

「そうすると先ほどのデモだとか、そういうことも調査の対象に？」

剛士は訊いた。

「わからん。あまり手を広げたくはないが、市とWE社によるやらせデモだと思っていたら、そうではない。これには俺も驚いた。いったい誰が、この北東京市で自由にデモができるんだ！　許可した奴も含めて、徹底的に調べにゃいかん！」

山口は怒りを顔に出した。

「見えてきましたよ」

喜太郎が前方を指差した。

緑の山々に囲まれ、青い水をたたえたヤギ・ダムの堤体が見えてきた。堤頂部分が、美しいアーチを描いてダム湖を形成している。

「きれいだな」

剛士は呟いた。

ヤギ・ダムはトネ・リバーにかかる最大のダムで、堤頂高百五十メートルのコンクリート製アーチ式ダムだ。渓谷にダムを造る際、アーチ式ダムが多く造られる。構造的に水圧を両岸に分散させることができ、その分だけ真ん中部分のコンクリートを薄くすることができ、経費を節約できる。

今はWE社が管理しているが、もともとは国が造り、北東京市に払い下げられていた。

駐車場にジープを止め、剛士たちはようやく地面に足をつけた。

「管理事務所に行くぞ」

山口が歩き出した。駐車場の向こうにコンクリートの白いビルが見える。

「ワン・フーの肝いりプロジェクトに入社早々、選ばれるなんて最高ですね」

喜太郎が嬉しそうだ。未知の仕事に興奮している。

「でも独身者ばかり集められたっていうのが嫌だな……」

剛士は一抹の不安を抱いていた。

「そんなの、危険なことがあるからでしょう」

喜太郎は、あっさりと言った。

「怖いというか、気味悪くはないのか？」

剛士の情けない問い掛けに喜太郎は、笑って「ぜんぜん」と答えた。

管理事務所の玄関に誰かが立っている。山口が親しげに手を上げた。相手は、丁寧に頭を下げている。

「誰ですか？」

剛士の質問に、山口は「監視センター長の木澤さんだ」と答えた。

「どうも遠いところをわざわざありがとうございます」

木澤は、山口に頭を下げ、名刺を差し出した。山口も名刺を出した。山口は木澤を知っているかのような口ぶりだったが、面識はなかったのだ。名刺には「木澤勇」とあった。

「部下の海原剛士、水神喜太郎です」

山口が二人を紹介した。剛士と喜太郎は軽く頭を下げた。木澤が名刺を差し出してきたが、剛士も喜太郎も名刺を持っていないので、気まずい顔で受け取った。

「では、中へ」

木澤の案内で管理事務所内に案内され、会議室に通された。

「ここはヤギ・ダムの管理事務所として機能しているばかりではなく、監視センターの分室として、ダム湖や周辺の水をチェックしたり、毒物などをダム湖に投棄する人間を監視したりする業務を行なっています」

木澤は、正面に座るなり、説明し始めた。

剛士たちの前には、ペットボトル入りの水が置いてある。ラベルは貼られていない。

「これは？」

山口が、ボトルを持ち上げた。

「湖の水です。勿論、高度浄化していますから、安心してください。浄化、煮沸していますから。いわば水道水ですかね」

木澤は、自らキャップを取り外し、飲み始めた。

「美味そうですね。リーダー、こっちも飲みたいですね」

剛士は、耳元で囁いた。

「飲んでいいよ」

「いいですか？」

剛士はキャップを外すと、喉を鳴らして飲んだ。喜太郎を見ると、気にすることなくとっくに飲んでいた。

「リーダーは飲まないんですか」

　剛士は訊いた。

「ああ」と山口は顔をしかめ、「さっき湖の水だと聞いたら、飲めなくなったのさ」と小声で答えた。

「へえ、どうしたんですか？　水道屋が水道の水を飲めないでは、話にならないでしょう？」

　剛士はからかった。

「うるさい」

　山口は、拳を作ってみせた。

「どうです？　なかなか美味いでしょう？」

　木澤は、空にしたボトルを机の上に置いた。

「ええ、まあ」

　山口は、曖昧に答えた。

「それでは皆さんに来ていただいた目的をご説明いたします」

　木澤は立ち上がった。

「このダム湖の北側で死魚が発見されました。七月十七日午後一時三十分、ダム湖周辺にいた釣り人が発見しました。魚の種類は、鯉やテラピアなど、二百五十四から二百六十四です」

「毒物ですか？」

　山口が、深刻な表情を浮かべた。

「高分解能ガスクロマトグラフ質量分析計など最新検査機器を使用し、即座に数十項目について調査してみましたが、シアン、六価クロム、砒素、残留農薬等、毒物は検出されませんでした」

「じゃあ、原因不明ってこと？」

剛士は言った。水を扱う企業にとって死魚は重要なシグナルだ。商品である水に、なんらかの異常があるから死魚が出る。この原因を不明のままにはできない。

「死魚の周辺を念入りに調査しましたら、あることがわかりました。このところ数日、雨が降っていません。ダム湖の貯水率はなんとか八十％を保っていますが、その死魚の周辺が一時的に、かつ急激に水不足を来したとしか考えられないのです。そのようにワン・フーにも報告いたしました」

木澤は答えた。

すでにワン・フーに報告されているのだ。

「温度とか？　熱水が噴き出ているとか？」

喜太郎が疑問を呈した。

「それはありません。ダムの水がどこかに漏れていて、たまたま魚が生息する域の水が急激に減少し、酸素不足を来した……」

木澤の答えは苦しそうだ。

「現状、湖面に異常が見つからないということであれば、急激に下がった水位が復元したとでも？」

山口が訊いた。

木澤は、ホワイトボードに図を描き始めた。ダム湖の底のような図だ。

「ダム湖の中に、このようにもう一つの金魚鉢のような小さな器があるとします。ここは魚の恰好の生息域になりますが、ここの水が急になくなったと考えます。外からの補充が間に合わないほど急になくなったのです」

木澤の答えを聞きつつ、「ワン・フーにもそのようにご報告されたのですか」と山口が確認した。

「ここまで詳しくは報告していませんが、漏水とだけ申し上げました。なぜこのように考えたかと申しますと、このところ異常な水位の低下が見られるのです」

木澤の顔が翳《かげ》った。

「異常？」

「先ほど貯水率は八十％と申し上げましたが、数日前までは八十五％でした。有効貯水容量は約十万キロ立方メートルありますから、五％というと五千キロ立方メートルです。放水もしておりませんから、これだけの水、渇水期には最低限確保しなければならないほどの大量の水が短期間になくなることは考えられません」と木澤は苦しげに顔を歪め、「この事態をワン・フーに報告することをためらっておりましたが、死魚の事件をきっかけに思い切って私の考えを報告した次第なのです」

と話した。

「では木澤さんのお考えでは、なぜそのような急激な漏水が発生したのだとお考えですか？」

山口の視線が強くなった。

木澤は、口ごもった。

「漏水だから、どこかに穴が開いているのかな」

喜太郎が、首を傾げながら言った。

木澤の顔が、輝いた。

「まさに、今、おっしゃった通りです。どこかに穴が開いているのかもしれない……」

「そんなバカな。風呂桶じゃあるまいし……」

山口が苦笑した。

「でも排水口があるような水の漏れ方で、今は収まっていますから、栓がなされたのかと思っています」

木澤が目を閉じた。自分の言葉を、頭の中で反芻《はんすう》しているかのようだ。

「その原因を私たちに調べろというのですか？」

剛士は訊いた。

「それがワン・フーの望みです」

木澤は真剣な顔で言った。

ダム湖の水が、どこかに消えている？　いったいどこに？　剛士は想像もつかなかった。またワン・フーがなぜ特別チームを作ってまで、この問題の調査を命じたのか、それも不明だ。何か大きな問題が隠れているると、考えているのだろうか。

「消えた水を探せか……。ワン・フーの命令とあれば仕方がない」

山口がぶつぶつと呟いた。

「木澤センター長は、ここにいるの？」

突然、ドアが開いた。

「照美さん？」

剛士と喜太郎が驚いて、同時に声を上げた。

4

「水上照美！　お前、どうしてここに？」

山口が立ち上がった。

「あら山口さん？　ワン・フーの忠実な犬？　いや部下さんね」

照美が攻撃的な口調で言った。口元では笑っている。

「リーダー、ご存知なのですか？」

剛士が訊いた。

「ご存知なのですか、じゃない。お前らこそ、この不良ジャーナリストをなぜ知っているんだ？」

山口が剛士と喜太郎に怒鳴った。

「不良とは失礼な」

照美が怒った。

「ちょっとしたことで、知り合いになりまして……。彼女、僕のエリアの客なのです」

剛士が言った。

「客？　こんな女が客なわけはないだろう」

山口は唾を飛ばして、剛士に怒りをぶつけた。相当な因縁があるに違いない。

「相変わらず失礼ね。ちょっと振ったくらいで、まだ根に持ってるんだから」

照美の言葉に、山口は耳まで赤くなった。

剛士と喜太郎は、驚いて顔を見合わせ「振られた？」と言い、山口の顔を見た。

「バカ言うな。なんてことを言うのだ。何を、その、根拠に……」

山口はしどろもどろになった。

「水上さん、今、会議中なんです。突然、入ってこないでください」

木澤が眉根を寄せた。

「すみません。でも死魚が大量に浮かんだって聞いたものですから。原因はなんですか？」

照美は木澤をぐっと見つめた。

「今、それを本社の皆さんにご報告していたところです」

木澤が山口に顔を向けた。

照美が驚いた顔で、「本社の人って？　あの人たち、集金担当でしょう？」と剛士たちを見た。

「違うんです。僕たち、特殊問題解決チームという任務を受けたのです」

　剛士が言った。

「何？　その特殊問題云々《うんぬん》は？」

　照美が首を傾げた。

「僕たちにもよくわかりませんが、ワン・フーの肝いりプロジェクトに選抜されたみたいなんです」

　剛士が答えた。

「おい、剛士、こいつに余計なことを言うな」

　山口が厳しい目をした。

「ふーん。ワン・フー肝いりね」

　照美は何事か考えている風な顔になった。

「照美さんは木澤さんとも知り合いなんですか？」

　喜太郎が感心したような目で照美を見つめた。

「当然でしょう？　水のことを調べているのに、木澤センター長、いや木澤博士の説明を聞かないで記事は書けないわ」

「センター長は博士なんですか？」

　剛士は尊敬の視線を送った。

「たいしたことはありません。ちょっと人より水に詳しいだけです」

　木澤は謙遜した。

「説明してください。私にも」

照美は、木澤に迫った。

木澤は山口を気にしている。

「なあ、照美、今日は帰ってくれよ。何もはっきりしたことがわかっていないんだよ」

山口がしかめっ面で言った。照美と呼び捨てするとは、聞き捨てならない。それなりに親密であったことをうかがわせるではないか。

「照美なんて呼ばないでよ」

照美が少し膨れた。

「それなら水上さん、邪魔しないでください」

山口は頭を下げた。

「木澤センター長から、説明を受けるまでは帰らないわ」

「しつこいな。相変わらず」

「あなたこそ、いい加減にWE社のような犯罪的な組織から足をあらったらどうなの」

「犯罪的とはなんだ！」

「犯罪的だから、犯罪的と言ったのよ。何が悪いの！」

山口と照美はつかみ合いでも始めかねない勢いだ。

「ちょっと、リーダー、やめましょう。冷静じゃないですよ」

剛士が割って入った。

「悪かった。興奮してしまったな」

山口は苦虫を嚙み潰したような顔をした。

「山口さんは、いつも興奮するからいけないわ。もっと冷静にならなくてはね」

照美がからかうような笑みを浮かべた。

「僕から説明しましょうか？　照美さん」

喜太郎が前へ進み出た。

「お願いするわね。いいの？　山口さん」

「いいよ」

山口はふてくされたような顔で答えた。

「死魚は、ダム湖の北側で二百五十四から二百六十匹ほど発見されました。木澤センター長のところで詳細に分析されましたが、毒物や残留農薬の反応はありません」

「それじゃあ、なぜ？」

「急激に水が減少したことによる酸欠が考えられるようです」

「水が減少？」

「どこかへダム湖の水が逃げてしまって、水のなくなったところがたまたま魚たちの生息エリアだったというわけです。これでよろしいですね。木澤センター長」

喜太郎は木澤に同意を求めた。木澤は、軽く頷いた。

「そんなことって？　青斑病とは関係ないのですか？」

照美は木澤に詰め寄った。

「はっきりとしたことは言えませんが、今のところ酸欠で魚は死んだということです。青斑病自体の原因はわかっていませんから、答えようがありません」

木澤は言った。

「満足した？」

山口は言った。

照美は、納得いかないのか何度か首を振り、不満そうな顔で山口を睨んだ。

「ダム湖へ行ってみますか？」

木澤が言った。

「行きましょう」

照美がすぐに賛成した。

「お前は部外者だろう？」

山口が怒った。

「いいじゃないの？　堅いこと言わなくても」

照美が微笑んだ。

山口は、何も言わずに黙った。

「行きましょうか」

木澤がドアに向かって歩き始めた。剛士たちはその後に続いた。

ダムの堤頂部に巡視船やゴミを集める集塵船を格納している建物がある。艇庫だ。

「ここに巡視船が格納されています。これをダム湖にインクラインで降下させますから、一緒に乗りましょう」

木澤は艇庫の中に入った。巡視船が係船設備に載せられていた。船はケーブルカーのようにダムの斜面を下ろされていく。

「初めてよ」

照美が嬉しそうに言った。

「まったく、遊びじゃないんだろう。取材だろう？」

山口が呆れた顔をした。

「さあ、乗ってください」

木澤の指示で、巡視船と一緒に係船台に乗り込む。ゆっくりと湖面に向かって降下していく。

その先には係船の桟橋がある。

「怖いわね」

鉄骨と鉄板だけの係船台の上に乗って、数十メートルを降下する。湖面が徐々に近づいてくる。ほとんど直角に水の中に入っていくような錯覚にとらわれる。

「照美らしくないな」

山口が嫌味っぽく言った。

「何言ってるの。私だって女の端くれよ」

照美が唇を尖らせた。

「ねえ、いったいどういう関係なんでしょうね。仲が悪そうで、そうでもないような」

喜太郎が剛士の耳元で囁いた。

「また機会を見つけて、リーダーに訊いてみようぜ」

剛士は答えた。強く鉄の柵を握り締めている。ダム湖に飲み込まれるような感覚が、頂点に達したとき、湖面に到着した。見上げると、はるか先に艇庫がある。その背後には深い緑の山が迫っている。

「なんて小さい存在なんだろう」

思わず剛士は言った。

「ほんとですね。食虫花の壺状になったところに迷い込んだ虫の気分ですね」

喜太郎が言った。

巡視船が湖面に滑り出た。

「乗り込みましょう」

木澤が桟橋を歩いて、乗船した。山口、照美、喜太郎、そして剛士も乗り込んだ。波はない。

「私が操縦します」

木澤がコクピットに入り、エンジンをかけた。轟音が静かな山間に響いた。船の背後の湖面が白く、激しく泡立つ。

「出発！」

巡視船が動き出した。ガラスのような湖面に波が立つ。

この湖で何が起きているのだろうか。それは北東京市に何をもたらすのだろうか。剛士は胸騒ぎのような感覚を抱いた。臆病で、心配性といわれる剛士だから、不吉な感覚に襲われるのだろうか。

照美は気持ちよさそうに、風に髪をなびかせている。

巡視船は、死魚が浮かんだ場所に向かって、スピードを上げた。

第四章　水の国

1

湖の周囲は、深い緑の木々に囲まれている。湖面には巡視船が引き起こす波だけが揺れている。深く青く澄んだ湖面を覗き込むと、多くの立ち腐れした古木が揺らめいている。かつては湖の下にも森が広がっていたのだ。

死魚が現れた辺りに巡視船を停めて全員が甲板から周囲を観察していた。

「特段の変化は認められませんね」

山口は言った。周囲の景色に酔いしれたように目を細めた。

「CSPSのリーダーの感想でいいの?」

照美が訊いた。

山口が不思議そうな顔をする。

「そのCSPSってなんですか?」

剛士が訊いた。

「チーム・オブ・スペシャル・プロブレム・ソリューション。特殊問題解決チームの略よ」

「なかなかカッコいいですね」

喜太郎が賛同した。

船がぐらりと大きく揺れた。

「どうした？」

山口が縁のポールを摑み、木澤を見た。

「わかりません。急に……」

木澤も青ざめて、ポールに摑まっている。

「あれは？」

照美が指差した。

死魚が発生した辺りの岸辺から船に向かって波が押し寄せてくる。それは小さい波から徐々に大きくなっているように見えて、時折、船を揺らすほどの大きさになることもある。

「なんでしょう？」

山口が不安そうに木澤に訊いた。木澤は首を振るばかりだ。

「人工的な波の気がしますね」

喜太郎がポールに摑まりながら言った。

「人工的？　そんなことってあるのか？」

山口が怒ったように言った。

「船を出しましょう」

木澤がコクピットに向かおうとした。波が大きくなっている。ポールに摑まっていないと、体が大きく揺れてしまう。

木澤の体がゆらりとした。

「木澤さん、危ないですよ」

剛士はポールから手を離し、木澤の体を支えようとした。

その時、船が急に沈み込むように、急降下。悲鳴が上がる。すると今度は逆に船が高く、高く急上昇した。まるでジェットコースターだ。大きな波に翻弄されている。

剛士は片方の手で木澤のスーツを摑み、もう一方の手をポールまで伸ばそうと必死になった。その手を照美が摑もうと伸ばしてくる。

「海原君、手をこっちに」

照美は、必死で剛士に呼びかける。

その時、再び大きな波が来て、横から船にぶつかった。

「あっ」

叫び声とともに、木澤と剛士が湖に投げ出された。

「先輩！」

喜太郎が叫ぶ。

「木澤さん！」

山口が声を張り上げた。しかし二人とも湖に飛び込むことはできない。いつもは鏡のような湖面が、まるで荒波が狂う太平洋のようだ。今、飛び込めば助ける前に自分が波に巻き込まれる。

「あれ、あれを！」

照美が叫んだ。

剛士と木澤が大きな渦に飲まれていく。二人が両手を上げ、叫んでいるが、轟音のような水音でかき消されてしまう。

　巡視船も渦の周辺を、もてあそばれているようにぐるぐると回る。

「海原君！」

　照美の声が、鋭く、悲鳴になる。その声が聞こえたとき、剛士の顔に自然に微笑みが浮かんだ。両手を上げた。さよならのつもりだった。猛スピードで渦の中心へと巻き込まれていく。辛うじて上半身は渦から飛び出ていたのだが、地鳴りのような不気味な音が聞こえてきた。頭上を見上げた。壁のようにそそり立った水が、今にも自分に襲い掛かろうとしていた。

「木澤さん！」

　剛士は隣にいるはずの木澤を呼んだ。しかし木澤の姿はどこにも見えない。

「もう駄目だ……」

　そう思った瞬間、ハンマーで殴られるかのように水の壁が頭を直撃した。

　深い闇の中を落ちていく。そのスピードで、体が千切れてしまいそうだ。息が苦しい。意識ははっきりしている。光はなく、自分の体は確認できない。触ってみる。体も、腕も、確認できる。

　もう死んでしまったのだろうか？　死ぬとは、肉体も意識もなくなると思っていたが、意識もあれば、肉体もある。死んだ人が説明してくれたことはないので、勝手に思い込んでいただけかもしれない。

　このまま降下していき、いったいどこに行くのだろうか？　地獄？　まいったな。そんなに悪いことをした覚えはない。地獄でなくとも、このまま地面に激突して、こなごなになって死んでしまうのだろう。

しかし不思議だ。僕は湖に落ちたはずなのに周りには水が一切ない。いったいどこに行くのだろうか？

死ぬ前には、走馬灯のように自分の人生を振り返る映像が浮かんでくるという。しかし僕には、蘇ってくるような思い出があまりない。幼い頃の思い出がない。物ごころついた頃は施設にいた。

施設で高校まで行き、町工場で働いたが、このままではいけないと北東京市立大学に行った。経済学を勉強したものの、卒業しても北東京市には就職口がなく、フリーターとして暮らしていた。やっとＷＥ社に採用された。ざっと言えばこんな人生だ。輝いたときなど一度もない。

唯《ただ》一つ不思議な光景が浮かぶ。これはこんな闇に陥る前からのことだ。光が溢れる緑の大地。そこを割って流れる清澄な水。緑の草々には、昨夜降った雨のしずくが玉になり、流れになって川を造る。まるで水の結晶の妖精たちが楽しく踊っているようだ。

なぜあんな景色が浮かぶのだろうか。それも僕が落ち込んでいるときに限ってだ。あの景色が浮かぶと、僕は不思議と元気になり、力が漲《みなぎ》ってくる。あれはどこの場所なのだろうか？

まだまだ落ちていく。ようやく意識が朦朧《もうろう》としてきた。もうすぐ死ぬのだ。僕は眠った方がいいのだろう。

剛士は、目を閉じた。

2

「木澤さん、木澤さん」

山口が大声で叫んだ。

甲板から、喜太郎が湖に飛び込んだ。水しぶきが上がる。

「これを、喜太郎！」

山口が救命浮き輪を投げた。

「摑むのよ」

照美が叫んだ。

喜太郎は、浮き輪を摑むと、湖面に浮かぶ木澤に向かって泳ぎ始めた。

先ほどまでの荒れた湖面が嘘のように静まり返っている。木の葉のように翻弄されて、ようやく人心地ついたとき、湖面に浮かぶ木澤を見つけたのだ。

喜太郎が、木澤に泳ぎ着いた。

「大丈夫です」

喜太郎が、大きく手を振った。木澤の胴体を浮き輪に入れる。

「引っ張ってください」

山口と、照美が浮き輪についたロープを引く。喜太郎は木澤を支えながらゆっくりと泳いでいる。

「海原君は？」

ロープを引きながら、山口の顔を見た。

「渦に飲まれたままだ。浮いてこない。木澤さんと一緒に湖に落ちたんだが」

「どうしよう」

「今は、早く木澤さんを助けよう。ロープを引くんだ」

「わかったわ」

照美は、表情をこわばらせながらも、ロープを引き続けた。

ようやく喜太郎が木澤とともに船に着いた。

山口は、手を伸ばして木澤の体を掴んだ。下から喜太郎が支える。

「持ち上げるぞ」

山口が力を込める。ぐったりとした人間はとてつもなく重い。照美も加勢する。ようやく甲板に引き上げた。

「大丈夫なの？　生きてる？」

照美が心配そうに木澤の顔を覗き込む。

「どいて下さい」

喜太郎が、甲板に横たわった木澤の顎に指を当て、気道をあけると、もう片方の手で鼻を摘み、木澤の口を自分の口で覆った。人工呼吸を施そうというのだ。

喜太郎は木澤の肺に空気を送り込んだ。息をしているか、確認しながら何度も空気を送り込む。蠟のように白くなっていた木澤の顔に、ほのかに赤味がさしてきた。急に眉根を寄せ、苦痛に満ちた表情になった。

「意識が戻ったみたい」

照美の声が弾んだ。

木澤の口から、水が溢れ、流れ出た。

「ううう……」

木澤の目が薄く開いた。

「気がついたぞ」

山口の声が弾んだ。

喜太郎が、木澤の体から離れ、口を拭った。

「ふう……」

木澤が体を起こそうとした。

「待って。そのまま。動かない方がいいわ」

照美が止めた。

「すぐ船を動かして、病院に行こう」

山口が言った。

「先輩は？　先輩はどうするんですか？」

喜太郎が山口に詰め寄った。

「今は、木澤さんを助けることが大事だ。船で事務所に戻る」

「海原さんを捜しましょう。私は大丈夫です。それに船の操縦は私しかできないですよね」

木澤が再び体を起こそうとする。照美が慌てて支える。喜太郎も手を差し出した。

「水上さんの支えだけで十分です。水神さんとは、十分に唇を重ねましたから」

木澤の顔が歪んだ。笑っているのか、苦しんでいるのかわからない。

「嫌だな。人工呼吸ですよ。好き好んで唇を奪ったみたいじゃないですか」

喜太郎の言葉に、山口も照美も笑った。

「コクピットに参りましょう。山口さん、私が指示しますから、操縦お願いします」

木澤は、照美に体を支えられ、ゆっくりと歩いた。山口は、コクピットの操縦席につき、舵を握った。喜太郎は、そのまま甲板に残って周囲に目を光らせた。

エンジンがかかった。静まり返っていた湖とその周辺の山々が急にざわつき始めた。全てが、剛士と呼びかけ、彼の安否を心配しているようだ。

巡視船が動き始めた。湖面が波立つ。

「先輩！　先輩！」

喜太郎が声を張り上げる。周囲の山々にこだまして、幾重にも呼びかけが重なる。そして空《むな》しく消えていく。

「いったい何が起きたのでしょうか？」

山口は舵を操りながら、木澤に訊いた。

「私にもわかりません。静かな湖が、急に荒れるなどということは常識的には考えられません。まるで私たちを襲ってきたかのようです」

木澤が途切れ途切れに語る。

「湖底を調査できないの？」

照美が言った。

「湖底をですか？」

「だって湖水の漏水も、今度の大波も全て湖底に原因があるように思えるわ。大波は、湖底から湧き上がってきたように見えたもの」

「潜水艇を使わなくては難しいかもしれませんね。このヤギ・ダム湖は、ダムを造る際に人工的に出来たものですが、湖の底に沈んだ村は、谷が深く、あの波が発生した辺りは湖底まで百メートル近くもあります。とても潜水士の力だけでは調査できません」

木澤は疲れたのか、休ませて欲しいと椅子に座った。

「それじゃ、原因は不明ってことになるの？」

「ワン・フーに報告するためには、なんらかの調査が必要だろうな。無理でした。ああそうですかじゃすまんだろう。ＣＳＰＳの名折れだ」

山口が前方を睨み続けている。

「海原君、どこに行ったのかな？」

「喜太郎、何か見えるか！」

「何も見えません」

エンジン音に抗しながら、喜太郎の声が聞こえる。

「湖や川は、表面は穏やかで波もありませんが、中に入っていくと、流れや渦があります。温度差などで対流が起きるからです。この渦に巻き込まれると、水面がそこに見えているのに、上昇できないで溺《おぼ》れてしまう……」

木澤の声が小さくなった。

「海原君は溺れたというの？」

照美が泣き顔になった。

「まだわかりませんが、どこか岸に辿り着いていればいいですが、ここは見ての通り絶壁ばかりですから……」

木澤が、疲れた様子で周囲を見渡した。その視界は切り立った崖と、それにしがみつくようにして生える松で埋め尽くされている。

「捜そう。とにかく捜そう」

山口が、舵を大きく切った。巡視船が揺れ、波が起きた。

3

「剛士様……、剛士様……」

どこかで呼ぶ声が聞こえる。暗闇は続いている。死んでしまったのだろうか。それにしては体が痛い。痛みがあるのは生きているからではないのか。

「剛士様……、剛士様……」

誰だ？　呼ぶのは？　それも様をつけて……。

「目を開けてください」

目を開けろ？　目を開ければ、何が見えるというのだ。声は遠くから聞こえるような気がしていたが、今の言葉はすぐ近くだ。

僕は目を閉じているようだ。だから周囲は暗闇なのだ。いつから目を閉じているのだろうか？　もし今、目を開ければ、自分が死んでしまったことを確認してしまうのではないか。

「目を開けてください」

剛士は、声に促され、ゆっくりと瞼《まぶた》を開いた。光が満ち始める。まばゆくて痛い。光の中にぼんやりと人影が揺れる。誰かがいる。一人、いや二人……。

「目を開けられているぞ」

「助かったのね」

ゆらゆらとしていた人影が形をなし始めた。一人は女。一人は男。それも老人だ。

「僕は……」

剛士は戸惑いながら呟いた。

「心配ござらぬ。生きておいでででございますぞ」

老人はしゃがれた声で言い、白いあごひげを撫でた。白い着物に灰色の袴《はかま》をつけている。痩せた顔に鋭い目が光り、頭髪は薄いが、白いあごひげとくちひげが立派だ。古武士のようだと表現するのが適当だろう。

「よかった。剛士様がお目覚めになった」

少女のようだ。十四、五歳？　どこかで見たような……。そう、照美を幼くしたようだ。意志力に満ちた大きな眼が剛士を見つめている。少女も着ているものは、洋服ではなく着物だ。赤地に色々な花柄を描いたあでやかな振袖だ。

「あなた方は？」

剛士は、体を起こした。

「私は、国水兵庫《くにみずひょうご》、この娘は孫の国水遥《はるか》でございます」

「遥です」

国水遥と称する少女は、微笑み、軽く頭を下げた。

剛士は、落ち着かない目で周囲を見渡した。絹の生地で作られた羽布団に寝かされている。広間の真ん中だ。まるで時代劇に登場する殿様のようだ。天井には鮮やかな色彩で源氏物語に出てくるような平安貴族の生活が、描かれている。目を転じると、庭が見える。広大な庭だ。曲がりくねった松が岩を抱くように伸びている。大自然をそのまま庭に運んでいるが、手入れが行き届いているのがよくわかる。自然のようでいて完璧に木々や岩、草々が配置されている。

「ここはどこですか？」

剛士は体を起こした。

遥が笑みを浮かべて「どこですか？　って剛士様のお屋敷ですよ」と言った。

「えっ、僕の？」

剛士は驚いて掛け布団を撥ねた。着ていたポロシャツやジーンズは、白い着物に替わっていた。剛士は目を丸くした。この時代劇がかった広大な屋敷に古武士のような老人？　いったいどうなっているのだろうか。

「僕の服は？」

剛士は自分の姿をまじまじと見つめた。まさに時代劇に登場する殿様の寝衣ではないか。

「あちらにきれいに洗濯をし、畳んでありますす。相当、汚れて傷んでおりましたぞ」

兵庫は言った。

「あの……、こんな上等の着物より、あちらの方が落ち着くので着替えていいですか」

剛士は部屋の隅の籠の中に入れてある自分の服を指差した。

「どうぞお着替えをなさってください。遥、衝立をお持ちしなさい」

兵庫が命じると、遥は、どこかへ消えた。しばらくするとちょうど剛士の体半分程度が隠れるような衝立を抱えてきた。

それを剛士の服を入れた籠の前に置いた。

「剛士様、お着替えなさってください」

遥の指示に従って、剛士はまるで悪いことをした子供のようにこそこそと衝立に隠れて、着替えた。

いつものポロシャツとジーンズに着替えると、いくらか落ち着いた。

「さあて、僕のお屋敷だとか、どうして僕はここにいるのか、説明してもらいましょうか」

剛士は、兵庫の前に座った。遥は兵庫の後ろで興味深げな顔で座っている。

「海原剛士様、私たちは長い間あなたの帰りをお待ちしていたのです」

「待っていたって……。僕はあなた方のことを知らないし、いったい……」

「あなたはここ水の国でお生まれになりました。まさにこのお屋敷のここでお生まれになったのです」

兵庫は表情も変えずに言った。

「僕が、ここで」

「そうなのです。あなたはこの水の国の王となるべくお生まれになりました。ところがこの国の水を得ようとした不届きな者たちに連れ去られておしまいになったのです。今から二十五年も前のことです」

「二十五年前？　僕が一歳のときだ」

「あなたはこの水の国の王なのです」

兵庫が居住まいを正した。

剛士は戸惑った。まだ夢を見ているに違いない。それも相当に悪い夢だ。案外、動揺したり、慌てたりしない。夢ならもうすぐ覚めるだろうから。

剛士は、自分の頬を抓《つね》ってみた。力を入れると、痛い。夢ではないのか。

「僕は、しがないWE社の集金人だよ。王だなんて変なことを言わないで欲しい。それに水の国？　それってなんなの？　教科書にもそんな国があることは載ってなかった。僕は帰るよ」

剛士は立ち上がった。焦りと不安が襲ってきた。

「こちらへ来ていただけますか」

兵庫も立ち上がり、歩き始めた。遥が後に続く。剛士は、いったいどこに連れていかれるのか。

長い廊下を歩き、その突き当たりを曲がると、階段があった。それを上り始めた。急な階段だった。何段か上ると、踊り場があり、また上り始める。延々と続く階段を上るのに疲れ始めた頃、「着きました」と兵庫は言った。広い、部屋のようなところだ。

「ここは？」

「天守閣のような場所です。どうぞこちらへ」

言われるままに、剛士は大きく窓の開いたところまで足を運んだ。息を呑んだ。

「すごい……」

剛士の眼下には、緑の森と青い湖が広がっていた。その景色はどこまでも続き、果てがない。

剛士は唾を飲んだ。

「きれいでしょう？」

遥が微笑んだ。

「これが水の国です。永遠の森と湖。森がいつくしみ、育てた水。水が育てた木々と森。涸れることのない森と水……」

兵庫は呪文のように話した。

「これが水の国……。僕はやっぱり夢を見ているのだろうか？」

「夢ではございません。これがあなたの国であり、守るべきものなのです」

兵庫の口調は厳しくなった。

「こんな素晴らしい景色を見たことがない。こんな森や湖が北東京市にあるなどと聞いたことはない。思い出してきたぞ。僕はヤギ・ダムの調査に来た。山口さんや喜太郎、照美さんなどと一緒だった。そこに大きな波が来た。僕は船から湖に投げ出された。そこから記憶がない」

剛士は、兵庫の顔を見つめた。「多少、手荒とも考えましたが、あれは私どもの仕業です。剛士様をこちらに連れてくるために仕組んだものです」

「なんだって？」

「死魚も、大波も、私どもが剛士様にこちらに来ていただくためにしたものです」

「というと、この水の国は、湖の中にあるの？　あの森と湖とを覆う真っ青な空は、空ではないの？」

「驚かれるのも無理はありません。この国は、地図上には存在していない国です。この森と湖を守り、どんなときにも水を絶やさぬようにするのが役割です。多くの国民が森の中に住まい、動物たちとともに自然と同じ暮らしをしています。それは穏やかで、時間が止まったようなものです。豊かな水は、絶えることなく、また絶やしてはならないのです」

「それはなんのために」

「地球上で人が生きていくためには水が必要です。ところが多くの人は水を大切にしません。また一部の人は水をビジネスとして金に換えてしまいます。やがては地球上から水がなくなるでしょう。そういう時代が来ないように水の国は存在しているのです」

「僕が、この国の王と言ったね？」

「そうです。この水の国は、何千年も何万年も続いてきました。長い間、静かに水を守ってまいりました。しかしある時、水を破壊し、浪費し、水で金儲けをしようとする者が、この国に入り込み、王であった父上、王妃であった母上が殺されるという悲惨な結果になりました。そして剛士様は連れ去られてしまったのです。私どもは、彼らを追い、この国の秘密が漏れぬように根絶やしにいたしました。しかし剛士様の行方だけがようとして知れなかった。やっとあなたがWE社で働いておられるという情報を得て、今回のことになったわけです」

兵庫は、深くうなだれた。それはまるで危機を防いだ安心よりも平安を乱した者を成敗するために血を流したことを深く悔いるようだった。

「何を彼らはしようとしたんだ」

剛士は訊いた。

「水ビジネスです。今や、水は最も貴重な資源となりました。このことに気づいた一部の不届きな者たちが、起こしたことです。涸れることのない水資源は、涸れることのない金脈だからです」

兵庫は悲しそうに目を閉じた。

「しかし突然、この国の王だといわれても、僕には何の自覚もないし、王になる器ではない」

剛士は言った。

「剛士様のその欲のなさが、王の資格そのものであります」

兵庫は遥を見た。

「この広大な森と湖を見ただけで、欲望をコントロールできなくなる人が多い。そういう人は王にはなれないわ」

遥が微笑んだ。

「今、地上の水は、一部の企業に支配されております。多くの人々が水を十分に飲むことができない状況に置かれています。剛士様はその状況を変えねばなりません。それが王の役割なのです」

「この水を供給すればいいのではないのか」

剛士はいつの間にか口調が変化しているのに気づき、苦笑した。

「その判断もすべて剛士様にゆだねられておりますが、人々にこの国の存在が知れた瞬間にこの国の水が奪われてしまうことにもなりかねないのです」

兵庫の懸念はもっともなことだ。これだけの水資源の存在を知ったら、水ビジネスの者たちは血眼《ちまなこ》になってこの国を支配しようとするだろう。

「水の国の王には、この国を守るという使命と、それと並んで大きな使命がございます」

「それは？」

「戦うことです。水を奪う者たちと戦うことです」

兵庫は強く言った。遥が悲しそうな顔をした。

「あなたの父上も母上も強いお方でした。戦い、そして亡くなられたのです」

「どんな父母だったの？　写真か肖像画はあるのかい？」

剛士の問いに、兵庫は首を振った。

「そうか？　何も残っていないのか」

「申し訳ございません」

兵庫は深く頭を垂れた。

「あなたが言う、僕が戦うべき相手とは？」

「ワン・フーです。彼こそがあなたが戦う相手です。剛士様のご両親の仇でもあります」

兵庫は断定した。

「ワン・フー？　彼が僕の敵？」

剛士は驚いた。映像でしか見たことがない、ワン・フーの姿が浮かんできた。

いったいこれからどうなるのか？　剛士の戸惑いは倍加するばかりだった。

4

「コーヒーを飲む？」

照美は言った。コーヒーメーカーが音を立てて、沸き立っている。

「一杯、もらうよ」

山口が言った。

「僕も」

喜太郎が続いた。

「木澤さんは？」

照美が訊いた。

「私は結構です」

木澤は、机に向かって、本社への報告をメールしていた。

室内は重苦しい雰囲気だった。山口も喜太郎も疲れた表情で、コーヒーを淹《い》れる照美も寂しげだ。

照美が、山口と喜太郎の前にコーヒーカップを置いた。

「どこに行ったのかしら？　海原君は」

照美は、コーヒーカップを両手で抱くようにしながら口に近づけた。

「先輩のことだ。きっとどこかの岸に流れ着いていますよ」

喜太郎が自分を励ますように言った。

「木澤さん、本社にはどのように報告されましたか？」

山口が訊いた。

「突然の大波、海原剛士職員の行方不明をそのまま報告しました。なんらかの指示がすぐにあると思います」

「木澤さんは、剛士がどこにいると思いますか？」

「あれだけの波を発生させるエネルギーが、湖にあるわけです。ですからそのエネルギーにとらわれ、水底にいるとしか思われません。できればどこかに流れ着いていると考えたいのですが……」

木澤が、キーボードから目を離した。

「リーダー、どうしますか？　明日も捜索しますか？」

「俺たちは、湖の漏水の原因を探りに来た。不幸にもこんなことになったが、その調査は続けねばならない」

山口は暗い顔で言った。

「ＣＳＰＳとしては、調査継続ということですね」

喜太郎が確認した。

「ああ、その通りだ」

山口は、立ち上がると、事務所の外に出た。

外は静まり、何も音がしない。歩き始めた。じっとしていられないのだ。剛士とは、いい仲間だった。あいつの笑顔が浮かぶ。あまりうるさくもなく、押し付けがましくもなく、それでいてきちんと仕事をこなす男だった。

やっと認められ、特殊問題解決チームという正社員待遇の立場に上がれたというのに。

山口は、歩き始めた。目の前には、ヤギ・ダムが暗い口を開けている。明かりは、堤頂部を照らす電灯だけだ。

「どこへ行くのですか？」

山口は、振り向いた。そこには喜太郎と照美が立っていた。

「あそこを歩いてみようと思ってね。星もない夜だから」

山口が見上げた。真っ暗な空が覆いかぶさっていた。

「僕たちもご一緒させてください。とても眠れそうにありませんから」

喜太郎は言って、照美に同意を求めた。照美も「ええ」と頷いた。

「夜の散歩としゃれ込むか」

山口はおどけるように言って、歩き始めた。

三人とも無言だ。砂利を踏みしめる音しか聞こえない。

しばらく歩くと、電灯に照らされたダムが見えた。ダムは、何千という巨大なコンクリートブロックがゆるやかに湾曲した形状に積み上げられ、それは核攻撃の衝撃に耐えうる厚さだ。

慎重に階段を下り、まるで幹線道路ほどに広い堤頂部を歩く。堤頂部のコンクリート面は永年の風雪にさらされ、ひびが走り、かびのような黒い苔《こけ》が生えているが、それは人生の深みを知った古老の強靭さをも感じさせる。

照美が、手すりを握って、「海原くーん」と湖に向かって叫んだ。その声は何度か反響し、やがては闇の中に消えていった。

「向こうに何か明かりが見えませんか」

喜太郎がダムの中腹を指差した。

「明かり？」

山口が喜太郎の指差す方向を見た。確かにダムの下部に赤い光が見え、それが揺らいでいる。

「人だな？　三人はいる？」

「あれは赤外線ランプでしょう。作業員の方でしょうか？」

喜太郎が言った。

「あそこには何があるの？」

照美が訊いた。

「わかりません。リーダーはどうですか？」

喜太郎が山口を見た。

「俺にも詳しくはわからないが、日中の記憶では、水を放流するのか、発電設備か？　自信はない」

山口が答えた。

「点検しているのかな？」

照美が時計を見た。深夜〇時を回っている。

「呼びかけてみましょうか。聞こえるかどうかはわからないですが」

喜太郎が今にも大声を出そうと身構えた。

「待て、俺たちもあそこに行ってみよう」

山口は急ぎ足で動き始めた。

「階段があるんですかね」

喜太郎も急ぐ。

「あるだろう。あいつらも歩いているんだから」

山口が答えた。

「まさか海原君では？」

照美が言った。

「剛士が三人もいるわけないだろう」

山口がすぐに否定した。

堤頂部は、長さ三百五十メートルもある。山口がついに走り出した。

「走るの？」

照美が弱気な声を出す。

「つべこべ言わずに行くぞ」

山口は全速力になった。

監視塔から最も離れた場所に、階段が作られている。ダムの下部に下りていくためだ。その中腹辺りにゲートはあった。

「急げ！」

山口は、暗闇をものともせず階段を下りていく。三人の足音が闇の中に響く。鉄製の階段は、手すりを持っていても滑りやすい。ダムの一番下までは百五十メートルもある。

「気をつけろ。あまり音を立てるな」

山口が小声で言う。

「わかりました」

喜太郎と照美の声が緊張している。あまりに急な階段で足下がふらつくのだ。踏み外せば、トネ・リバーにまっさかさまだ。

「もう明かりは見えません」

喜太郎が言った。

確かに三つの赤い明かりが見えなくなっている。

山口は闇の中で宙に浮いているような気分になった。自分が今、どこにいるのかわからない。この底にはダムの設備があるに違いないが、急に恐ろしくなった。

「ちょっと止まれ」

山口は言った。

喜太郎と照美は、その指示で止まった。

「どうしました？」

「明かりもなくこの暗闇を下りていくのは、危険だ」

「じゃあどうするのですか」

喜太郎が言った。暗くて表情はわからないが、声に怒りが含まれている。

「監視塔まで引き返す」

山口が言った。

「怪しい明かりは？　調べないのですか」

「調べない。剛士が行方不明で、これ以上皆を危険な目に遭わせられない」

「僕は調べますよ。行こう、照美さん」

喜太郎が山口の側を抜けようとする。階段が狭く、山口の体とぶつかってしまう。

「私も行くわ。ジャーナリストの鼻に匂うの。あの大きな波、不思議な明かり、海原君の行方不明、みんな絡んでいるんじゃないかな」

「僕もそう思う。リーダーは監視塔で待っていてください。報告に上がりますから」

喜太郎は無理に山口の側を通り抜けようとする。

「待てよ。言うことが聞けないのか」

山口が喜太郎の上着を摑んだ。

「何をするんですか？　危ないじゃないですか」

喜太郎が体を揺らした。

「やめてよ。こんな真っ暗なところで諍《いさか》いは」

照美が声を上げた。

「どうしても行くのか」

山口が喜太郎の上着から手を離した。さすがに危ないと思ったのだろう。この階段から落ちたら、ひとたまりもない。

「あっ」

照美が叫んだ。

「どうしたのですか？」

喜太郎が慌てた。

「あそこ」

照美が指をさしているのだが、暗闇で判然としない。

「明かりが見えた。三つ動いているぞ」

山口が言った。

「行きましょう。不審者を捕まえましょう」

「わかった」

山口は、また急ぎ足になって階段を下り始めた。喜太郎も照美もその後に続いた。

ようやく一番下まで下りた。そこにはコンクリートの建物があった。

「やはり発電設備でしょうか？」

喜太郎が言った。

「怪しい明かりは？　誰かいるのかしら？」

「懐中電灯の一つもないのか。何も見えないじゃないか」

山口が愚痴を言った。

「それにしてもデカイ建物ですね。ちょっと注意して周辺を見てみましょう」

「見てみるって、真っ暗なのに」

照美が笑いを堪えている。

「仕方がないですね」

喜太郎が注意深く歩く。

「あの赤い明かりはいったいどこへ消えたんだ。逃げられただけじゃないか。準備もなくここまで来ても意味がないって言っただろう」

山口がまた愚痴を言った。

「きゃあ！」

照美が叫んだ。

「どうしたんだ？」

山口が言った。

「何か踏んだのよ。柔らかいものを」

「柔らかいもの」

「ええ、今、私の足の下にあるわ」

「動物の糞《ふん》か何かじゃないのか」

喜太郎が、笑いを堪えている。

「そんなんじゃないと思う。もっと深刻なものよ」

照美の声が震えている。

「なんだよ。暗くて怖くなったのか」

山口が、照美に近づいた。

「あるでしょう？　大きなものが」

「どれどれ」

山口は、照美に促され、足で蹴った。

「あっ」

山口が叫んだ。

「どうしました？　リーダー？」

喜太郎が山口の側に小走りで近づいた。

「人が倒れている……」

山口の声がか細くなった。

「なんですって」

喜太郎がしゃがんだ。

「人ですよ。血だ……。これ」

喜太郎が手を差し出した。

「なんですって、血？」と照美は驚いた声を上げたが、「ちょっと待って、いいものがある」とポケットから携帯電話を取り出した。

「これでフラッシュを焚《た》くわ」

照美は倒れている人に向かって、フラッシュを焚いた。一瞬、闇の中に青白い閃光が走り、辺りを明るくした。

「木澤さん！」

山口が叫んだ。

5

松明《たいまつ》が赤々と燃えている。湖の前の広場には、多くの人が集まっていたが、しわぶき一つ聞こえない。松明の明かりは、まるで月明かりのように森を、そして湖を照らしている。波に光が反射し、銀河のようにきらめいている。

「どれくらいの人が集まっているのですか」

剛士は訊いた。

「守り人全てですから、五百人はおります」

兵庫は答えた。

「守り人？」

「水の守り人です。森を守らねば水を守れません。皆、森に住み、水を守っています。剛士様の配下であり、戦士にもなります」

「僕はそんな男ではないよ。臆病なところもあるし、王などにふさわしくない」

「そんなことを申されては、私が困ります。この時を長く待っておったのですから。皆も剛士様のご帰還を心から喜んでおります。あなたは水の国の王、水の守り人の頂点に立つお方なのです」

兵庫はひれ伏すように頭を垂れた。

「準備が出来たわよ」

遥がやってきた。

「僕は何をすればいいの？」

「皆にお姿を見せていただけるだけで結構でございます」

「本当にそれだけでいいのかい？」

剛士の問いに、兵庫はこくりと頷いた。

「仕方ないなぁ」

剛士は泣きたいような気持ちだった。

着ていたポロシャツとジーンズを脱がされ、風呂に入り、清めろと塩で体を洗った。そして通常の下着の代わりに、下帯をつけ、白い着物を着た。まるで切腹に向かう武士のようだ。

「まさか、僕は人身御供《ひとみごくう》になるんじゃないよね」

剛士は、不安そうな顔で兵庫に質した。

「そういわれれば、人身御供でございます。水を守る戦士の代表ですから」

兵庫はにやりとした。

「嫌だな……。どうして僕なのかな。人違いだよ。僕にはそんなに勇気はない」

「さあ、お時間です。遥！」

兵庫は、剛士の嘆きなど耳に入らぬかのように、厳しい口調で遥を呼んだ。遥は、はいと返事をし、剛士に近づくと、その手を握った。

「行きましょう」

遥は、剛士の手を引いた。

広場の真ん中に作られた舞台に、遥に引かれて上る。周りを取り囲んだ群衆から、津波のように歓声が上がる。それはやがて剛士の体を覆い尽くした。

体が震えてくる。剛士は、興奮をしてきた。自然と胸を張り、舞台に上る足も力がこもってくる。剛士の前には、遥が歩いている。後ろには兵庫。二人とも緊張し、松明に照らされた顔は、赤く火照《ほて》っていた。

剛士が遥と兵庫を左右に従えて、舞台の中央に立った。歓声が大きくなる。体が揺らぐほどだ。

「さあ剛士様、両手を挙げて、彼らに応えてください」

兵庫が正面を向いたまま、囁く。

「できないよ」

弱気な言葉がつい出てしまう。

「何を言っているのです。もう全ては動き出したのです。後戻りはできません」

剛士は、兵庫に手を摑まれた。そしてその手が上に掲げられると、歓声は、さらに大きくなり、剛士の全身を震わせた。

「剛士様、皆の喜びようを感じてください。剛士様を待っていたのです」

兵庫は一歩前に進み出ると、「みんな、われらの王が帰ってこられたぞ」と叫んだ。

歓声は一気に大きくなり、森を揺るがし、湖面を波立たせた。

「どれだけにこの時を待っていたことか。我々は、地にはびこる水を破壊する者たちと戦い、水を守り抜かねばならない。今や戦いの日を迎えている。水を破壊する者は、わが水の国の永遠の水を求めて侵略を企てつつある。我々は、剛士様とともに、彼らの企てを阻止し、水の国を守り抜くのだ」

兵庫の顔には、血管が浮き出て、白いくちひげ、あごひげは松明の炎か、彼自身の熱かわからないが、赤く染まっている。

剛士は両手を挙げ、歓声に応えていたが、水を破壊する者との戦いの火蓋が切って落とされたともいえる兵庫の言葉は、十分に理解できなかった。

水を破壊する者がワン・フーなのか。兵庫が、敵はワン・フーだと言ったが、彼がこの国を狙っているのだろうか。

「さあ、皆の中へ」

遥が手を引く。剛士は、引かれるままに舞台から降りた。たちまち男たちは、剛士を取り囲んだ。男たちは、手を伸ばし、我先にと剛士の体に触ろうとする。屈強な男は、他人を押しのけ、弱い男は、隙間を狙って剛士に近づいた。体に触れると、叫び声を上げ、満面の笑みを浮かべた。

　彼らの多くは、麻のような植物の繊維で作った裾の短い着物を着、足首のところを縛ったズボンのようなものをはいていた。見た感じは、禅僧の作務衣のようだった。質素だが、清潔感に溢れていた。

「触らせてあげてください。あなたに触れることで幸福になれるのです」

　遥が囁いた。

「本当に王になってしまったようだね。どうなってしまうのかな」

　剛士は、また弱気な口調で言った。

「大丈夫です。王には王の役割がありますから。今日は、皆の無礼講が許されているのです」

　遥は急に重々しい口調になった。彼女は少女のようだが、実際は、落ち着いた年齢なのかもしれない。

「こちらですぞ」

　いつの間に群集の中に入ったのか気がつかなかったが、兵庫が手を振っている。そこには男たちが酒を用意して、車座になっていた。剛士が見渡すと、そこかしこに車座が出来、松明の明かりの下で酒を酌み交わしていた。

　いつ現れたのかわからないが、多くの女たちが料理を運び、酌をしている。女たちも男たちと同じように作務衣のような服を身につけていた。

　中には酒を注ぎながら、一緒になって飲んでいる女もいる。若い女性も老いた女性も、松明の明かりの下で、肌が赤く火照り、生き生きとしている。誰も彼もが笑顔だ。

「あの服装は、この国の制服みたいだね」

「この国で称賛されるのは、勤勉です。そのため多くはあの作業服を着ております。この国では、男も女も労働し、戦います。全てはこの湖を守るためです」

遥が示す先には、松明の炎に照らされた海のように広い湖がある。「この国の中心にこの湖があるんだね」

「そうです。この国には湖と森しかありません。全ての人はこの森と湖を守るために生きています」

「他に楽しみは？」

「楽しみ？　どういうことでしょうか？」

遥に手を引かれながら、徐々に車座の中心に向かっていく。

「テレビとか、ゲームとか」

剛士は、口に出してはみたものの、それらが本当に楽しいものかと問われれば、答えに窮するだろうと思った。

「それらは知っています。実は私たちは、水を破壊する者たちの住む地と自由に行き来できるからです。しかしそれらは本当に楽しいものでしょうか？　この森と湖以上に私たちの心を癒してくれるものはありません」

「自由に行き来できるの？」

「できます。現に剛士様は、あちらからこちらへ来られましたよね」

剛士は急に嬉しくなった。元の世界に戻ることができるとわかったからだ。

「皆様、剛士様です」

遥が告げた。

兵庫が、立ち上がり「さあさあ」と自分の隣に座るように言った。剛士は言われるままに座った。たちまち男たちが、白く大きな徳利を持ち、酒を注ぎに来た。

「飲んでやってください」

兵庫は、剛士に杯を渡した。

剛士は、杯を突き出した。

「私が最初だ」

「いや私だ」

男たちが先を競う。剛士は、いったい何杯飲めばいいのかと恐れた。

「それでは一番先に酒を注がしていただく名誉は私にお願い申します」

白く長いあごひげの長老風の男が進み出た。

「水守《みずもり》老人、お久しぶりです」

兵庫が頭を下げた。

「水守軍衛門《ぐんえもん》。この国一番の長老で、この国の歴史を全て口伝《くでん》している人よ」

遥が耳打ちした。

「いただきます」

剛士は、水守老人の威厳に押されるように杯を差し出した。周りの男たちは、騒ぐのをやめ、水守老人の所作を黙って見つめていた。

「よく帰ってこられました。本当にめでたい。ご苦労されたことでありましょうが、本当の戦いはこれからですぞ」

しわがれた声が剛士の胸に響いてくる。

「ご老人」

剛士は、杯を空け、言った。

「何でありましょうか」

水守老人は、ほとんど閉じてしまったような目を開いた。意外なほど強い光があった。

「私は正直なところ戸惑っております」

「なるほど……」

「昨日まで貧乏な男に過ぎませんでした。それが急に王であると……」

「それが戸惑い？」

水守老人が薄く笑う。

「はい」

剛士は素直に頷いた。

「人の人生は、いつも戸惑いです。今日は昨日の続きではありませぬ。大方の人は、今日は昨日の続きと考えておる。それが間違いなのです。大きく変わるも小さく変わるもたいした問題ではありません。全ては約束されていたことなのです。剛士様が、幼き頃に水を破壊する国の者どもに連れ去られ、行方不明になることも、そしてこうして戻ってこられることも、またこれから劇的なる人生を歩まれるであろうことも、全て宇宙の始まりから約束されていたことなのです」

水守老人はゆっくりと言葉を選んだ。

「全ては約束……」

「そうです。この水の国は、宇宙に地球という惑星が誕生してから、神が創った国なのです」

水守老人は、国の始まりの話をし始めた。

周囲は、酒盛りで賑わっているのだが、剛士と水守老人の間には、不思議なほど静謐《せいひつ》な時が保たれていた。

第五章　戦士誕生

1

木澤は殺されていた。事務所内で、何者かに鋭い刃物で腹部を刺されたのだ。犯人は、山口たちが事務所を出た直後に事務所に侵入してきたようだ。事務所内の木澤の机の周りにはおびただしい血が残されていた。犯人は、木澤を殺害後、遺体を発見現場に運び出した。夜に動いていた謎の明かりは、木澤の遺体を運んでいたものだ。どうして殺害されたのか。また、なぜ遺体をわざわざ外に運んだのか。謎は深まるばかりだった。

警察は殺人事件だというのにおざなりの捜査をしただけだった。山口たちにも事情聴取したが、ワン・フーの指示でヤギ・ダムに調査に来たと答えただけで、何も質問されなかった。それはまるでWE社に関わる事件には、首を突っ込みたくないというような態度だった。北東京市警察にとってWE社は、ある種の治外法権なのだ。

「木澤さん、どうして殺されたのでしょうか」

喜太郎は照美に話しかけた。スラム街の集金エリア内にある小さなコーヒーショップのテラスだ。

照美はぼんやりと外を眺めながらコーヒーを飲んでいた。山口も押し黙ったままだ。

「どうして、犯人たちは、遺体を運んだのか……」

喜太郎は呟くように推理を並べ立てた。

「うるさいから、黙ってろよ。俺は剛士のことを考えてるんだから」

山口が顔をこわばらせていた。

剛士が湖で行方不明になった。翌日も船を出して、調査したが何も発見できなかった。

山口は、捜索続行を本部に掛け合ったが、引き上げてこいという指示だった。強力に頼んだが、ダメだった。山口は、「会社は、俺たちの命をなんだと思っているのか？　死んでいるだろうから、捜索をしても無駄だと言いやがった……」と憤慨したが、結局、その指示に従った。

喜太郎は残って剛士を捜すと主張したが、今度は山口が捜索打ち切りを命令する立場になった。心にもなく、捜索を打ち切ったために虚脱感でどうしようもなかったのだ。

「木澤さんは、捜査すらしてもらえない。剛士は、捜してさえもらえない。俺たちは、虫以下だなぁ」

山口は肘をつき、ため息を吐いた。

「木澤さんが殺されたのは、殺すメリットがあるからよね」

照美が囁くように言った。

「メリット？」

喜太郎が訊き返した。

「木澤さんは、何かを調べたり、検査したりするのが仕事……」

照美は、遠くを見つめた。

「青斑病を調べているようなことを話していたな……」

山口が照美を見た。

照美は、急に両手を伸ばし、山口の襟首を掴んだ。目を大きく見開いている。

「おいおい、何をするんだよ」

「今、青斑病って言ったよね」

「ああ、そういう話を聞いたことがある。ところでいい加減に手を離してくれないかな」

山口は、照美の手を自分の襟首から引き離そうとした。

「ごめんなさい」

照美が恥ずかしそうに手を引っ込めた。

「水道水への不信感が増し始めた。最初は、貧乏な人の子供が数人、妙な症状で死んでいくだけだから気にしていなかった。しかし人数が増えていくと、WE社の水道水への不信感がじわりと広がりだした。ワン・フーも気にしだした。そこで木澤さんは、その調査をしていたらしい……」

「原因を掴んだのかしら」

「それは知らない」

山口は、首を傾げた。

「もし木澤さんが原因を突き止めていたとしたら、それを知られたくない誰かが殺したってことですか？」

喜太郎が言った。

照美は、うんうんと唸《うな》っている。

「殺されたということは、原因を掴んでいたことになる」

山口が大きく頷いた。

「そうよ。その通りよ」

照美が飛び上がった。

「落ち着いて下さい、照美さん」

喜太郎が注意した。

「でも知りたいな。木澤さんが何を調べていたかを。ねえ、なんとかならないの」

また山口の襟首を摑んだ。

「もう、襟が伸びちゃったじゃないか」

山口が顔を歪めた。

「ごめんなさい」

照美は、慌てて手を離した。

「あの時、明かりは三つ……。犯人は三人。ということは……」

喜太郎が上目遣いになった。考えを纏めているときの癖だ。

「組織的だってことよ」

照美が手を叩いた。

「その通りだ。組織が、木澤さんを葬ったということだ」

山口が同意した。

「もう一つの疑問は、なぜ遺体を運んだのかということ。なぜあの場所に置き去りにしたかということね」

「あの場所には、何があったか思い出してみよう」

「発電機があったように思います」

「あの大きな建物ね」

「発電に関係があるってことなのかなぁ」

「遺体を置くことで誰かにメッセージを送るつもりだったと考えられないか」

山口の問い掛けに「メッセージ」と喜太郎と照美の二人が即座に反応した。

「木澤さんを鋭い刃物で刺し殺して、わざわざあの危ない階段を担いで下りていった」

山口が思わせぶりに言った。

「暗闇では怖かったわ」

「あそこには水道設備があった」

喜太郎が口を挟んだ。

山口の目が鋭くなった。

「それよ、それ。水道設備よ。水道へのメッセージ。WE社への警告よ」

照美が、飛び上がった。

「照美さんは飛んだり跳ねたり忙しいですね」

喜太郎が微笑んだ。

「WE社へのメッセージか……」

山口が呟いた。

「ところで海原君は、今も湖の底なのかしら」

照美が少し涙ぐんだ。

「おい、あっちへ行けよ」

山口が、近づいてきた、フードを頭からすっぽり被り全身を袋のような服で覆ったホームレスの男を蹴ろうとした。その足を男が摑んで、持ち上げた。山口の体が大きく揺らいだ。

「何しやがるんだ！」

山口が叫んだ。

「海原君！」

照美が叫んだ。

ホームレスの男がフードを取った。そこには笑みを浮かべた剛士の顔が現れた。

2

「木澤が何者かによって殺されたと聞いたが」

ワン・フーが言った。側にはタン・リーが、跪《ひざまず》いていた。

「御意。二日前の夜、ヤギ・ダムの事務所で何者かに殺されました」

「犯人の目処《めど》はついているのか」

ワンの問いに、タンは黙って首を振った。

「そうか。家族はいたのか」

「妻だけです」

「手厚く、弔意を表してくれ」

ワンは、目を閉じた。

「承りました」

「ところで木澤は何か残していないか」

「どういったものでしょうか？」

「彼には青斑病について調べろと命じておいたのだが……」

「わかりました。その点も調査しておきます。私はこれで失礼します」

「最近、わが社の中に何かが起きている気がする。よく注意してくれ」

タンは、「御意」と言い、跪いたまま後ろに下がった。

タンは、自室に戻ると、テレビ電話のスイッチを入れた。

画面には藤野が大写しになっていた。

「タン様、お呼びですか」

藤野は、腫れ上がったような顔の中の小さな目をおどおどと動かした。

「木澤のことは何かわかったのか」

「はい。ここに警察署長が来ておりますので、答えさせます」

藤野が逃げるように画面から消えると、全く逆の痩身《そうしん》の男が現れた。無理やり目に力を込めているが、視線が定まらない。

「犯人は三人です。WE社の山口稔職員らが、木澤の遺体を運ぶ三つの赤い明かりを見ています」

　声が震えている。

「うちの社員がその場にいたのか」

　タンは驚き、厳しい口調で言った。

「はい。何か死魚が出たとかの調査で……」

　警察署長はおろおろしている。

「ワンだな……」

　タンは呟いた。

「誰がいたのだ」

「山口稔、水神喜太郎、そして水上照美、この女はジャーナリストです。もう一人の海原剛士は行方不明です」

「行方不明とはなんだ？」

「はあ、なんでもヤギ・ダム湖を巡視船で航行中に大波に襲われ、木澤と海原が投げ出され、その海原は行方不明だそうです」

「聞いていないな。報告が上がっていない」

　タンは唸るように言った。警察署長の目が怯えている。

「それで犯人と思《おぼ》しき三人の姿を彼らは見たのか」

「それは見ていないようです。あまりの暗さに何も見えなかったと言っています」

「殺された理由は？」

「全くわかりません。殺されて、わざわざ水道設備のところに運ばれたのも妙です」

「水道設備?」

「はい。そのまま事務所に放置すればいいのに、犯人たちは、水道設備のところにわざわざ運んでいるのです」

「わかった。引き続き捜査してくれ。藤野市長に代わってくれ」

画面に藤野が現れた。

「市長、いよいよ行動の時が近づいている。それだけだ」

タンの目が光った。

「了解しました」

藤野が眉根を寄せ、唇を強く引き締めた。テレビ電話が切れた。

「誰かいるか!」

タンが叫んだ。

「はい。お呼びでしょうか?」

部下が膝を屈して近づいてきた。

「山口稔と水神喜太郎という社員を、ここにすぐ呼ぶんだ」

タンが指示すると、部下はすぐに動いた。

「余計なことを……」

タンが独りごちた。背後の窓から見える北東京市の景色が急に暗くなった。

3

「生きていたのか」

山口が、幽霊でも見るように目を見張った。

「足はありますよ」

剛士は微笑んだ。

「心配したのよ」

照美が涙ぐんだ。

「いったいどこにいたのですか」

喜太郎が訝《いぶか》しげな顔で、剛士の頭から爪先まで舐めるように見渡した。

「どこにいたかといえば、湖にいたんだけど……。ちょっと説明に時間がかかるな」

剛士は、難しい顔になった。

急に激しい音楽が鳴った。山口の携帯電話だ。

「ちょっと待ってくれ」

山口は、携帯電話を耳に当てた。深刻な顔で、返事をしている。急用のようだ。携帯電話をしまった。

「どうしました？」

喜太郎が訊いた。

「タン・リーが呼んでいる。すぐ来いというんだ。俺とお前」

「タン・リーって誰ですか」

「ワン・フーの第一の側近だ」

「そんな男が、なんの用があるんでしょう」

喜太郎の顔が不安で翳った。

「行ってみないとわからない。剛士、お前も来い。同じチームだからな」

山口は、剛士に言った。

「僕は、遠慮します。もし僕のことを尋ねられたら、行方不明ってことにしておいてください」

剛士は、さっぱりとした口調で答えた。

「あら?」

照美が目を見張った。剛士が、いつもより堂々として、かつ涼やかなのだ。

「なんか剛士、違うな」

山口が不思議そうに言った。

「僕もそんな風に見えます」

喜太郎も首を傾げた。

「僕は、僕ですよ。皆さんには、お話があります。後ほどお声をかけます」

「お声をかけますって?」

「山口さんの携帯に連絡します」

剛士は言った。

「本当に行かないのか？」

山口が念を押した。

「無事であることだけをお知らせに来ました。これで失礼します」

剛士は、またフードを深く被った。

「木澤さんが、何者かによって殺されたぞ」

山口が言った。

「本当ですか？」

剛士の声が上ずった。

「せっかく湖から救われたのに……。刺された上に水道設備の側に遺体を放置されていたんだ」

「水道設備？」

「あのヤギ・ダムは北東京市の水瓶だからね」

山口が言った。

「そうですか。事は急ぎそうですね」

剛士はフードを深く被ったまま呟いた。

「なんですって？」

照美が慌てて訊き返した。

「いや、なんでもないです」

剛士は答えた。

「今、事は急ぎそうだって言わなかった？」

照美は迫った。

「ご連絡します。僕も皆さんに相談がありますから」

剛士は何も答えず、踵《きびす》を返した。

「必ず連絡しろよ」

山口が言った。

「はい」

剛士は急いで走り去った。

「あいつ、どうしちゃったの？」

山口は剛士の後ろ姿を目で追いながら、首を傾げた。

「なぜ、ホームレスの姿だったのかな？」

喜太郎も不思議そうに言った。

「誰かに似ていなかった？」

照美が言った。

「誰に？」

喜太郎が照美を見つめた。照美が必死で名前を思い出そうとしている。そしてやっとその名前を探し当て、安心したように微笑んだ。

「ウルフよ」

　照美は言った。

「あっ、似ている。コンビニで会ったときと同じだ」

　喜太郎が大きく頷いた。

「とりあえず剛士が生きていることは、確認できたんだ。きっと湖の水を飲みすぎてどこかネジが狂ったんだろう。時間が解決する。行くぞ、喜太郎」

　山口が歩き出した。喜太郎が後に続いた。

「私は、木澤さんの捜査の状況を警察署で調べてみるわ。山口さん、もし海原君から連絡があれば、私にも教えてね」

「わかった。必ず連絡する」

　山口は、振り返らずに言った。

4

　剛士は、スラム街の古びたビルの一室の前に立っていた。

「本当にこのビルでいいのだろうか」

　かつては企業のオフィスに使われていたのだろうが、今はすっかり朽ち果ててしまっている。道路から数段の階段の欄干は、左右とも龍が彫刻されている。ドラゴンビルといわれる所以《ゆえん》だ。

左手は、首を持ち上げ大きく口を開いている。今にも全てを飲み込みそうだ。右手は、固く口を閉ざし、長い鬚《ひげ》を風になびかせている。何かに似ているなと思えば、龍で「あ・うん」をしつらえているのだ。通常は、狛犬であるべきだが、このビルを造った者の守り神が龍であったのかもしれない。ドアは薄汚れ、かつて太陽を映し、燦然《さんぜん》と輝いていたガラスもすっかり曇ってしまっていた。

剛士は、わずかに開いたドアの隙間を無理にこじ開けるようにして中に体を滑り込ませた。

「水守老人は、地下階に下りる階段があると言っていたが……」

剛士は、何かを口に出さなければ不安で仕方なかった。ビル内の空気は澱《よど》み、かび臭いような気がした。天井は高く、吹き抜けになっているが、爽快感はない。どのフロアの柵にもくもの巣がびっしりと白く張り付いていた。

「あっ」

突然、頭上から黒い物が落ちてきた。頭を押さえた。その黒い物は、剛士の頭上すれすれで反転し、再び高く舞い上がった。

「こうもりか……。脅かすなよ」

剛士は悠々と舞い飛ぶ黒い翼を広げたこうもりを恨めしそうに眺めた。

エントランスの先に階段があった。あれが地下階に通じる階段だろう。

「地下三階の非常口を開けろという指示だった」

また水守老人の言葉を繰り返した。

剛士は、ゆっくりと階段を下りていった。水守老人は、剛士を地上世界に送り出すに当たって、ある人物に会うようにと言った。その人物が「水の国の王」である剛士に協力して、水を破壊する者との戦いを勝利に導いてくれるだろうというのだ。

「名前くらい教えてくれればよかったのに……」

剛士は、ぶつぶつと呟いた。ようやく地下三階に到着した。非常口と赤く書かれたドアが見える。

「これがそうだな……」

剛士はドアノブに手をかけた。震えてしっかりと握れない。これを回せば、元に戻れない。今までとは全く異なる人生が始まってしまう恐れが剛士を躊躇させていた。

「水の国は、地球が誕生してから、神が創った国なのです……」

水守老人の口真似をしてみる。彼は、あの国の成り立ちを口伝する役割を担わされている。歴史を語ることで国人たちの尊敬を集めていた。

「ある時、天地が割れ、火が噴き、炎が地を焼き、全てが死に絶えたと思われたとき、地の底には豊かな水がたたえられていた。満々たる青き水の中から命が生まれ、それらはやがて地の支配者になっていった。地はやがて人が支配することになった。しかし人は欲望を果てしなく拡大する支配者だった。そのため地は、何度も焼かれ、荒れ果て、死が世界を覆いそうになった。しかしその都度、地の底の豊かな水の世界が最悪の事態になるのを防ぎ続けた。やがて知恵と心優しい人が気づいた。地の底の水の世界は人の戒め、救いだということに。地の世界に死の匂いが漂い始める頃、水の世界が現れ、人を救ってくれると。水の世界にこそ神がお住まいなのだと。そこで人の一部は、神に感謝を捧げようと地の底の水の世界に降りていった。彼らはそこに地では得られない安らぎを得た。彼らは、水の民と称し、決して涸れることのない水を守り、地が荒れ、死の世界に染まるときに備えることとした」

これが水の国の成り立ちだ。水守老人は、遠い、遠い時の話と言った。今から何万年前の出来事なのかはわからない。しかし地の底に豊かな自然に守られた水の国があり、ずっと続いてきたことは事実だ。

「今、この国が危うくなろうとしている。地の支配者が、私利私欲のために水の国にまで支配を及ぼそうとしている」

水守老人は言った。それがワン・フーだというのだ。

「あなたは、王として彼と戦わねばならない。そのための仲間を地の国で募りなさい」

水守老人は、剛士にこのビルに行くように言った。このビルで誰かに会うのだ。それが戦う仲間であるに違いない。

剛士は、ドアを開けた。悲鳴のような軋《きし》み音が、沈黙を破った。一瞬、首をすくめた。服の中に風が走ったように涼しくなった。着ているのは、頭からすっぽりと体を覆う袋のような服だ。ズダ袋を被っているわけではない。軽くて動きやすい。

部屋の中に足を踏み入れた。途端に左右から誰かが飛び出してきて、剛士の両腕を摑んだ。

「何をする。僕は、水守軍衛門氏からここへ来るように言われた者だ。怪しい者ではない」

剛士は、両腕を捻り上げられ、苦悶の表情を浮かべた。

「名前を言ってみろ」

いつ現れたのかわからないが、剛士と同じ服を着た男が立っていた。

「海原剛士だ」

剛士は男を睨んだ。

「手を放せ！」

男は、大きな声で命じると、自ら両膝を屈した。

剛士は、腕を撫で、痛みを和らげた。腕を摑んでいた男たちも両膝を屈している。

「大変失礼をいたしました。水守老人から話は伺っていたのですが、もしものことを考え、手荒な真似をいたしました。お許しください」

男はフードを取った。

「ウルフ！」

剛士は目を見張った。目の前に跪いているのは、ウルフと照美が呼んだ謎の男ではないか。

「私のことをそう呼んでいる人もいるようですね」

ウルフは、にやりと笑った。

「あのレストランでは驚いたよ。僕は、食事をしそこなったからね」

「それは大変失礼いたしました。海原王がいらっしゃるのがわかっていましたら、爆発時刻をずらしましたのに」

ウルフは立ち上がった。服の裾についた埃を払った。

「本当の名前を教えてくれ」

「水上竜馬《りゅうま》です」

ウルフは頭を下げた。

「水上竜馬？」

照美と同じ名字だ。剛士は、そのことを訊いてみようという衝動にかられたが、とりあえずは口をつぐんだ。

「もし呼びにくければウルフで結構です。私はその名を気に入っていますから」

ウルフは微笑んだ。

気づかない間に、剛士の周りを同じような服を着た者たちが取り囲んだ。その数は三十名ほどもいる。

「僕は、テロリストになるつもりはありません。ウルフとわかった以上、僕は帰ります」

剛士は踵を返した。

「待ってください。いったいどこへ帰るのですか？」

「WE社の社員として、また働きます。友達もいますから」

「もうそれはできません。水の戦士として生きる義務があります。私の話をじっくりと聞いてください。あなたは王なのです。私に命令して、戦いに勝たねばならないのです。そうしないと世界は滅びます」

ウルフの言葉が背中に突き刺さる。剛士は、歩みを止めて振り返った。男たちは、一斉にひれ伏した。

「わかった。話を聞く。それが水守老人の望みだったしね」

剛士は、再び、輪の中心に戻った。

「その通りです。地に水がなくなり、荒れ果てるとき、水の戦士が出でて、悪鬼を払い、地は再び水を取り戻し、地を蘇らせる。この古事に従うのが、我々戦士であり、王であるあなたの役割です」

ウルフは、強く剛士を見つめた。

剛士は、音が出るほど唾を飲み込んだ。今からウルフが語る戦士としての戦いに震えを催した。

自覚のないまま、水守老人に戦士たちの王にさせられてしまったが、まだ気持ちが定まったわけではなかった。しかしウルフから睨まれると、自分がとんでもない立場になり、とんでもない戦いに巻き込まれたのだと、ようやく悟り始めた。

5

街を縦断するトネ・リバーにはほとんど水が流れていない。本当にこの国、この街の水はどこに行ってしまったのだろうか。

照美は、トネ・リバーを眺めて、暗い気持ちになる。川の中州に出来た小さな水溜りに人が群がっている。近づいてみると、水は濁り、決してそのままでは飲めるものではない。しかし人々は、その水を我先にと用意したボトルに入れている。

彼らのみなりからして、街で最も貧しい暮らしをしている人たちだ。顔はすすけ、薄汚れている。服は、ここ何年も同じものを着ているに違いない。

照美は、川に降り立ち、人々の中に入った。

「こんな汚れた水を飲んではいけないわ」

照美は、子供を抱えた母親らしき女性に言った。

女性は、照美をじろりと舐めるように見つめると、再び無言でペットボトルに水を入れ始めた。

「お母さん、そんな汚れた水で子供のミルクを溶《と》いているの？」

悲しい目で見つめた。

「私たちは、水道を利用できないからね」

女性は平然と答えた。

「それでもこの水は汚れすぎている。使うべきじゃない」

照美は必死で訴えた。

ところが女性たちが急に笑い出した。

「何がおかしいの」

照美は、女性たちを不思議そうに見つめた。

「この水を浄化して飲むのです。私たちは皆、浄化器機を家に持っています。浄化すると、とても美味しい水になるのです」

一人の中年女性がにこやかに言った。

「浄化器機？　それは高価なものではないのですか？」

この貧しさでどうして浄化器機など購入できるだろうか。どうせ消し炭か何かを使った粗悪な浄化器機を使っているに違いない。

「うちに見に来られますか？　その浄化器機を」

照美は言った。

「ぜひ、お願いします。私はジャーナリストの水上照美です」

照美は言った。これは必ず記事にしよう。水道を利用できない人々が、川の中州に出来た水溜りで汚れた水を汲《く》んでいる。それを粗末な浄化器機で濾《こ》し、子供のミルクを作っている。これを記事として纏め上げ、市の水道行政の問題として訴えよう。

女性は、川の石段を上り、スラム街の方へ歩いていった。手には茶色に汚れた水が入ったペットボトルをしっかりと持っている。照美は、女性の後に無言で従った。

「ここよ」

女性は、まるで廃墟のようになったマンションに入っていった。廊下に電気が点いていないために昼間だが、薄暗い。

「電気は来ているの？」

「使えるわ」

「水道は止められたの？」

「料金が高すぎて、払えなくなったのよ。あなたは？」

女性は屈託がない。

「私は辛うじて水道を利用できているわ」

照美は申し訳なさそうに言った。

「それは何よりね」

女性は、自分の部屋のドアを開けた。

「どうぞ、入って」

女性は、先に入り、照美を案内した。小さな上がりがまちに靴を脱ぐと、まっすぐに廊下が続いている。女性の服装の汚れた感じからは想像がつかないほどよく磨かれている。左右に部屋がある。

「こちらが台所」

女性は、ここで料理を作り、カウンターで仕切られたダイニングに運んでいく。

「片付いているわね。私の部屋なんかより断然きれい！」

照美は、驚きの声を上げげた。

「あなたはジャーナリストさんだとおっしゃったわね」

女性は、強い視線で見つめた。

「ええ」

照美は、わずかにたじろいだ。

「私のみなりを見て、もっとひどい暮らしぶりだと想像していたのでしょう？」

女性が微笑んだので、照美は気持ちが緩んだ。

「そんな想像もしていました。すみません」

照美は頭を下げた。

「いいのよ。ひどい暮らしであることには変わりないから。水がないということが、こんなに苦しいと思わなかったわ。水があるのは、当然のことと思っていた。蛇口を捻れば水が流れてきたのよ。ところがそうではなくなった。海にも川にも水はあるのに、どうして蛇口を捻っても水は流れてこないの？　それは日照りが続き、地球の水が干上がり始めたからだということは理解できる。しかしもっと直接的な原因は、私が貧しいからよ。高い水道代を払えないから。現に、水道代を幾らでも払える人や工場は、水をふんだんに使っているわ。これはおかしいと思うの。水は、地球のもの、みんなのものでしょう？」

　女性は涙目で訴えた。

「その通りだと思います。自然が破壊され、水が汚染され、私たちの飲料水の確保さえ、ままならない世の中になりました。そんな時代でも水をふんだんに使う人々はいます。それは豊かな人々、権力ある人々です。ある時から格差が全てを決め始めました。格差がついてしまった人々は、水さえ得ることができないのです。この北東京市は、一握りの人々が全ての富を支配しています。その矛盾を破壊しなければ、私たちは自由に水を飲むことはできません」

　照美は、急に憑《つ》かれたように語り始めた。普段、こんなことは話したことがない。ましてや初めて会った女性にするとは、警戒心がなさすぎる行為だ。北東京市で、市政を批判するような発言をすれば、投獄される危険性さえある。

　照美に発言を促したのは、女性の佇まいだ。外見はみすぼらしいのは仕方がないが、部屋の中、そして何より彼女自身が知的で、毅然としているからだ。貧しさに打ちひしがれていない様子に照美は感動したのだ。

「私の言うことをわかっていただいて嬉しいわ。でもお互い、これよ」

　女性は唇に指を当てた。

そしてにこやかに小さな金属製の器機をキッチンの戸棚から出してきた。ステンレス製で、美しく磨かれた丸い形をしている。細いパイプが出ている。そこから水が出てくるのだろう。

「これが簡易浄化器機よ」

女性が自慢げにテーブルの上に置いた。

「素晴らしい器機ですね」

照美は、その光沢のある輝きを放つ金属器機が、まるで隠れキリシタンの秘密のマリア像に見えた。

「こう使うのよ」

女性は、上部の小さな蓋を開けると、そこからペットボトルに入れて運んできた水を注ぎ入れた。茶色く濁った水だ。器機から出た細いパイプの先にコップを置いた。

「あら！　すごい」

照美は、感激の声を上げた。コップには青く透明な水が満ち始めたではないか。それは透明で、雑菌や汚れ一つないように思われた。

「飲んでご覧なさい」

女性に勧められるまま、照美は恐る恐るコップを手に取り、口に入れた。

「なんて美味しいの！」

その水は、まろやかで甘味があり、それだけで栄養価の高い食べ物を補給したような満足感があった。

「美味しいでしょう。この水があるから、私は生きているし、尊厳を保っていられるのよ」と女性は、誇らしげに光沢のある器機を見つめ、「この器機は、ウルフからもらったの」と言った。

「ウルフですか」

照美は、目を輝かせた。

「あの川に水を汲みに来ていた人々は、皆さん、口には出さないけれど皆、同じ器機を持っているはずよ。ウルフに密かに感謝しながらね」

「でもその名前は口には出さない。それは彼がテロリストとして、市のお尋ね者だからですね」

「そうよ。もし彼と繋がっていると疑われたら、これだものね」

女性は、両手を差し出した。手錠で拘束されるという意味だ。

「でもなぜ私に話してくださったのですか」

照美は、コップに残った半分の水を女性に渡した。女性は、それをいとおしそうに飲み干した。

「あなたが悪い人に見えなかったからよ。どちらかというとウルフに会ったような感覚を抱いたの。私、これでも霊感が強いの」

女性は照美を見つめた。

「ウルフと私が同じに見えたのですか」

ふと見ると、器機に自分の姿が映っている。照美は、不思議そうにそれを見つめた。

「ウルフは、市の当局が言うような悪人ではない。少なくとも私たちの味方よ。それにあの川の水の場所もウルフが教えてくれているの。あの水を飲みなさいとね」

女性は、再び水を濾過し始めた。みるみる透明な水が作られていく。器機の中には、相当な濾過の機構を備えているに違いない。

「ウルフは、水の場所まで教えてくれているのですね」

照美は、ウルフの精悍な目を思い出していた。すると強烈に彼に会いたいという気になった。

「ウルフに会ってみたい……」

「ウルフはなかなか姿を現さないわ。でもあなたはウルフに会うだろうという気がする。それも、近いうちに。私の霊感がそれを教えているわ」

女性は、コップを手に取ると、美味しそうに水を飲んだ。

「ウルフに会える……」

照美は、胸が熱くなるような気がした。

6

タン・リーを間近で見るのは初めてだ。ひょろりと背が高く、逞しくはないが、柳の枝のようにしなやかだ。顔は面長で、目も細く長い。体や顔つきから、冷徹さ、沈着さといった言葉が浮かんでくる雰囲気を醸《かも》していた。

山口の顔を見た。すっかり怯えたようになっている。喜太郎は、山口を肘で軽くつついた。

目だけが喜太郎を向いた。その目は、悪ふざけはやめろと怒っている。

「あなた方がヤギ・ダムに行ったのは、ワン・フーの命令だったというのですか？」

　タンの目が鋭く光った。

「は、はい。そうです」

　いつもの山口らしからぬ動揺ぶりだ。喜太郎はおかしくなって噴き出しそうなのを我慢していた。

「直接指示されたのですか？」

　タンの問いに、山口は首を傾げた。思い出そうにも思い出せないという顔だ。

「誰から、指示されたのかわからないのですか？」

「ええ、突然、電話がかかってきてワン・フーからの指示で、特殊問題解決チーム、これを勝手にCSPSと呼んでいますが」と山口は、得意げに胸を張ってみせたが、「あれはいったい誰からの電話だったのでしょうか？　私はてっきり……」と情けないほど落ち込んだ。

「ワン・フーからの直接指示だと山口リーダーはおっしゃっていました。もし何者かわからない者からの指示であったにしても、ワン・フーからの指示と信じた者に責任はないと思います」

　喜太郎は、山口を助けるつもりで勢いよく言った。

「あなたは？」

　タンが、冷たい視線を向けた。

「山口さんの部下です」

喜太郎が答えると、タンが近づいてきて、喜太郎の上から下まで視線を這わせていった。

喜太郎は、裸にされているような気がして、背筋がぞくぞくとしてきた。

「あなた似ていますね……」

タンが、呟いた。警戒心を滲《にじ》ませている。

「はあ？」

喜太郎が拍子抜けしたように答えた。

「似ていると言ったのです。それだけのことです」

「誰にでしょうか？」

「答えてあげましょうか？」とタンは薄笑いをし、「ワン・フーに似ています。しかしワン・フーはあなたのように下品な感じはいたしませんが……」と言った。

「下品はご訂正願います」

喜太郎は、タンに言った。

タンの顔がみるみる変化していった。端整な細面に赤く血管が浮き出て、目尻が釣りあがり、充血した目が飛び出しそうになった。

パシッ。

空気を切り裂くような音がしたかと思うと、タンの平手が喜太郎の頬を打っていた。

「口答えするな。私を何者と心得ているのだ」

タンが甲高く言った。

「わかりました」

喜太郎は、軽く頬を押さえたが、再び姿勢を正した。胸の中で怒りの炎が大きく燃え盛っていた。

山口が、意外な進展に驚き、喜太郎とタンとの間に忙しく視線を動かしていた。

「もう一度訊きます。誰の指示だか不明なのですね」

「はい。思い出せません」

山口は言った。

「わかりました。次です。あなた方は木澤センター長を殺害した犯人を目撃したのですか？」

タンが、山口に顔を近づけた。

「三つの赤い光だけです。なあ」

山口は、タンの顔を避けるように体を反らしながら、喜太郎に同意を求めた。しかし喜太郎は、タンを睨んだまま無言だった。

「犯人を見たわけではないのですね」

「見ておりません」

「木澤は何かに怯えているような様子はありましたか？」

「そのような様子は何もありませんでした」

山口は言った。

「何か変わったことは？」

「変わったことといえば、ヤギ・ダムに行った当日、死魚を調査しようと、巡視船に乗り込んだのですが、大波に大きく揺られまして二人がダム湖に投げ出されました。木澤センター長と海原剛士です。木澤さんは助けることができたのですが、海原はそのままです」

山口は、剛士と会ったことは、約束通り報告しなかった。

「その件は、報告しましたか？」

タンの声が徐々に厳しくなる。

「海原の行方不明は報告しました」

山口は追い詰められたように首をすくめながら答えた。

「誰に！」

タンが言い放った。

「誰にって……通常の業務報告にしましたが、いけませんでしたか」

山口は、声を震わせた。

「あなた方は特別にワン・フーから調査指示を受けたのでしょう！　ならば異常事態はワン・フーに報告しなくてはならないでしょう！　ましてや調査メンバーが行方不明なのですから。あなたは言っていることに矛盾がある。ワン・フーからの指示だと言いながら、直接指示された様子もない。また報告さえ怠っている。勝手にヤギ・ダムへ行ったとしか思えないではありませんか！」

タンは、スーツの内ポケットからポインターを取り出し、やにわにそれを長く伸ばし、振り上げた。

「あっ！　痛っ！」

山口が額に手を当て、その場に蹲《うずくま》った。

「リーダー！」

喜太郎が山口の体を支え、きっとタンを睨み、「何をするんだ！」と叫んだ。

額を押さえた山口の手の指の間から血が滲み出ている。

「言葉に気をつけよ！」

タンは、再びポインターを鞭《むち》のようにしならせると、目にも留まらぬ速さで喜太郎の肩を打擲《ちょう》《ちゃく》した。喜太郎ががくりと膝をついた。

「申し訳ございません。私が確認不足でした。ワン・フーからの直接の指示だということを聞かされ、舞い上がったのです」

山口が、額を手で押さえたまま頭を垂れた。

「リーダー、謝ることなんかないですよ」

喜太郎は興奮して言った。

「まだ懲りぬか。勝手な動きをしたくせに」

タンのポインターがしなり、今度は喜太郎の頭を打った。

「うっ」

喜太郎は両手で頭を押さえ、その場に蹲った。

「私に逆らうと、もっと打ち据えるぞ」

「申し訳ございません」

喜太郎に代わり、山口が謝った。

「その行方不明の男の死体は上がったのか？」

タンは訊いた。

「いえ、見つかっておりません」

山口は、タンを睨みつけて答えた。額は、ぱっくりと割れ、血が流れ出している。

タンは、腕を組み、なにやら考える風に目を閉じた。

「大波が来て、船が揺れたのか」

「そうであります」

「それで木澤は助かり、もう一人は遺体が上がっていない……」

タンは、独りごち、山口を見つめ「お前、どう思う？」と訊いた。

「何がですか？」

山口は、怒りで全身を震わせて訊いた。

「お前のような愚かな者に訊く問題ではなかったわ。おい！」

タンが声を張り上げた。屈強な銀色のメタルスーツを着た警備兵たちがタンの背後に並んだ。その数五人。全員、レーザー銃を持っている。

「この者たちを外に放り出せ。馘首だ」

タンの命令と同時に警備兵たちは山口と喜太郎を取り囲み、銃把で背中を打った。

「立て！」

警備兵は命令した。

「ばかやろう。辞めてやるよ。こんな会社！」

山口と喜太郎は同時に叫び、胸につけたＷＥマークの社章を床に叩きつけた。

「せいぜい飢えないようにすることだな。それにワン・フーには、特殊問題解決チームは解散しましたとご報告しておくから心配するな」

タンは笑った。

「リーダー、行きましょう」

喜太郎が、山口の背中を押した。警備兵がぎしぎしという金属音を立てながら、後ろから追い立てる。

「ちきしょう！　必ず退職金を取りに来るからな」

山口は唸るように言った。

7

「私が水守老人から聞いた話では」とウルフは静かに語り出した。

水の国は、かつて裏切り者の手によって水を破壊する者の侵入を許してしまった。その時、王と王妃であった剛士の両親も殺されてしまった。そして何人かの子供たちが誘拐された。その中にはウルフの妹もいるという。

「私は、幼い妹を失った悲しみを忘れた日はありません」

ウルフは涙ぐんだ。

「私を含めて水の国の子供であったという証明はあるのでしょうか？」

剛士は訊いた。

「これをご覧ください」

ウルフは右手を差し出した。剛士は、その手を覗き込んだ。

「ほくろだね？」

ウルフの手のひらの中央には直径二ミリくらいのほくろがあった。

「僕にも似たほくろがありますよ。ほら！」

剛士は右手を開いた。

「水の国の選ばれた戦士には、このほくろがあるのです。きっとさらわれた妹にもあるはずです」

ウルフの話に聞き入りながら、剛士は自分の不思議な運命に考えを及ぼし、深くため息をついた。

「海原王」とウルフは言った。

「なあ、その海原王というのはやめてくれないか。剛士、せめて剛士殿でいいよ」

「わかりました。しかし海原王と呼ばせていただきます。他の者への示しもございます。あなた様に信頼できるご友人はおられませんか。もしおられるなら私たちの戦いに参画していただきたいのです」

ウルフは、頭を下げた。

「ここに呼び出してもいいのかい」

剛士は嬉しそうに訊いた。

「お願いします。海原王の親友なら、私たちの味方になられるでしょう」

剛士は、ウルフの言葉を受けて、山口、喜太郎、そして照美に連絡することにした。

「まずは山口リーダーっと」

剛士は携帯電話を取り出した。何回かの呼び出し音の後、山口の声が飛び込んできた。

「おい、馘首になったぞ」

山口は怒りとも、喜びともつかない声で叫んだ。

「どういうことか詳しく聞きますから、今すぐここへ来ていただけませんか？」

剛士は、興奮する山口を抑えるように、ドラゴンビルの場所を伝えた。

「喜太郎もいますか？」

「ここにいる。代わろうか」

「それでは一緒に来てください」

「わかった。すぐに行く」

電話は切れた。次は、照美だ。

照美の番号を呼び出す。

「もしもし海原君」

照美の声だ。

「海原です。詳しいことは後で説明しますが、ここに来てください」

剛士は、ドラゴンビルの場所を告げた。

「何するの？　デートにはふさわしくないようだけど？」

照美が笑いながら言う。

「からかわないでください。照美さんが会いたがっていた人がここにいますよ」

「誰よ？」

「誰でしょう？」

「意地悪ね。湖の底で意地悪に変身したの？」

「ウルフですよ。ウルフと今、会っているのです」

剛士は弾んだ声で言った。

「今、なんて言ったの！」

「ウルフですよ。照美さんが追いかけていた人物ですよ」

「ウルフ！　すぐ行くわ。逃がさないでね」

照美は興奮した声で言い、電話を切った。ここに向かって走ってきているのが見えるようだ。

「逃がさないでと言われました」

剛士はウルフに微笑みかけた。

「逃げませんよ」

ウルフは小さく笑った。

ドラゴンビルの地下室は、まるで湖底のように静かだ。剛士は、ウルフとその背後にいる部下たちを眺めた。そして右手を開いて、ほくろを見つめた。この黒い星は希望への星なのか、絶望への星なのか、全ては今から始まるのだと思った。

第六章　水戦争開始

1

深い山からの清流が滝になって流れ込み、池は満々と水をたたえている。鯉が放たれているのか、時々水音を立てて跳ね上がるのが見える。

「美しいな」

タンは、座敷から外に出て、池の畔《ほとり》にいる藤野の側に立った。

「これだけふんだんに水を使った庭園はここだけでしょう」

藤野は自慢げに言った。藤野が餌を池に撒くと、鯉が群れになって集まってきた。

「多くの人が水を利用できずにいるなかで最高の贅沢だ」

タンは嬉しそうな笑みを浮かべた。

「これもWE社が、この北東京市に本社を置いてくださっているおかげです」

藤野は、軽く頭を下げた。

「そろそろ仕上げにしたいと思っている」

タンが藤野の持っていた餌を摑み、池に投げ入れた。それが水に触れるやいなや鯉が飛び上がった。大きな鯉だ。激しく水しぶきが上がり、大きな音がした。

「いよいよですか？」

「私が世界の水を支配する。ワン・フーではない。タン・リーが水の帝王になるのだ」

「あなたは今や実質的に支配者だ」

「いやいやワンの力は絶大だ。しかしいつまでも支配者で置いておくわけにはいかない。それでは私の欲望が満たされない。私は世界の水の王となるためにワンと一緒に働いてきた。ワンがいる限り、いつまでたってもナンバー2だ」

「私もタン様が支配者になれば、メリットは大きい。こんな北東京市の市長では終わりたくないですからね」

藤野は、座敷へと戻り始めた。タンも後に続いた。

「思えば藤野市長に出会ってから、私の欲望は広がり始めた。あなたがこの北東京市の全てを支配していたからだ。警察、司法、財政など全てがあなたの下にある。私はあなたと組めば、ワンを引きずり下ろし、このWE社を支配できると思った。例えばこの街でならワンを殺しても罪にならない」

タンは薄く笑った。

「殺せば罪になりますよ。あなたが殺せば、犯罪だが、市の権力を握っている私が殺せば、それは秩序を守ることだ」

藤野は声に出して笑い、座敷に上がり、庭を背にして座った。

「さあ、飛び切り美味い料理を作らせましたからお座りください。ゆっくりと相談をいたしましょう」

藤野はタンに自分の前に座るように言った。

タンが座ると、着物姿の美しい女性が料理と酒を持って入ってきた。

「庭もいいが、料理も女性も素晴らしい」

タンは、大げさに両手を広げて喜びを表した。

タンのグラスにシャンパンが満たされた。

「あなたがWE社を支配すれば、贅沢のし放題だ」

藤野がグラスを差し出すと、女性がシャンパンを注いだ。

「ワンは全く贅沢をしない。なんのために巨万の富を築き上げたのかわからない。私にはそれが窮屈でたまらない。いつまでも召使扱いはやめて欲しいものだ」

「乾杯しましょう」

藤野がグラスを高く上げた。

「私と藤野さんによるWE社支配の成功に……」

タンが微笑んだ。

「乾杯」

「乾杯」

藤野もタンも一気にシャンパンを飲んだ。

「ところで藤野さん、木澤はどこまで調べていたのか」

タンのグラスに新たなシャンパンが注がれた。

「木澤は、経営幹部であると同時に、研究者として色々かぎまわっていました。青斑病の原因が何かを突き止めていたことは事実です」

藤野は声をひそめた。側にいる女性に手で合図して、外に出るようにと言った。女性たちが、部屋から消え、藤野とタンの二人きりとなった。

「突き止めていたのか」

タンは、大きく息を吐いた。

「奴は、水を研究室に持ち込み、最初は菌を疑ったようですが、ついに『ありえないことだ』とスタッフに話したそうです」

「そのスタッフが、あなたの放ったスパイなのだな」

「その通りです。WE社には多くの私のスパイがおります。なにせ市の全てを担っている企業ですから、どういう経営をしているかは、私の最大関心事です」

藤野は、上目遣いにタンを見た。

「恐ろしい人だ。私のことも監視しているのだね」

タンは余裕の笑みを浮かべた。何をスパイされても自分は攻撃されることはないという態度だ。

「大丈夫ですよ。タン様をスパイしてはおりませんから」

「そう願いたいものだ」

タンは、グラスを呷《あお》った。

「さて、ありえないことだと言った木澤は、自ら湖に調査に出向きました。それで危機感を抱きましたので、今回の措置といたした次第です。そのとき彼と一緒に調査に行きましたのが
……」

「山口稔、水神喜太郎」

タンが答えると、藤野は、感心したように、ほほうと言い、「よく覚えておいでですね」と言った。

「あたりまえだ。彼らを馘首にしたからな」

タンは吐き捨てた。

「馘首に？　それは拙《まず》い」

藤野は顔を歪めた。

「なぜ拙いのだ」

「木澤は、彼らに青斑病の秘密を教えている可能性があるからです。彼らと一緒だった中に、ジャーナリストの水上照美がおります。彼女は、青斑病を追い続けているのです。なぜ彼女と木澤やWE社の社員が一緒だったかということです。それは木澤の指示で青斑病の秘密を確認しに行ったに違いないのです」

藤野の話に、タンの顔がたちまち曇っていった。

「それに気になることがもう一つあります」

「なんだ？　まだあるのか？」

「一人行方不明なのです」

「海原剛士だな。どうせ湖の底で、魚の餌になっているだろう」

「そうであればいいのですが、死体は上がっていません」

藤野が厳しい表情でタンを見つめたとき、女性が伺いを立ててきた。

「緊急電話でございます」

女性は受話器を藤野に差し出した。藤野は、それを受け取ると「ちょっと失礼」と耳に当てた。途端に表情が変わった。みるみるうちに一層厳しくなった。もはや深刻といっていい。

「わかった。このまま待て」

藤野は女性がいなくなったことを確認すると、タンに「やはり山口たちが動き出しました。ウルフと接触しております。すぐ攻撃いたします。テロリストが横行している事実を市民に知らせねばなりませんから」と言った。

「そうか……。しかしウルフは傷つけるな。大事な仲間みたいなものだからな」

タンは、甲高い声で笑った。

「すぐ攻撃しろ」

藤野は命じると、受話器を置いた。

2

「なんだ、この暗いビルは？」

山口の声が無人のビル内に響く。

「ここで間違いはありません」

喜太郎が注意深く歩く。

突然、二人を明かりが襲った。山口が、片手で目を覆いながら「誰だ！」と叫んだ。

明かりは、山口を直撃したまま動かない。誰も何も言わない。

「誰だ！　名を名乗れ！」

山口が叫んだ。

「きゃーっ」と悲鳴が上がった。

「照美さんじゃないですか」

喜太郎の声だ。

「私の胸を触ったわね。強制猥褻《わいせつ》罪で訴えるわよ」

照美は、持っていたライトで喜太郎を照らした。

喜太郎は、明かりの中で苦笑しながら「大げさだな」と言った。

「何が大げさよ。突然、後ろから、胸を触るなんて！」

「胸、胸って、あまり感じませんでしたよ」

喜太郎が笑った。

「いいぞ喜太郎、言ってやれ。自覚しろってな」

山口も同調した。

「セクハラ野郎ども！」

照美は叫んだ。

「ところで照美さん、こんなところで何をしているのですか？」

「あなたたちこそ、どうしてここに？」

「理由は、僕です」

暗いフロアの隅で、男の声がした。

山口たちが、一斉に声の方向にライトを向けた。

「海原君！」

「剛士！」

明るいライトに浮かび上がったのは、間違いなく海原剛士だ。

山口たちが剛士に駆け寄った。

「この間といい、今回といい、現れ方が奇抜すぎるぞ」

山口が怒った。

「皆さん、よく来てくれました。先日は、挨拶だけでしたが、今回は僕の不思議な体験もお話しできます」

剛士は、顔を覆っていたフードを取った。

「海原君、心配したのよ」

照美が剛士に抱きついた。

「照美さん、恥ずかしいよ」

剛士はたじろいだ。

「我々は、お前にここに呼び出されたんだが、今から何をするんだ。まさかここでキャンプするってことはないだろう」

山口がからかいとも、真剣ともつかぬことを言った。

「まさか、キャンプならもっとふさわしいところがありますよ。海原さんは、目覚めたのです」

喜太郎は言った。

「そう言われれば、そうかな。まだ浅き目覚めだけどね」

剛士は喜太郎を少し怪訝そうに見た。なぜならこの事態に全く驚いていないように見えるからだ。以前から想定していたようにさえ感じられる。

「喜太郎、お前、何を言っているんだ？」

山口が言った。

「湖で海原さんがいなくなり、突然、ウルフと同じような恰好で現れた。僕は、やっと思い出したのです。僕が子供の頃から聞かされていた言い伝えです」

「どんな言い伝えなの？」

照美が訊いた。

「今、世界は水が不足して、特に貧しい人は満足に水が飲めない。また水道水にさえ不安を抱いています」

「そう、青斑病は水道水を使ったミルクを飲んだ赤ん坊が発症しているのよ」

「世界が水不足で不安にさいなまれるとき、水の戦士が現われ、世界を救うという言い伝えです。その戦士が僕なんです」

喜太郎は笑みを浮かべた。

「お前が戦士？　頼りねぇな」

山口が笑った。

「僕は、以前から喜太郎のことをなんとなく不思議な人だと思っていました。WE社に入社してきたのも意図があってのことのように見えました」

剛士が真剣な顔で言った。

「僕は戦士の中の王がいると教えられました。残念ながら僕は王ではないのです。王を探そうと各地を旅して、ここに辿り着いたのです。海原さんが王なのでしょうか」

喜太郎は嬉しそうに言った。

「ごちゃごちゃとわけのわからない話をしているなぁ」

山口が動揺している。こんな場所に連れてこられて、水の戦士だなんだとわけがわからない。わからないと不機嫌になるのだ。それにWE社を馘首になってしまったことも想定外のことで、山口を不安にさせていた。

「詳しい話は、こちらでしましょう。みんなが待っていますから」

剛士は、明かりを照らして歩き始めた。

「みんなって、俺たち以外にいるのか」

山口が驚いた顔をした。

「なんだかウキウキしてきたわ」

照美は気持ちが弾んでいるのか、暗い中なのに足取りが軽い。

剛士は、黙って地下室への扉を開けた。

「さあ、こちらです」

剛士が階段を下りていく。暗い中に懐中電灯の明かりだけが揺れる。

「おい、いったいどこまで行くんだよ」

山口が沈黙に耐え切れずに叫んだ。

「黙ってついていきましょう」

喜太郎が諭している。

「着きました」

剛士が、また別のドアを開けた。明かりが部屋の外を照らした。

「どうぞ中へ」

「おおっ」

山口が、驚いて声を上げた。

「お待ちしていました」

ウルフが低頭すると、彼の背後に並んだ数十名の人間が一斉に頭を下げた。全員が剛士やウルフと同じフード付きの修道僧の僧衣を着ている。

「戦士たちです」

剛士は、誇らしげに山口たちに告げた。

3

「市長自ら指揮されるのですか」

警察署長が迷惑そうな顔をしている。職分を侵されるのが嫌なのだ。

「市民をテロリストから守るのは市長の務めだからね」

藤野は、自信ありげに言った。

「このドラゴンビルは、以前からウルフが拠点にしていたものです。彼は非常に用心深くて、なかなか部下たちと集まることがなかったのですが、今回はかなりの人数が集まっております」

副署長が説明した。

「署長、攻撃はしてもいい。しかしウルフを逮捕してはならない。わかったな」

藤野は、署長を睨みつけた。

「なんとおっしゃいましたか？　ウルフを捕まえるのが、今回の捜査の目的でしょう」

署長は怒っている。

「お前は、私の方針に従えばいい。テロ組織を根絶やしにするためには、今しばらく泳がせた方がいいことくらい、わからんのか」

「わかりません」

署長は、憤慨した顔つきで言った。

「お前、私は市長だぞ。それにこの北東京市のオーナーだ。その私に逆らうのか」

藤野は、怒鳴り声を上げた。副署長が、額に汗を流しながら藤野と署長を交互に見ている。どっちの立場に立てばいいのか、迷ってうろうろしている。

「私は警察署長です。市の安全を任されています。ウルフを逮捕できない捜査など無意味です。

それに私は警察という立場でありますのでウルフを追っておりますが、彼は貧しい人から義賊としてあがめられております。彼を逮捕することは、ひょっとすると警察の評判を低下させるかもしれません。しかし私は、それでもやらねばならないのです」

署長は、藤野に顔を突きつけて、まくし立てた。

「そんなにウルフのファンなら、尚のこと逮捕しなければいいではないか」

「そういうことを申し上げているのではありません」

署長は、語気を強めた。

「うるさい！　もうお前は馘首だ。とっとと荷物をまとめて田舎に帰れ。おい、副署長！」と藤野は、きょろきょろと様子をうかがっていた副署長を呼んだ。

「はい、なんでしょうか？」

副署長は、藤野の前で姿勢を正した。

「今日から、お前が署長だ」

藤野は言った。

「えっ、私が……」

副署長は、意外な展開に目を剝いている。

「市長、田舎に帰れと申されましても、私の田舎はこの北東京市です。今日を限りに警察署長を辞めさせていただきます。任を辞するにあたり申し上げます。私の妻の妹が死にました。まともに水が飲めずに溜め池の水を飲んだためです。あなたがWE社と組んでしていることは、最高の悪だ。水はあなたのものでも、WE社のものでもない」

署長は、憤然と踵を返した。

「副署長、あいつを逮捕しろ。市長に対する侮辱罪だ」

藤野は、副署長に命じた。

「えっ、署長をですか？」

「署長は、お前だ。やれんのか」

「は、はい。わかりました」

副署長の命令を受け、待機していた警官が署長の後を追った。

「市長の奴、許せん」

署長は、携帯電話を取った。ボタンを操作し、ある暗号を送った。

「署長、逮捕します」

数人の警官が取り囲んだ。

「勝手にしろ」

署長は、その場に座り込んだ。

4

剛士は、水の国における自身の不思議な体験を山口たちに語った。

ウルフとその部下たち、そして山口、喜太郎、照美が静かに聞いていた。剛士が話し終わると、ウルフが立ち上がり、「海原王は、私たち水の国の正統な王として君臨されます。そのために私たちは戦うのです。ところで山口さん、喜太郎さん、照美さん、右手のひらを見せてください」と言った。

山口たちは言われるままに手のひらを見せた。

「喜太郎さん、照美さん、あなた方は水の国の戦士です。海原王と同じく地上に誘拐されたのです。このほくろが何よりの印です」

ウルフは、喜太郎と照美の手のひらのほくろを指差した。

「僕にもあるんだよ」

剛士が言った。

「このほくろが何の意味を為すのかはわかりません。単なる識別票であるかもしれません。しかし言い伝え通り海原王と喜太郎さん、照美さんにはほくろがありました。間違いなく戦士です」

ウルフが興奮気味に言った。

「俺は？　俺は？　何もないのかよ」

山口が、焦って手のひらを見る。

「山口さんは、あらかじめ選ばれた戦士ではないかもしれませんが、ぜひ一緒に戦ってください。僕からお願いします」

剛士が頭を下げた。

「ひがまないでね」

照美が笑った。

「面白くねぇな。俺だけ仲間はずれみたいだな」

山口が不服そうに口を尖らせた。

「もうＷＥ社を馘首になったのだし、やることもないし、こうなったらＷＥ社に復讐するつもりで一緒にやりましょう。水を僕たちに取り戻しましょう」

喜太郎が言った。

「わかった。失業戦士としてやらしてもらおうかな……」

山口の言い方に、みんなが声に出して笑った。

ウルフがじっと照美を見つめている。そのことに剛士は気づいていた。

「ねえ、照美さん、照美さんは水上って名字だよね」

剛士の言葉に、ウルフが反応した。

「ええ、どうして？」

「水に関係のある名字だなと思ってね」

「私はね、孤児院で育てられたの。その孤児院に捨てられていたらしいの。その時着ていた服に水上って縫い込んであったそうよ」

照美は、昔を思い出し、少し寂しそうな顔をした。

「ウルフさん、やはり照美さんは、あなたの妹さんではないでしょうか」

剛士は言った。

「なんですって！」

照美が驚きの声を上げた。

「先ほど水の国から我々は誘拐されたと話したけれど、その時ウルフさんの妹も誘拐されたんだ。ウルフさんの本名は水上竜馬というんだよ。照美さんと同じだ」

剛士が伝えた。

「本当なの？」

照美が前に進み出た。

ウルフが、フードを取ると、精悍な顔が現れた。

「君の手をもう一度見せて欲しい」

「いいわ」

照美は、手のひらを開いた。ほくろがある。戦士の証のほくろだ。

ウルフがその手を優しく握った。

「妹よ……」

ウルフが顔を上げると、その目には涙が滲んでいた。ウルフの背後に控える戦士たちからすすり泣く声が聞こえた。悲しみではなく、喜びからだ。

「手のひらに円を描きます。すると私のほくろは一番下に位置します。照美さんのほくろはちょうど私と対極になります。海原王が私から見て右、喜太郎さんが左、四人でクロスになるのです」

ウルフの言葉に、剛士と喜太郎は、あらためて自分の手のひらを見つめた。

「ウルフが、私の兄……」

照美は衝撃で、がくりと膝をついた。剛士が慌てて、手を差し伸べ体を支えた。

「ありがとう、海原君。私に兄がいただなんて……。私は自分の両親のことも何も知らない。どこで生まれたのかも、誰と誰が愛し合って生まれたのかも。捨てられていたのは、どのような事情だったのか。要らない子供としてこの世に生まれてしまったのか。私は自分の出生が一番の悩みだった。それが……」

照美の目に涙が溢れた。

ウルフが近づき、照美の体を両手で包み込むように抱いた。照美は、堰を切ったように泣き出した。

「感動的な出会いは、後でじっくり味わってもらうとして、どのようにWE社と戦うのか、王としての方針はあるのか」

山口の声が、ウルフと照美の出会いに感動していた剛士たちを現実に引き戻した。

「王としてといわれると、甚だ心もとない状況です。僕は、WE社をどうやったらこの北東京市から追い出すことができるかを考えねばと思っています」

剛士が答えた。

「追い出しただけではWE社が世界の水を支配するという構図を変えることはできないじゃないか」

山口が反論した。

「その通りです。世界の水を支配し、富める者のみの財産としているのがWE社です。この会社を解体し、悪の元凶であるワン・フーを殺すまで行かねばなりません」

ウルフが、照美の肩を抱いたまま言った。

「殺す？」

照美が、その恐ろしい響きの言葉に顔を上げた。

「ウルフさんは、浄化器機を人々に配布するなど、貧しい人から慕われています。しかし『殺す』などというような恐ろしい作戦をすれば、人々の尊敬を失うのではないでしょうか」

照美は、ウルフの目を見据えて言った。まだ兄とは呼べないようだ。

「ウルフさんらはすでに僕たちが遭遇したようにテロを実行しています。あれは水を守るためですか」

喜太郎がウルフに訊いた。

「WE社のワン・フーは、私たちの水の国にかつて攻め入った者の一人です。その結果、海原王のお父様とお母様は、かつての王と后ですが、殺されてしまいました。水の国はなんとかワン・フーらを追い払い、その入り口を閉ざしましたが、彼らは水を金儲けの道具にしている限り何度でも攻め入ろうとしてきます。この北東京市にWE社が本拠地を置いたのは、ここに水の国への入り口があると予測したからです。そこで北東京市を支配する藤野林太郎と完全に癒着し、再度水の国に攻め入り、世界の水の完全支配を目指しているのです。これを阻止するためには、行政を担う北東京市を解体しなければならないというのが、テロを行なう理由です」

ウルフは、剛士たちに語りながらも、同時に整然と列を作る配下の者たちに語りかけているようだ。

「今までも世界のいたるところで水で儲けようとするワンと水を守ろうとする水の国との戦いが繰り広げられてきたわけですね。それが今度は日本の北東京市を舞台として展開されるわけだね」

剛士が訊いた。

「その通りです。あらゆる手段を講じて、WE社と行政との癒着を断ち切り、北東京を解体しなければなりません」

ウルフが強い口調で訴えた。

「リーダー、大変です」

部下の一人が、ウルフに近づいてきた。もう一人、別の部下の首を押さえている。何か揉め事があったのだろうか。

「どうした?」

ウルフが訊いた。

「この男が日頃から不審な動きをしますので警戒をしておりましたら、警察のスパイだということが判明しました」

「なんだと」

ウルフの血相が変わった。

「奴の携帯になにやら暗号が入ってきております。意味を言え」

部下が、スパイと言われた男に命じた。

「誤解です。それより、お伝えしなければならないことがございます」

男は必死でウルフに訴えている。

「痛めつけましょうか」

部下が訊いた。

「ちょっと待ってください。僕が聞きます」

剛士が出てきた。

男を捕まえている部下が、膝を屈して低頭した。

「話してください。あなたがスパイかどうかというより、その携帯に入ってきた暗号の意味を教えてください。もしその相手が、あなたがこうして僕たちとともにいることを知って連絡してきたのであれば、よほど緊急に違いありません。もっと言えば、あなたの口から僕たちにその内容を知らせるようにとのことではありませんか。ぜひ教えてください」

剛士は、諄々《じゅんじゅん》と話し、頭を下げた。

「海原王……。すぐにお逃げください。この場所に警察がもうすぐ踏み込みます。すでに外で待機しています」

男は一気に言った。

「警察？　それを誰から？」

剛士は、さらに訊いた。

「誰からとは申し上げられません。外で何かが起きたのです。何が起きたかはわかりません。しかし私に逃げよと伝えてきたことは間違いございません」

男は、剛士を見つめた。その目は切迫感に満ちていた。

「ウルフさん、この男を詰問する前に、ここを退散した方がいいようだ」

剛士は言った。

ウルフは、硬い顔で頷き、すぐ部下に様子を探りに向かわせた。

「どうしたんだ？　警察とかなんとか？」

山口が、いらいらした様子で言った。

「大丈夫です。今までも数々の危難をウルフさんはくぐり抜けてきましたから」

剛士は、明るく言った。

「ねえ、ウルフさん、いやこれからは兄さんと呼ばせてもらっていいですか」

照美は言った。

ウルフは、嬉しそうに微笑んだ。

「こんなときになんだけど、私たちは戦士というからには、あなたと一緒に戦うのだけれども、爆弾を使ってのテロが正しいやり方だとは思わない。海原君が、王になった以上は、彼のやり方に従ってもらいたいわ。海原君は、爆弾など使わないと思うから」

照美は怖いほど真剣な顔で言った。ウルフは困惑した。

「戦士はばらばらで戦うわけにはいかない。命がけの戦いだ。今、戦術論をしている暇はない。後日にしよう」

ウルフの足下に、部下が走り寄ってきた。

「ビルの周囲は警官で取り囲まれています。どの出口からも逃げることはできません」

部下が冷静に言った。

「どうですか。切り抜けられそうですか」

剛士が訊いた。

ウルフは難しそうな顔を向けた。

「僕たち、戦う前から捕まってしまうのかよ。参ったな」

喜太郎が悲しそうな顔で言った。

「嫌よ。警察に捕まるなんて。何もしていないんだから。ここに集まっただけじゃない」

照美が怒った。

「俺もそうだ。特に俺は選ばれた戦士でもなんでもないからね。俺はさっさと投降するぜ。警察もわかってくれるだろうから」

山口は、地上階へ出ていこうとした。

「待ってください。山口さん。とても危険です。警察は、間違いなく発砲してきます。ウルフたちは武器を持っていることがわかっていますからね」

剛士が山口を呼び止めた。

「じゃあ、このまま捕まるのを待つしかないのかよ⁉」

山口は泣きそうな顔で言った。

「我々は試されています」

剛士は、強い口調で言った。ウルフやその部下たちが、一斉に剛士を見上げた。

「おいおい、剛士、ちょっと気取るなよ」

山口が戸惑い口調で言った。

「山口さん、海原さんは、王です。ちょっと気楽に呼びかけすぎです」

喜太郎が注意した。喜太郎は、すっかり剛士の変貌振りに魅入られている。山口は、ふて腐れたように横を向いた。

「僕たちは、今日、新たな戦士を仲間に迎え入れました。水神喜太郎、水上照美、山口稔です」

剛士に名前を呼ばれ、三人はウルフたちに頭を下げた。

歓声が起きた。

「特に水上照美は、リーダーのウルフの妹です」

歓声が一段と高くなった。

ウルフが、照美の側に寄った。

「さて新しい仲間が増えたと喜んだのもつかの間、今、僕たちは警察に取り囲まれ、袋の鼠《ねずみ》になっております。でも恐れてはなりません。この危機を突破できるか否かが、今後の水の戦士の戦いを決めるのです。僕たちは、この地球を救うために、貧しい人たちを救うために、命を懸け、立ち上がりました。僕たちは、できます。必ずこの危難を抜けることができます」

剛士が右手を上げると、大きな歓声が起きた。

「具体的にどう脱出するんだよ。もう警察は入ってくるんじゃないのか？」

山口が叫んだ。

「水守老人が僕に言われました。危難が来れば、心を一つにして、戦士たちは手を合わせよ。そうすれば水の門が開かれる、と」

剛士は大きな声で宣言すると、ほくろのついた右手を前に差し出した。

照美がその手に自分の手を重ねた。喜太郎が次に、そして最後にウルフが重ねた。

「おお」と大きな驚きの声が上がった。周囲に光が満ちた。まず光は、四人の体を包み、そして周囲へと広がり始めた。蛍光灯の無機質な明かりで照らされていた地下三階の部屋全体が、青く輝き、剛士たちの正面の硬いコンクリートの壁が水のように揺れ始めたのだ。

「あれが水の門です。四人が心を合わせることさえできれば、水の国の守り神は、いつでも僕たちの味方です。さあ、みんなあの門から出ていきましょう。再会は、ヤギ・ダムです。三日後、満月が東の中天に昇る頃です」

剛士が号令をかけると、修道僧衣の男たちは整然と水の門に向かって歩き始めた。

山口はあっけに取られている。何が起きているのかさえわからない顔で、口をぽかんと開けている。

「山口さん、一緒に行ってください」

剛士が言った。

「俺も……。俺は無理だろう。選ばれていないし……」

山口は情けない声で言った。

「大丈夫です。きっと」

喜太郎が励ました。

「さあ、私は行きます。海原王、あなたに従います」

ウルフは部下たちの最後で水の門に飛び込んだ。続いて照美、喜太郎と水の門の中に消えた。

「さあ、山口さん、一緒に行きましょう」

剛士が手を差し伸べた。

「嫌だ。そんな壁の中に何があると言うんだよ。行くもんか。戦士になるのはやめだ！」

「警察に捕まります」

「俺は、WE社のエリアマネージャーだった男だ。たまたま馘首になったが、まだ再就職のチャンスはある」

山口は、すっかり怯えている。足音が近づいてきた。警察がやってきたのだ。

「そこまで警察が来ています。最後ですよ。一緒に行きましょう」

剛士は手を伸ばした。

背後で水の門は徐々に輝きの幅を狭めている。時間とともに消えていくのだ。

「行ってくれ。俺は残る。勘弁してくれ」

山口は、ついに泣き出した。

「わかりました。山口さん、僕たちの友情を忘れないでください」

剛士は、人一人やっと通れるほどに狭くなった水の門の中に飛び込んだ。

「あれはなんだ！」

副署長の声がした。水の門が閉じようとしているのを見て、驚愕したのだ。

「一人いるぞ。逮捕しろ」

警察官が山口を取り囲み、一斉に銃口が向けられた。

5

「ウルフ、よく来てくれた」

タンは、北東京市庁舎の前に広がる中央公園の噴水脇のベンチにいた。まさかWE社のナンバー2だとは誰も思わない姿だ。浮浪者の恰好でベンチに横になっている。そこに現れたのは、同じ浮浪者の姿をしたウルフだ。

「タン、今日はなんだ？　ワンに関する情報があるのか」

「そうではない。そろそろ大々的な攻勢に出てもらいたいと思っている」

タンは、ベンチに寝そべったまま言った。

「どういうことだ」

「先日は、お前たちの王が現れたそうではないか。警察の手から危ういところで脱出することができたとか……。新しい署長が驚いていたぞ」

「ああ、やっと導いてくださるお方が現れた。私の戦いも報われたというものだ。あなたが内部からWE社を崩し、私が外部から崩すという計画で進んできたが、これからは王の下で戦うことになる」

ウルフは言った。

「それはいいことだ。私たちが戦いに勝利し、私がWE社を支配すれば、水を人々に開放しよう。そうして本当の社会のインフラとしての水道事業を展開することを約束する。貧しい人に優先的に水を配ろう。今のように豊かな者しか水を利用できない社会はなくしてしまおう」

タンは言った。

「しかしなぜ、あの日、警察は我々を逮捕しようとしたのだ。警察には、我々に対して手出しをするなと言ってあるはずではないのか」

ウルフは、タンの服を摑み、首を強く締め上げた。

「苦しいではないか。やめろ」

タンは、笑いながら言った。

「お前を信用できない」

ウルフは、更に強く締め上げた。

「警察は、スパイを使って、お前たちの行動を監視している。しかしそれだけでは警察内部から、なれあいではないかと疑う者が出てくる。そこでたまには徹底したテロリスト撲滅行動が必要なわけだ。それがあの日だった」

タンは息を詰まらせながら言った。

「俺たちを裏切ったわけではないのだな」

ウルフは、服を摑んでいた手を離した。

「違う。出来レースであり、お前を捕まえる気はなかった」

タンは、大きく息を吐いた。

「了解した。それではお前の計画を聞こうか」

ウルフがタンの側に蹲った。ゴミをあさっているようにしか見えない。

「今まで水道に不信感を抱かせるために給水所の一部に青斑病の原因となる硝酸を混入させてきた」

タンが言った。

「ああ、かなりの効果があり、水道に不信感が生まれ、ワンの力を削ぐことになった」

ウルフが言った。

「そろそろ危ない。木澤は始末したが、奴が気づいた風がある。もし硝酸の秘密をワンが知れば、阻止されてしまう。一気に片付けたい」

「どうするつもりだ」

「市内の給水所に大量の硝酸を投入する。北東京市全体の水道を壊滅させる。匂いも味もなく、魚や水生動物からの危険信号もない硝酸は、水道の中を拡散し、北東京市の乳児たち、弱い者の命を一気に奪うだろう。こうなれば水道を運営するWE社に対して市民の怒りは爆発する。その時を狙って、お前たちは市内にテロ行為を仕掛け、市民を不安のどん底に陥れるのだ。これでWE社の責任者であるワンはどうしようもなくなる。私が、ワンの場所までお前たちを導くから、お前の手で殺せばよい。とどめを刺せばよい。憎き、父母の仇だろう」

タンが笑った。

「いつ決行する」

「三日後だ。その夜にお前たちは、給水所に硝酸を投入し、行動を起こすのだ」

タンの言葉に、ウルフはゆっくりと頷いた。

「もうすぐだ。私たちの勝利の日は近い」

タンは、ゆっくりと体を起こし、ベンチから離れていった。

「三日後か……」

ウルフは、内通者であるタンの存在とその計画を剛士にどのように伝え、説明すべきか悩んでいた。王のいない時代を一人で戦い抜いてきた。それは覇道《はどう》の戦いだったかもしれない。しかし海原剛士という王が現れた以上、戦いは王道でなければならない。

しかし、一度動き始めた覇道の戦いは、そうは簡単に止めることはできない。

ウルフは、タンが見えなくなるまでその場に佇んでいた。

タンとの出会いは、戦い始めて最初の頃に遡《さかのぼ》る。あの頃、ウルフはどのようにWE社との戦いを進めていいか、糸口が掴めずにいた。

WE社にスパイとして放った部下から連絡があった。重要な人物に会ってくれというのだ。

ウルフは部下の手引きで密かに会った。それがタンだった。

タンは野心家だった。ワン・フーの右腕でありながら、彼のやり方に満足していなかった。ワンに代わってWE社の経営をやりたがっていた。そのためにはワンを失脚させる必要があった。ウルフは、WE社を自分たちの思い通りに経営できる可能性に賭け、タンと共闘することにした。

タンは、WE社の水道事業に疑念を生じさせることを次々と実行した。その最大の事件は青斑病の発生だった。北東京市の水道水を利用した乳児が次々とチアノーゼになり、死に至る事態が発生した。

これの原因を聞かされたときは、さすがにウルフも驚いた。厳重に管理された給水設備にタンの配下のWE社の社員が、硝酸を混入させたというのだ。

硝酸は、無味無臭で人体に入ると、チアノーゼを引き起こす。体力のない乳児が、急に呼吸できなくなり、紫色になり、死んでしまう。

このチアノーゼは、メトヘモグロビン血症によるものだ。一九四〇年の米国である女の子が生まれた。この乳児は生まれて間もなく自宅で急な嘔吐と下痢に襲われた。緊急入院し、なんとか健康を回復したが、自宅に戻ると同じ症状になった。ついにチアノーゼ症状が現れ、意識混濁に陥るという事態が発生した。

医師が乳児の血液を検査したところ、それはどす黒いチョコレート色に変色していた。血中のヘモグロビンの二価鉄が、三価鉄に酸化されてしまった「メトヘモグロビン」が原因で変色していたのだ。

ヘモグロビンが酸化したメトヘモグロビンは、酸素運搬能力がない。乳児の病気は、血液中のヘモグロビンが、酸素運搬能力のないメトヘモグロビンに変化してしまったための酸素不足が引き起こしたものだった。このような症状をメトヘモグロビン血症という。

医師は、色素還元剤であるメチレンブルーの溶液を乳児に注射したところ、症状は劇的に回復した。ところが退院すると、また同じ症状に陥ったのだ。この奇病の原因を医師はなかなか特定できなかった。しかし乳児の家で飲んでいた井戸水を分析したところ一般では考えられないほど高濃度の硝酸イオンが検出されたのだ。医師は硝酸が原因ではないかと考えた。乳児の腸内細菌が硝酸を亜硝酸に還元し、それが血液中のヘモグロビンをメトヘモグロビンに変えたのだと推測したのだ。

その後の研究で乳児の胃は大人の強酸性と違い中性であることがわかった。そこに井戸水という異物が入り、微生物が繁殖し、それが硝酸を亜硝酸に還元し、ヘモグロビンをメトヘモグロビンに変えることが突き止められた。

そこで各国は飲み水に含まれる硝酸や亜硝酸の規制に乗り出したが、これらは自然界に存在する物質であり、明確にどの基準以下が安全なのかは、実のところわかっていない。現在でも多くの乳児たちが硝酸を含んだ飲み水が原因と推測されるメトヘモグロビン血症に苦しみ、命を落としているのだ。

飲み水が硝酸に汚染されているかは、疑いを持って土壌や水を分析してみないと判明しない。魚などの水生動物も草花も、通常の毒物汚染のように自らの死で人間に警鐘を鳴らしてくれないからだ。

ウルフは、タンにやりすぎだと警告した。しかしタンは、これはウルフから強制されてやっているようなものだと、ぬけぬけと言った。これによってWE社の水道に対して多くの人々が疑念を持つようになり、WE社の業績は悪化した。

ウルフは、WE社が水道事業を牛耳る限り、テロを続けると宣言して、市内のいたるところで爆弾騒ぎを起こした。テロリストとしてのウルフの名前が定着した。一方でウルフは貧しい人たちが、溜め池などの水を飲み、体を壊さないように浄化器機を配布した。いつしか市民はウルフを危険なテロリストであるより、水の戦士と英雄視するようになった。それは同時にWE社に対する不信感を増幅する効果があった。

もしタンの計画通り、大量の硝酸を給水所に投入すれば、いったいどれだけの乳児が死ぬことになるだろうか。子供を失う悲しみは、何よりも親である大人の怒りを呼び覚ます。その怒りが、全てWE社に向かえば、いかに最強のワンでも経営から身を引かざるをえない。そうなればWE社はタンの思うままだ。タンは、我々に協力し、WE社の水道事業を市民に開放してくれるだろう。

ウルフは悩んだが、この計画を剛士に話す考えを捨てた。これは自分がタンとともに進めている計画だからだが、優しい青年である剛士には、大勢の乳児が死ぬことになる計画は、ふさわしくないと思えた。

「ついに最終攻撃の日を迎えるのか。全ては水の王国を守るためだ」

ウルフは、自らを納得させるように呟いた。

第七章　攻撃決行前夜

1

街には人々が水を求めて漂うように歩いていた。誰もがバケツや空のペットボトルを持ち、給水車の周りに集まっていた。

「もう空だよ」

給水担当の社員が、バンザイするように両手を上げた。

「水をください」

子供を抱えたまま、女が叫ぶ。

「水をくれ」

男が空のペットボトルを振り回す。

「だめだね。もうないよ。帰れ、帰れ」

社員が、水の出ないホースを彼らに向けた。

誰かが、空のバケツを市職員に投げた。頭に当たった。

「なに、しやがるんだ!」

社員は頭を手でさすりながら、怒りに燃えた目で彼らを睨みつけた。しかしすぐに頭を抱えて、逃げるように給水車に乗り込もうとした。そこにバケツやペットボトルや、ついには石までも投げ込まれた。

「水を寄越せ」

集まった人々は、給水車を取り囲み、車を揺する。

「助けてくれ！」

捕まってしまった社員は、地面に押し倒され、人々に蹴られ、殴られている。

「海原君、あれを見てよ」

照美が給水車の周りで暴徒と化した住民たちを指差した。

「この北東京市の水の状況は、行き着くところまで行き着いてしまったね。早くなんとかしなければ、街そのものも人々の暮らしも滅びてしまう」

剛士は、顔を曇らせた。

「こっちに来てよ」

照美が強引に剛士の腕を引っ張った。照美が連れていったのは、市内を流れるトネ・リバーだった。水が涸れ、ところどころに水溜りとでも表現すべき池が点在している。その池に多くの人々、特に女性たちが水を汲みに集まってきている。まるで、資料映像で見たことのある、遠いアフリカの砂漠の街のような光景だ。

「これが実態なのよ」

照美の顔には悲しみと怒りが表れている。

「日本の都市とは思えない」

剛士が言った。

「このところの日照り続きでヤギ・ダムの水が少なくなっているために放水を抑えているのよ。

しかしそれよりも川の水を干上がらせることによって、いやでもWE社の高額な水道を使わざるをえないようにしているのね。市民の水を飲む自由を奪っているのよ。この現実を直視するべきよ」

照美は訴えるように言った。

「僕たちが、なんとしてでもWE社からこの人たちのために水を取り戻さなければならない」

剛士は、拳を強く握り締めた。

「あっ、ウルフだ」

水を汲んでいた少年が声を上げた。すると多くの人が剛士を見て、「ウルフ」と叫んだ。その声と、その表情には喜びが溢れていた。

「海原君、そんな恰好をしているから、ウルフと勘違いされるのよ」

照美が笑った。

「そうだよな。もうこれしか持っていないんだ……」

剛士は、フード付きの僧衣のような服を見て、呟いた。

「はっきり言って目立つよ、それ」

「でも街の中でひっそりと影のように存在する際には、目立たないんだ。今日は、照美さんと一緒だからだよ」

剛士は困惑したように言った。

「ウルフは、あの人たちに浄化器機を配布して、この水を飲めるようにしているのよ。それで感謝されているわけよ」

「ウルフは、破壊ばかりしているわけではないんだ。さすがは照美さんの兄貴じゃないか」

「まだ実感はないわ。突然、ウルフが、離れ離れになった兄だと言われてもね……」

照美は、首を傾げた。

「でも以前から照美さんは、ウルフに関心があったじゃないか。それって兄と妹が、互いに引き合っていたということかな」

剛士は照美を励ますように言った。

周りに人が集まりだした。剛士を取り囲んで、水不足を訴え始めた。

「ウルフ様、水を自由に飲めるようにしてください」

痩せ衰えた女性が赤ん坊を抱いている。

「違います。僕は……」と言ったところで、照美が止めた。首を振っている。剛士は黙った。ウルフではないと言うなということだ。貧しい人たちにとってウルフはすでに英雄なのだ。

「私たちの幼い頃は、この川で遊び、冷たい水を自由に腹いっぱい飲んだものです。なぜこんなことになってしまったのでしょうか？」

濁った水をボトルに詰めた中年男性が悔しそうな顔で言った。

「ウルフ、逃げて、お巡りさんだ」

少年が囁いた。

「警官が来たみたいよ。行きましょう」

照美が剛士の腕を引いた。

「わかった。じゃあまたね。元気を出すんだよ」

剛士は、少年の頭を撫でた。

照美と剛士は街の方向に走った。街に行きさえすれば、隠れる場所は至るところにある。

振り向くと、数人の警官が人々の群れに囲まれて身動きが取れなくなっていた。警棒を振り回しているが、誰もひるまない。

「僕たちを守ってくれているんだ」

剛士は、彼らに感謝した。そして何よりも人々の支持を集めているウルフを尊敬した。

剛士たち水の戦士は、水の国からの支援を受けながら街に溶け込んでいる。廃墟となったビルの地下などを根城にして、点在して住んでいる。誰にもわからないひっそりとした暮らしだ。また一部には、普通の市民生活をしている者もいる。周囲の人々は、彼らをまさか戦士だとは思っていない。

「ここまで来れば大丈夫だろう」

剛士は、根城にしている廃墟ビルの入り口に立った。

「誰か来るわよ」

男がゆっくりとした足取りで近づいてくる。普通の中年サラリーマンに見える。きちんとしたスーツ姿だ。剛士は自分の根城を知られたくないために、その場にしゃがみこみ浮浪者を装った。

「照美さんは、そのまま歩いてくれ」

剛士は聞こえないほどの声で囁いた。照美が頷いた。照美はゆっくりと歩き、その場を離れた。

男が近づいてくる。緊張感が高まる。いざという時は、逃げるか戦わねばならない。剛士は、しゃがんでいても、いつでも飛び出せる心構えをしていた。

男は、剛士の前に立ち止まった。

「無事、逃げられたようだな」

男が剛士に言った。大きな会社の幹部のように落ち着いた雰囲気だ。剛士は、なんのことかわからないために黙っていた。

「君たち、WE社の支配に反対するテロリストたちがどこから来て、誰の支援を受けているのか、それは概ねわかっている」

まるで独り言のように話している。

照美は隣のビルに入り、男と剛士の様子をうかがっていた。男が剛士に危害を加える様子はない。何かを話している。何を話しているのか、気にかかるが、聞こえない。

「スパイを放っていた。本当に水の国というものがあるなら助けて欲しいものだ。今や市民で水を潤沢に使えるのは、富裕層だけだ。貧しい者たちは高い水道代が払えないために、水を使えない。私は警察の署長だった……」

男が身分を明かした。剛士は、その場を動こうとした。

「逃げなくてもいい。私は君を逮捕に来たわけではない。ウルフ君」

やはりウルフと勘違いしているのだ。剛士は、もう一度座り直した。

「実は、私は、前警察署長で、藤野市長に馘首にされてしまった。だから今は市長の配下でもなんでもない。むしろ彼のやり方に反発を抱いている。ところで君は、タン・リーと関係しているね。だからこの間の一斉捜査のときに君を逮捕するなと市長が命じたんだ。君は大きな間違いをしている。市長は、この市の支配だけには飽き足らず、タンと組んで、WE社の支配も目論んでいる。君は利用されていることに気づいていないようだ。この間、君たちに逃げろと伝えたのは私だ。私の部下が、スパイとばれることを顧みず、君たちを助けたのだ。部下の名は北村健吾という。正義感溢れる青年だ。彼を処分しないでくれたまえ。私の命令に忠実だっただけだ」

男は軽く頭を下げた。

「大丈夫だ」

剛士は呟いた。

「そうか、ありがとう。それじゃあ、気をつけたまえ」

男は静かな笑みを浮かべ、ゆっくりとした足取りで去っていった。

剛士は、フードを深く被ったまままじっと蹲っていた。

男が言ったことを反芻していた。彼は、自らを前署長だと名乗った。先日、署長が解雇され、副署長が昇格したと聞いた。その前署長が、自分のことをウルフと勘違いして、忠告するために来たのだ。その内容は、体が震えるほど衝撃的なものだ。

ウルフがWE社のナンバー2であるタン・リーと組み、なおかつタン・リーは藤野市長と組んでいる。タン・リーと藤野とは、もともとWE社で繋がりがある。だから組んでいてもおかしくはない。しかしタン・リーがワン・フーの支配を覆そうとする野望を抱いていることは、新しい情報だ。

しかしそれにしてもなぜウルフがタン・リーと通じる必要があるのだ。敵対しているはずではないのか。

「何を話したの、彼は？」

照美が近づいてきた。

「ウルフのことだよ」

剛士は言った。

「ウルフのこと？　どんなことを話したの？」

照美は好奇心を漲らせている。

剛士は黙った。あの男の言ったことが全て真実とは限らない。調査不足のまま照美に話せば、彼女が混乱してしまうだろう。

「たいしたことではないよ。僕をウルフだと勘違いして、感謝の言葉を並べていたよ。実際、ウルフは人気があるね」

「そういうこと……」

照美は、あまり納得していないような顔で呟いた。

「いよいよ明日だよ。ヤギ・ダムに集合し、ＷＥ社との戦いを開始するのは……。喜太郎は大丈夫かな」

剛士は言った。

「そうね、心配だわ……」

照美が暗い声で答えた。

2

喜太郎は、警察署の前に立っていた。手首には手錠がかけられていた。

「痛くないですか？」

警官が言った。

「大丈夫です。それより怪しまれないように中に入りましょう」

警官の名は北村健吾。ウルフの動向を探るために警察から送り込まれていたスパイだった若者だ。

剛士や喜太郎は彼を許した。警察が強制捜査に乗り出すことを事前に教えてくれたからだ。メンバーの中には、スパイ警官を罰するべきだという声があったが、「許し合うこと、いがみ合わないことが戦いに勝つことだ」と剛士と喜太郎は他のメンバーを説得した。ウルフもしぶしぶ同意した。

「尊敬する署長が解雇されました。市長の方針に反したからです。私は、前署長から皆さんに協力するようにとの指示を受けました」

ウルフたちがいなくなった後、北村は剛士に告げた。

「もし君が協力してくれるなら木澤さんがなぜ殺されたのか知りたいのだが……」

剛士はずっと気になっていたのだ。木澤は、剛士と一緒にダム湖に落ちた。剛士は、水の国に導かれるために落ちたのだが、木澤は違う。いわばとばっちりを受けた恰好になる。それなのに助かった。運は強いのだ。ところが何者かに殺されてしまった。

警察の捜査は、おざなりだったという。なぜなのだろうか？　彼は何を調べようとしていたのか？　そして何かを摑んだために殺されてしまったのだろうか？

「警察の証拠データを見ることは可能です。何かわかるかもしれません。しかし署の資料室に入り込む必要があります」

北村は、厳しい顔で答えた。

「僕が行きます」

喜太郎が名乗りを上げた。

北村に、警察署の門を守る警官が敬礼をする。北村も返礼をする。喜太郎は、顔を伏せ、本物の犯罪者のようにすごすごと北村の後に続く。誰も怪しむ者はいない。北村が、こそ泥でも逮捕してきたのだろうという態度だ。

「もう大丈夫かな？」

喜太郎は、手錠が意外と手首に食い込むのを知らなかった。少し動かすと、余計にきつくなる。仕掛けはわからないが、手首を動かして簡単に外れるようなものではないのだ。

「もう少し我慢してください」

「痛いんだよね」

喜太郎は苦痛に顔を歪めた。手首の痛みと同時に不安も感じていた。このまま収監されるのではないかという思いだ。手首の痛さが本物だからだ。

北村は、ある部屋の前に止まった。捜査資料室と表示してある。

「ここです」と北村は、ようやく喜太郎の手錠を外し、「中に係がいます。怪しまれないようにするため、決して口を開かないでください。係に見えないようにして、私の後ろに隠れて中に入ってください。いいですね」

北村は重々しい様子で注意した。「わかった。注意する」

喜太郎は答えた。

北村が部屋のドアを開けた。

「おう、久しぶり」

気楽な様子で係員に声をかけている。喜太郎は、北村の後ろにしゃがみこみ、すり足で中に入った。

「おう、北ちゃん、今日は何？」

係員が楽しげな声で言う。親しいようだ。

「ちょっとね。どう調子は？」

「だめだったね。シンボルカチドキが入ると思ったのに。見掛け倒しだったな」

競馬ファンのようだ。喜太郎は、体をかがめたまま中に進む。床を擦る音が邪魔だ。

「そう、残念だったね」

北村は、入室書類にサインをしている。

「何か、袋でも持っているの？」

係員が訊く。喜太郎は止まった。「いや、どうしたの？」

「床を擦る音が聞こえるんだよね」

係員が体を椅子から離し、立ち上がろうとする。喜太郎は、カウンターにへばりついた。こうすればなんとか死角になる。ドキリと心臓が鳴る。

「馬のことばかり考えているから、変な耳になったんじゃないの。馬の耳は、バカの耳？」

北村は、ちらりと足下の喜太郎と視線を交わした。厳しい表情をしている。

立ち上がろうとする係員の肩を押さえた。

「ひどいな、北ちゃん。それを言うなら、王様の耳は、ロバの耳だろう？」

係員は苦笑しながら、席に戻った。

喜太郎もようやく落ち着き、急いで資料室の中に進んだ。資料棚の背後に隠れて、北村にオーケーサインを出す。

「じゃあ、これね」

北村が書類を係員に渡した。

3

「もう一度、WE社で働きたいというのかね」

藤野が新しい警察署長を差し置いて、山口に訊問している。

山口は、強制捜査で唯一逮捕されてしまったのだ。

「近々、正式に結婚するんです。子供が生まれましたから」

山口は、情けない様子で答えた。

「それはおめでとう。だからWE社で再雇用して欲しいのか？　だったら知っていることを洗いざらい話すんだな。ねえ、市長？」

署長は媚《こび》を売るような目つきで、藤野を見つめた。

「あの日、集まったのはなぜかね？」

藤野が訊いた。

山口は口ごもり、顔を伏せている。

「喋らないと、このまま無期懲役だぞ。反乱罪だ」

署長が声を荒らげた。

山口が、悲しそうな目をして顔を上げた。

「この北東京市において、刑罰を決めるのは、私だ。私が無期懲役と言えば、そうなるよ。いいのかい？」

藤野の言葉に、山口は大きく首を振った。

「それなら話しなさい。内容によっては、罪を許し、君を市職員にだって採用できるんだよ」

藤野は微笑んだ。

「水の国の王とウルフが出会ったのです」

山口が口を開いた。苦しそうな顔をした。

「水の国の王？　なんだそれは？　訳のわからんことを言うな！」

署長が机を叩いた。山口は首をすくめた。

「君は、黙っていなさい。もうそれ以上、何か口を挟むと、平の警官に落としてしまうぞ」

藤野が怒った。署長は、恐れ慄《おのの》き後じさりした。

「私の部下だった海原剛士が、水の国の王で、もう一人の部下水神喜太郎、そして彼らの友人の水上照美が、ウルフとともに戦士だそうです。彼らはそれを確認し合いました」

「面白い話だ。もっと続けなさい」

「彼らは、ＷＥ社の支配を終わらせるために戦いを始めると誓い合ったのです」

「あのビルからどうして逃げ出すことができたのかね」

「あれには私も驚きました。彼ら四人が手を重ねますと、急に壁が水のように青く光り、揺らめき出したのです。そこに彼らは皆、飛び込んでいきました」

山口は、あの不思議な光景を今も忘れることができない。急に辺りに青い光が満ちたかと思うと、今まで薄暗いビルの地下室だったのが、美しい湖の中のようになってしまったのだ。そして彼らは水の壁の中に消えてしまった。

剛士や喜太郎のことを、それまでは出来の悪い部下だとしか思っていなかったが、あの時は、水の国の戦士という言葉が、リアリティをもって迫ってきた。

「壁が水になったというのかね」

藤野が腕を組み、深く考え込む顔をした。

「妙な手品使いやがって！」

性懲りもなく署長が口を出した。藤野が、きっと睨み、「本気で馘首になりたいのか」と一喝した。

「彼らは、いつ何をしようというのか、教えてくれないか」

藤野が優しい口調に変わった。

「その前に、私の釈放と、再雇用を約束してくれませんか？」

「約束しよう。必ず君の要求に応えよう」

藤野の言葉を聞いて、山口は唇を引き締めて考え込んでいたが、「三日後の満月が東の中天に昇る頃、ヤギ・ダムに集まれと、王である剛士が言っていました」

山口は、あの場所で聞いたままの話をしてしまった。

「三日後か。すると捜査の日から考えると、明日ということになるな」

藤野が呟いた。

「さっそく捜査員を手配しましょうか？」

署長が、また口を挟んだ。藤野は、じろりと睨み、署長の発言を無視した。

「君、今から私と一緒に来たまえ。WE社のタン・リーに会おう」

「タン・リーですか？」と山口は、困惑した顔で、「私を馘首にした張本人ですよ」と言った。

「だから再雇用のお願いに行くんだよ。馘首にした人だから、再雇用もできるんだよ」

藤野は山口の腕を掴み、力を込めて引いた。

「わかりました。行きます」

山口は立ち上がった。

「ところで君は、木澤から何かを聞いたとか、彼を殺した犯人を見なかったのか？」

「いいえ、何も聞いていません。それに犯人も見ていません」

「そうか。それは残念だった」

藤野が、薄く笑みを洩らした。山口は、なぜか背中にぞくりとした寒気が走った。

「市長車を用意しなさい」

藤野が署長に命じた。まるで小間使いだ。署長は、慌てて受話器を掴み、「すぐに市長車を用意しろ。バカ、テレビの視聴者じゃない。市長のお車だ。このウスノロ」と怒鳴った。

4

剛士は、照美と別行動を取った。照美は、死んだ木澤の自宅を訪ねると言って、北東京市の郊外に向かった。彼の死の真相に迫るべく、何かを自宅に残していないか、遺族に尋ねるという。約束の時間だと急いで行った。

剛士は、ウルフに連絡を取ることにした。ウルフは、街にある廃墟ビルを点々と拠点にしていた。そのどれにいるかは、剛士にも秘密になっていた。しかし戦士であると名乗り合った今では、心を静かにすれば、お互いの精神が感応してどこにいるかはわかる。

剛士は、ウルフのことを思い浮かべて坐禅を組んだ。古いビルの映像が浮かんできた。ウルフは、たいてい人があまり住まなくなり、廃墟のようになったビルを拠点にしていた。剛士は、かつてWE社の集金人として働いていたため、この地域のビルを知悉《ちしつ》している。

「これは集金に行ったことがあるマンションだ」

剛士は呟き、もっと詳しい映像を心に結んだ。

「照美さんの住んでいるマンションじゃないか。ウルフ、君に会いたい」

剛士はウルフに呼びかけた。待った。目を閉じ、今度はウルフの姿を心に結んだ。

「そうです。海原王。照美のマンションの地下におります」

ウルフの声が耳に届いた。

「今から、そちらに行く」

剛士が声をかけると、ウルフが「了解しました」と答えた。

剛士は目を開け、ふうと息を吐いた。これだけでかなり疲れる。もっと慣れなければと思う。慣れれば疲れなくなるはずだ。

「海原王、どちらへ行かれますか」

僧衣に身を包んだ二人の男が静かに近づいてきた。配下の戦士たちだ。剛士やウルフなど幹部は勿論、配下の者たちも街に潜《ひそ》んでいる。いざとなれば全員が集合するのだが、それまでは目立たない路傍の石のように暮らしている。しかし剛士の周りには、いつも何人かの戦士たちがいる。剛士を守っているのだ。

「ウルフに会いに行く」

剛士は、マンションの位置を伝えた。

「それでは私たちも陰からお守りしますので、気をつけて行ってください」

戦士が膝を屈して言った。

剛士は、照美のマンションに向かって歩き始めた。

ウルフには確認したいことがある。あの前署長という男が告げたことだ。タン・リーと組んでいるのかということだ。明日にもヤギ・ダムに全戦士を集め、WE社との戦いを決行しなくてはならないときに、ウルフとの間に疑念があってはならないからだ。

しばらく歩くと、薄汚れ、古びたマンションが目の前に現れた。

マンションの周囲は、片付けられないゴミの山だ。ゴミの集積所には、ポリ袋やポリバケツが多く積み上げられている。ゴミを集めに来ないのは、この北東京市が機能していないということだ。藤野が権勢を振るっているが、すでに財政的に破綻をしているのだ。

前署長は、タン・リーと藤野市長が組んでいると話していた。そして、ウルフは、最も敵対しているはずのWE社のタン・リーと組んでいるのだと。いったいなぜこんなことになったのだろうか。

「うっ、これはなんだ」

戦士の一人が、ゴミ集積所の側を通過する際に、驚きの声を上げた。

「どうした？」

剛士が訊いた。

「死体があります」

戦士が答えた。ゴミ袋が山積みとなった場所を指差している。

「なんだって……」

剛士は、戦士の側に足を運んだ。口を押さえた。ものすごい臭気だ。そこには男が横たわっていた。腐敗が進んでいた。それでも生前は痩せていたことがわかった。ろくに食事も取らなかったのだろう。

「あの辺りから飛び降りたのでしょう。ちょうどこの辺りに落ちますね」

戦士がマンションを見上げた。マンションの鉄柵を越え、体を大きくジャンプさせたのだろう。

「これは？」

剛士は男の側に粉々に割れた哺乳瓶が落ちているのを見つけた。

「哺乳瓶のようですね。吸い口の乳首はついていませんが……」

「子供でもいたのかもしれないな。きっと貧困で水さえ飲めないことに絶望したのだろう。君の手で葬ってください」

戦士の一人は、剛士の指示を受け、直ちに動いた。どこかこの男にふさわしい場所に葬ることになるだろう。

「海原王、また死体です」

男の死体をどけようとした戦士が震える声で叫んだ。

男の死体の下には、女の死体があった。腕にはしっかりと乳児を抱いている。

「夫婦だったのでしょうか？」

戦士が呟いた。

「さあ、どうだろう？　そうかもしれないし、女が死んだのを見て、自分も飛び降りたのかな……」

剛士は涙が滲んできた。市の中心にあるマンションで、死体がゴミ袋の山の上にあっても誰も弔うことさえしない。腐るに任せている。この現実は、地獄だと思った。

「僕は、ウルフのところに行く。君たちでこの遺体を丁寧に葬ってくれ」

剛士は戦士たちに言った。

「WE社の支配を打ち破って、水を市民に取り戻すことが、彼らの本当の供養になるに違いない」

剛士は呟き、死体に手を合わせた。

剛士は、ウルフのいる地下室へと向かった。

5

「君をWE社の幹部として雇用しよう。どうかね」

タン・リーが、細い目を、一層細くした。笑っているようにも見えるが、何かを探っているような薄気味悪い顔だ。

山口は目を輝かした。二日前にこの男に馘首を言い渡されたのだが、その時の反発した気持ちはどこかに消えていた。

山口には、剛士たちと行動をともにするという選択もあった。そうしなかったのは将来に対する不安だった。それにもう一つはプライドだ。WE社に職を維持していたことが、どれだけ山口の気持ちを支えていたことか。多くの人から羨望の眼差しで見られる職場にいることの心の安定というものは、何ものにも替えられないものだ。

「ほ、本当ですか？　復職できるのですか？」

「本当だ。タン・リーが言えば、できないことはない」

山口の隣で藤野がにこやかに笑みを浮かべている。

「その代わり、新しい仕事では私の腹心になってもらう」

「タン様の腹心？　それはいったい？」

山口は緊張した。元の集金人ではないのだ。

「君から、水の国の戦士たちの話を聞いた。非常に興味深いものだ。私も実は、その水の国に行きたいと思っている」

タンは言った。

「私は、彼らから水の国の話を聞いただけで行き方までは知りません」

山口は困惑した顔で言った。

「君に案内してもらおうとは思っていない。しかし君にそれを探ってもらいたいのだ。実は、このWE社のトップであるワン・フーは水の国に行ったことがあるのだ。それが元でこのWE社が水の帝国とまでいわれるようになったのだ」

タンは、山口を強い視線で見つめた。

「ワン様は水の国に行ったことがある？」

山口は繰り返した。

「ワン・フーは水の国に戦いを挑み、その水をWE社に引き込むことに成功した。水不足に陥りそうになっていた世界は、こぞってWE社の水を求めたというわけだ。そのうち水の国はまた閉ざされてしまい、二度と現れることはなくなった。しかしまた今日、危機的な水不足に襲われている。今こそ水の国が必要とされるのだよ。私が今度はそこに行きたい……」

タンは顔を上げ、遠くを見つめた。

「タン様はワン様にとってかわりたいのですか」

山口は呟くように言った。

タンの顔は、一瞬にして変化し、先ほどまでの穏やかな表情が、憤怒の表情になった。

「何を言うか。私ほど、ワン様に忠誠を誓い申し上げている者はいない。それをなんということを……」

タンは怒りで声にならない。

「おいおい、君、タン様を怒らすでない。大変なことになるぞ」

藤野がとりなすように言った。

「申し訳ありません」

山口は慌てて、低頭した。

「水を支配するものは世界を支配するのだ。水の国があり、そこが力を増すことは、WE社にとって脅威なのだ。私はワン様を守るために水の国を滅ぼさねばならないのだ。わかったか」

タンは激しい口調で山口に言った。

「よくわかりました。私の失礼な発言をお許しください。しかし本音を言いますと、私たち集金人の間では、まことしやかにワン・フーはいないのではないかと噂になっていたのです」

山口は、タンの顔色をうかがいながら、慎重に話した。余計なことを言ってしまったという後悔をしないでもないが、ここで一気にタンに取り入るチャンスだと思ったのだ。

「どういうことだ？」

タンは訊いた。

「はい、恐《おそ》れながらワン様はいつも少年のようにお若い映像だけが流れてきます。そしてワン様からの直接の指示を仰いだ者は、全てバーチャルなお姿だったと話しておりました。それでそのような噂が流れたのかと思います。実際は、タン様が最高権力者ではないのかと言う者もおりました」

山口は最後のところを強調した。

「ほほう、そんな噂がね」

タンは嬉しそうに相好《そうごう》を崩したが、たちまち厳しい顔になり、「バカなことを考えるな。ワン様が実際のこのＷＥ社の支配者だ。私たちは、そしてお前もその小さな、小さな部品に過ぎない」と一喝した。

山口は、あまりの剣幕に、後じさりし、「申し訳ありません」を連発した。

「藤野市長、この男は少々好奇心が強すぎるきらいがありますが、使えないことはなさそうだ。早速、水の国の戦士たちのもとに行かせましょう」

「了解しました。早速、様子を探らせます」

藤野は、山口に向き直った。

「海原剛士たちのもとに行き、彼らの動きを全て報告しろ」

藤野は命じた。

「私にスパイをやれと言うのですか」

山口は驚いた。

「スパイなどと人聞きの悪いことを言うでない。タン様の腹心だぞ」

藤野は窘《たしな》めた。

「山口稔君、頼んだよ。君の報告を楽しみにしている。いい情報を提供してくれたら、君をわが社の幹部社員に登用することを約束するよ」

タンは、薄く笑った。

山口は観念した。これは剛士や喜太郎を裏切ることではない。彼らには彼らの立場があり、自分には自分の立場があるというだけだ。今、この場で、このタン・リーの提案を受け入れることが、自分の立場だ。

「わかりました。お約束を忘れないようにしていただきたい」

山口は、タンの目を見つめ、しっかりとした口調で言った。

6

「これは……」

喜太郎は、木澤が残した資料を見ていた。資料室の証拠物の中にあったものだ。一枚のCDに収められており、室内のパソコンを立ち上げて、中身を確認したのだ。

「どうかしましたか」

北村が画面を覗き込んだ。

「やはり木澤さんは、ワン・フーの依頼で水道水の調査を行なっていたのです。青斑病ですよ」

喜太郎は言った。

「乳児が、チアノーゼで次々と亡くなっている原因不明の奇病ですね」

北村が言った。

「あの病気のせいで、水道水に対する信頼が失われ、水道契約者が急激に減っています。水道水のせいではないのかと市民が疑っているからです。このままだとWE社の信用問題になり、ひいてはワン・フー自身の責任も問われかねないということで、木澤さんはワン・フーの特命を受けていたようです」

「原因はわかったのでしょうか」

「これを見てください」

喜太郎は、北村に画面に映っているデータ分析を見せた。

「私は、化学に疎《うと》くて……」

北村は情けない表情を見せた。

「HNO_3、硝酸が大量に含まれています。こんなことは自然界にありえません。もともと硝酸を含んだ土壌がありますから、幾分かの硝酸は含まれています。しかしこれははるかにその基準を超える量です。一リットルあたり、五百ミリグラム以上も含まれています。木澤さんは、これがチアノーゼ、すなわちメトヘモグロビン血症の原因だろうと報告しています」

「自然界ではありえないとしますと……」

「誰かが人為的に水道水に硝酸を混入したのだろうと推測しています」

喜太郎は画面を食い入るように見つめた。

「それは誰です」

北村は訊いた。

「木澤さんは研究者ですから、犯人まで見つけることはできなかったようですが……」

喜太郎の言葉に北村はがっくりと肩を落とした。

「皆さんが、WE社との戦いに勝つために協力をしようと思いましたが、あまり役に立ちませんね」

北村は悲しそうに言った。

「そんなことはありません。間違いなくこの硝酸のことを摑んだために殺されたのです。これはワン・フーの特命です。木澤さんは、するとワン・フーには殺す動機がないし、硝酸を入れた犯人ではないということになります」

「するとワンに反感を持つ、ウルフたち、即ちあなた方水の戦士ということになりますよ」

北村は深刻な顔で言った。

「その通りです。水道水の信頼を失墜させようとするならば、ウルフには動機があります」

喜太郎は言った。戦いにのめり込むあまり、ウルフは一般の市民に危害を加える手段を選択してしまったのだろうか。

「不思議なことがあります」

北村が、何かを思い出したような顔をした。

「何ですか？」

喜太郎が画面から目を離して、北村を見た。

「藤野市長は、ウルフを逮捕するなと命じたそうです。ウルフ逮捕に努力していた前署長が、それに反抗して馘首になったのです」

「ウルフは藤野と仲間だというのですか？」

「可能性はあるということです」

北村は言った。

「でも藤野はWE社とべったりです。癒着しています。それがなぜウルフと……」

喜太郎は首を傾げた。

「藤野はWE社が北東京市を支配していることを面白く思っていないとしたら……」

北村は言った。

「そこにいるのは誰だ！」

突然、喜太郎に向かって大きな声が発せられた。受付にいた係員だ。

「あっ！」

喜太郎は、咄嗟にCDを抜き取り、パソコンの電源を切った。

「お前は誰だ？　いつここに入ったのだ」

係員は喜太郎の腕を摑んだ。

「き……」

北村の名前を呼ぼうと思ったが、言葉を飲み込んだ。

北村を探した。しかしどこにもいない。いったいどこに行ったのだ。

「いつどうやって入ったのだ。何をしていたのだ」

喜太郎は黙っていた。

「どうした？　何かあったのか？」

北村だ。いつどうやって資料室から出たのかわからないが、受付のところに立っていた。北村は喜太郎と目を合わそうとしない。

「おう、北村。先ほど、お前は中に入ったのではないのか？」

係員が、喜太郎に手錠をはめた。カチリという冷たい音がした。

「俺はさっき資料室を出たぞ。お前、トイレにでも行っていたのじゃないか？」

「トイレねぇ。行ったかなぁ。まあ、いいや。最近、物忘れが激しいからな。ところでこいつどうする？　とりあえず留置場にでも放り込んでおくか」

係員に問われて、北村がやっと喜太郎を見た。しかし表情を変えない。まったく赤の他人のような態度だ。

「こそ泥だ。資料室に何か金目のものがあると思ったのだろう。大麻や覚醒剤が置いてあることもあるから、それを狙ったんじゃないか？」

北村が軽く片目をつむった。考えがあるのだろう。ここは北村に任せるしかない。

「おい、こっちへ来い」

係員は喜太郎の手首にはめられた手錠についた紐をぐいと引っ張った。

「痛いじゃないか。やめろよ」

喜太郎は苦痛に顔を歪めた。

「こそ泥のくせして、生意気言うな」

係員はさらに引っ張った。

「こんなこそ泥はしっかり閉じ込めておけよ」

北村は、連行される喜太郎の背中を軽く叩いた。

「なんとかしてくださいよ」

喜太郎は、囁いた。

北村は再び背中を叩いた。

木澤が発見した硝酸混入を剛士に伝えなければならない。またこれは推測だが、この問題にウルフが絡んでいるとなれば、更に問題は複雑だ。

「なんとかしなければ……」

喜太郎は、手錠が手首を締め付ける痛みに奥歯を噛み締めた。

7

ウルフは暗い地下室にいた。テーブルには、書類が散乱していた。WE社本社ビルの内部構造のようだ。ウルフは、テーブルに肘をつき、頭を手に乗せて、考え込んでいた。緊張感が漂い、周囲にいる戦士たちは黙ってその姿を見ていた。

ウルフが顔だけ、動かした。そこに剛士が立っていた。ウルフは、体を起こし、椅子から腰を上げた。「海原王、こんなむさくるしいところにようこそ」

ウルフは、自分のすぐ隣の席を剛士に勧めた。剛士がそこに座ると、「明日に向けて英気を養っておいてください」と微笑んだ。

「ウルフ、人払いをしてくれないか」

剛士は威厳を持って言った。ウルフが、怪訝そうな顔をしたが、曖昧な笑みを浮かべて「わかりました」と周りにいた戦士たちを手で素早く払った。すると彼らは音もなく、静かに地下室の暗闇の中に消えた。

「この書類は？」

剛士は訊いた。

「WE社の内部です。ワン・フーの居所がどうしても摑めないのです。本社に攻め入って一気にワン・フーを倒さねば、こちらに勝利はありませんから」

ウルフは答えた。

「十分に検討を重ねてもらいたいね。僕の役割は？」

「海原王は、戦士たちに率先して、ワン・フーのところに飛び込んでもらいます。あなた様が戦士たちを鼓舞しなければ、誰も敵陣には飛び込みません」

ウルフは言った。

「そうか。みんな僕のことを、僕の勇気を信じているんだね」

「その通りです。海原王に対する信頼と忠誠こそが、私たち水の戦士たちの唯一の頼りです」

「僕は、みんなの頼りになるように努力するよ。ところでこれだけ内部の様子がはっきりわかるというのは、WE社の内部に協力者がいるんだね」

剛士は、ウルフの目を見つめた。動揺はなかった。

「当然、協力者といいますか、スパイを放っています」

ウルフが机の書類を片付け始めた。

「ウルフの努力には感謝するよ。しかしどんな協力者なのかな」

剛士は慎重に言葉を選んだ。疑っているように聞こえるのは本意ではない。あの前署長の言葉を確認したいだけだ。「ウルフは、タン・リーと組んでいる」というのは本当なのか。

「それは言えません。たとえ海原王からのご質問でも、スパイの命に関わりますから」

ウルフは厳しい顔で言った。

「当然だね。しかし僕の耳に妙な話が入ってきた。これをはっきりさせなければ、WE社に対する攻撃について考え直さなければならない」

剛士の言葉にウルフの顔がこわばった。

「どういうことでしょうか？」

「僕の目を見てくれ。僕は君のことを信じている。長い間、苦労もしてくれた。だからこんなことを訊きたくない」

剛士はウルフを見つめた。

「海原王、あなた様は私の指導者です、なんでもおっしゃってください。私はあなた様に命を捧げております」

ウルフは、低頭した。

「君が、WE社のナンバー2であるタン・リーと手を組んでいるという話だ。そしてこれは僕の推測だが、タン・リーと藤野市長とは深い癒着がある。ということは君は藤野市長とも手を組んでいるということになる。それは本当か？　本当ならなぜなんだ？」

剛士は直截《ちょくせつ》に訊いた。

ウルフは剛士の目を見つめたまま、じっと表情を固めてしまった。予想もしなかったことを訊かれたため、なんと答えるべきか考えているのだろう。嘘だと完全に否定してもいい。何か適当な言い訳を考えてもいい。しかし剛士には、どんなことも全て見抜かれてしまうだろう。

ウルフの頭の中は、今、必死で回転していた。

「なぜこんなことを僕が口にしたのかと君は、戸惑っているだろう。これは北東京市の前警察署長が、僕を君と間違えて話しかけてきたのだよ。彼はこう言った。彼によると、君は大きな間違いをしているというのだ。藤野市長は、タン・リーと組んでこの市の支配だけではなく、

WE社の支配も目論んでいるのだが、それに君を利用しているというのだ。具体的にどういうことなのかはわからない。しかし気をつけろと忠告してくれたのだ。君を貶《おとし》めようという情報ではない。君のための忠告である以上、その内容には真実があると思うのが普通だろう」

剛士はウルフの目を見つめたままだ。その目の中に何が映るかを見逃さないようにしていた。

ウルフが軽く笑った。

「海原王には何も隠せません。正直に申し上げます。私はタン・リーと組んでいます。彼と利害が一致したからです」

「どんな利害が一致したというのだ？」

「WE社を倒すということです。彼は、ワン・フーを失脚させ、WE社を自分のものにしようとしています。もし彼に協力してワンを倒すことができれば、WE社の支配している水を私たちに開放してもいいと約束してくれました」

ウルフは真剣な顔で言った。

「ワン・フーを倒すことで利害が一致したというのか」

剛士は言った。

「その通りです。もしよければ海原王にも会っていただきたい」

ウルフは喜びを顔に出した。

「君は、そのタンを信用しているのか。彼もワンと同じように自分の利益のために動いているに過ぎない。もし人々のために働きたいと考えているなら、君と手を組むことなどなく、自ら改革するのではないだろうか」

剛士の言葉を遮るようにウルフは言葉を挟んだ。顔が険しい。

「お言葉ですが、私が、この地上世界でいかに苦労をして、水の国のために働いてきたのか、海原王はおわかりでない。今、やっとそれらの苦労が報われようとしているのです」

ウルフの目に涙が滲んでいる。彼は、剛士から疑われたことが悲しいのだ。

「君の苦労はわかっているつもりだ。水を人々に取り戻す戦いは生易しいものではないだろう。だからこそ僕たち自身の手でやり遂げる必要があるのではないだろうか。敵の手を借りるというのは、間違いのように、僕は思う」

剛士は、ゆっくりとした口調で話した。ウルフを興奮させ、怒りの渦に放り込むのは得策ではない。

「タンは、確かに私的利益を図る考えでしょう。しかし毒をもって毒を制することも必要なのです。私は、タンと一緒にこれまでも色々なことをやってきました。もう今更、手を切るなどということは無理なのです。タンと組んだお陰でWE社に対する市民の信頼は失墜しつつあります。もうひと息なのです」

ウルフは、切実な様子で訴えた。

「一緒に何をやってきたのだ？　それがWE社にとって大きなマイナスになり、水の国や市民にとって大きなプラスになったのだろうね……」

剛士の表情は厳しくなった。ウルフは、タンと組んでいったい何をしてきたのだろうか？

「それは……」

ウルフが言い淀んだ。額から汗が滲みだした。

「明日は、僕たち戦士が初めて纏まって行動を起こすことになる。その前に聞くべきことは聞いておきたい」

剛士は静かに、諭すように言った。

ウルフは剛士を見つめたまま、唇を固く閉じていた。

8

「ここだわ」

照美は、北東京市郊外にある瀟洒《しょうしゃ》な住宅の前に立っていた。表札に木澤とある。殺された監視センターの木澤勇センター長の自宅だ。

インターフォンを押す。事前に連絡をしていたから、彼の妻が待っているはずだ。

「どちら様でしょうか」

インターフォンから声がした。

「お電話していましたジャーナリストの水上です」

照美は中に向かって呼びかけた。ドアが開いた。やつれた中年の女性が顔を出した。

「どうぞ。お入りください」

照美が中に入ると、女性は周囲に目配りをして、注意深くドアを閉めた。

「お邪魔します」

照美は頭を下げた。

「木澤の妻です」

女性は、か細い声で言った。頬がこけ、十分な睡眠が得られていないのか、目が充血している。

「早速ですが、木澤さんの死について調べています。何か残されたものでもあればと思い、やってきました」

照美が訪問の趣旨を説明すると、彼女は突然、泣き出した。

「悔しいです。警察はまともに調べてくれません。あの人は殺されたんですよ。犯人を見つけてください」

彼女は、照美の腕を摑んだ。その手の上に大粒の涙が落ちた。

「できるだけのことをします。木澤さんは何かを調べておられたのですよね？」

照美は、彼女の興奮が収まるのを待って訊いた。

「これをあなたに託します。遺品の中から出てきました」

彼女は、一通の封筒を差し出した。

「これは……」

封筒の表に『もしものことがあれば信頼できる人にこれを託しなさい』と書いてある。遺書のようだ。

「あの人の机の中を整理していたら、出てきたのです。私はまだ読んでいません」

封は閉じられたままだ。

「開けていいですか」

照美は、許可を求めた。

「どうぞ」

彼女は、鋏《はさみ》を持ってきた。照美は封を切った。中身を取り出す。手の指が痺れてくる。緊張しているのだ。数枚の便箋だ。

「私が見てよろしいですか？」

照美は言った。

「お願いします」

彼女は硬い表情で答えた。

便箋を開いた。丁寧な几帳面な文字で書かれた文章が現れた。

「大変だわ……」

照美は思わず呟いた。

「何が書かれているのですか？」

彼女が訊いた。

照美は手紙を彼女に渡した。

「木澤さんは、これが原因で殺されたのですね。早速、動きます。この手紙、拝借します」

照美は手紙を封筒に戻し、それをバッグにしまった。

「なんとか犯人を見つけ、仇を討ってください」

彼女は、再び照美の手を強く握った。

「わかりました。しかしとりあえず水道の水には気をつけてください。木澤さんがご心配されていますから」

照美は彼女の手を握り返した。彼女は強く頷いた。

「急がなきゃ。海原君に急いで知らせなきゃ」

照美は木澤の家から飛び出した。

第八章　戦士たちの危機

1

砂埃が舞い上がる。周囲が霞《かす》む。マスクをしていない口に容赦なく細かい砂が侵入してくる。それは舌を覆い、粘膜に不快感を与え続ける。何度も吐き出すが、そのうち唾が出なくなる。照美は、オートバイを急がせていた。早く街に戻り、木澤の手紙を剛士に見せなければならない。ここには、照美が長年調査してきた青斑病の原因、犯人が書かれている。想像もしていなかった犯人が。

道路には、人が群れている。歩行しているのか、立ったまま眠っているのかわからないほど、動きがゆっくりしている。急ぎたいが急ぐエネルギーが残っていないのだ。水がないために。市民に十分な水が行き渡っていない。水が全く枯渇しているわけではない。少なくなっていることは確かだが、市民が喉を渇かせ、干からびて死んでいくのは異常な事態だ。これを招いたのは、第一に水道事業の民営化にある。民営化で大量に水を使う企業や工場が水利用を優先され、水道料金も安く設定されている。一般市民、貧困層は高額の水道料金を要求され、徐々に水利用から排斥されてしまった。次に民営化に伴って進出してきた水メジャーといわれるWE社が、人々から水を奪ったことだ。北東京市の水を全て支配したWE社は、水を売り物にした。高く買う企業、高く買う自治体に北東京市の水を売った。市民に提供する水はなくなってしまった。

照美の視界に揺らめく人々は、水供給を拒否されてしまった人々だ。まさかこの日本に生まれて、水から拒否されるとは思わなかっただろう。これまではどんなに貧困になっても水だけはあった。しかしWE社は、容赦なく水道を止めた。

青斑病はなぜ流行ったのか。幼い子供が、苦しみながら死んでいく。息が止まり、唇を青く染め、顔が紫色になり、母親の腕の中で死んでいく。なぜだ？　その病気は豊かな家庭にも貧しい家庭にも平等に発生した。いつしか人々は、水道を疑うようになった。水道の水が悪いのではないか。

幼児ばかり狙い撃ちをする悪魔が水道の中に潜んでいる。人々は噂した。

照美は、青斑病の原因を摑もうとした。幼児を病気から救わねばならないという使命感からだ。

この青斑病が流行って以来、水道の利用が減少し始めた。幼児が死ぬのであれば大人も病気になるかもしれないという疑念が広がり始めたからだ。WE社にとって青斑病は業績を悪化させる天敵になったのだ。

青斑病は、WE社の横暴に、神が怒ったために起きているのではないか。その神は自然の神か、それとも人が神の姿を借りているのか、よくわからない。しかし多くの幼児を殺してまでもWE社の経営姿勢に鉄槌を下そうとしているのかもしれない。そうであれば幼児はまさに犠牲といえるだろう。

もうこれ以上悲しむ人を増やしてはならない。青斑病を終わらせなければならない。それが水を守る戦士の使命だ。

「あぶない！」

突然、横の道路から車が現れた。急ブレーキをかけた。オートバイは、前輪を爪先立たせ、まるで暴れ馬が後ろ足を蹴るように後輪を高く持ち上げた。照美は、ハンドルを握って離さない。体が、宙に躍る。このまま投げ出されては、道路に叩きつけられて大怪我をする。咄嗟に馬の手綱のようにハンドルを思い切り自分の体に引き寄せた。前輪が持ち上がった。エンジンを最大にふかす。オートバイは奔馬のように空に飛び、着地した。砂埃が舞った。

「お見事！」

車から、慌てて出てきたのは、山口だった。

「なに、やってんのよ」

照美が大声で怒鳴った。オートバイをその場に倒し、照美は山口に駆け寄ると、彼の頬を力いっぱい叩いた。気持ちがいいほど澄んだ高い音がした。

「いてぇ……」

山口は、頬に手を当て、顔を歪めた。

「気をつけてよ。死んじゃうところだったわ」

荒い息を吐いた。

「悪かったよ。こっちも急いでいたんだ」

「私もよ。山口さんは、どこへ行くの」

「ヤギ・ダムさ。やっぱり戦いに参加しようと思ってね。俺だけ逃げ出すようで嫌だったから」

山口は、大きな体を曲げるようにして頭を掻いた。

照美は、ほっとした笑みを浮かべた。山口が戻ってきた。臆病風に吹かれたのかと思っていたが、もう一度勇気を奮い起こしてくれたのだ。

「じゃあ、明日の夜ね。今から行くと、きっと一番乗りよ」

「ああ、俺の誠意が少しでも通じるように一番乗りをしようと思っているんだ」

山口は車に戻ろうと歩き始めた。

「参ったわ」

照美が大きな舌打ちと一緒に、叫んだ。

「どうした？」

山口は車のドアを開けながら、言った。

「オートバイが壊れちゃった。激しい着地が原因よ」

照美は山口の車を見て、急に明るい顔になり「乗せていってよ」と言った。

「これに？」

山口が車を指差した。

「そう」

照美は頷いた。

「どこまで？」

「街まで」

「俺、街から出るところだよ」

山口は困惑を浮かべた。

「誰の責任なの？」

照美は、道路に横たわるオートバイを指差した。

「俺？」

山口が自分を指差した。

「当然よ。決まりね」

照美は、助手席のドアを開け、中に入り込んだ。

山口は、眉根を寄せ、渋い顔になったが、黙って運転席に座り、エンジンをかけた。

「街のどこへ行くんだ」

「海原君に会うの。早く会わなきゃならないのよ」

「剛士に？　何かあったのか？」

車が発進した。

「これよ。木澤さんの遺書。これに青斑病のこととか、木澤さん殺しの犯人に結びつくことが書いてあるのよ」

照美は、肩から掛けたバッグから封筒を取り出して、山口に見せた。

「木澤の遺書だって？」

山口の目が、忙しく動き、鋭く光った。車はスピードを上げた。

2

「喜太郎さん」

小声で呼びかける声が聞こえる。喜太郎は、声のする方向に顔を向けた。

「北村さん」

更に声を潜める。北村が唇に人差し指を当て、沈黙するように注意を促している。

喜太郎も同じように人差し指を唇に当て、何度も頷いた。

北村が辺りを警戒しながら留置場の前まで来た。手には鍵を持っている。

喜太郎は警察署の資料室に忍び込んで、こそ泥同然に捕まってしまった。時間が相当経過している。腕時計を取られてしまったので、いったい今が何時なのか正確にわからない。

「今、開けますからね」

北村が、鍵穴に鍵を差し込んだ。

「早くして下さい」

喜太郎が、鉄格子の間から、顔を出す。

静かな留置場内に鍵が外れる音が異様な大きさに響く。喜太郎は、心臓が止まるかと思うほど驚き、体が一瞬にして硬くなる。鉄格子が、少し開くたびに何かを我慢しているかのような錆《さ》びた声を発した。

「さあ、急いで出てください。今、ちょうど出入り口には誰もいません。緊急会議で上司に呼び出されたようです」

「ありがとう。君も一緒に」

「私は残ります」

北村は喜太郎に急げと合図する。

「でも僕の逃亡を手助けしたと疑われる。君が捕まってしまう」

「大丈夫です。これがあります」

北村は小さな箱のようなものを取り出した。

「それは、何？」

「ウルフが使う時限爆弾です。これで留置場を爆破します。この鍵は、元あった保管庫に戻しておきます。ウルフの仲間が、留置場を襲った隙に逃亡したことになります。私に疑いがかかることはありません。ですから心配しないでください。さあ、ぐずぐずしないで。海原王のもとに急いでください」

北村は、鉄格子に時限爆弾を設置した。

喜太郎は、「WE社と戦いになれば、君にも協力して欲しい」と言い、北村の手を強く握った。

「わかりました。連絡を待っています」

北村は、喜太郎の手を握り返した。恐らく署内では、ウルフたちの反乱に備えるべく対策会議が行なわれているのだろう。喜太郎は、静かな誰もいない警察署から街の通りに出た。

剛士に会わなくてはいけない。明日の夜、満月が中天にかかる頃、ヤギ・ダムに集合することは約束されているのだが、できれば木澤が見つけた硝酸混入の事実を一刻でも早く知らせたい。

「ちきしょう。剛士さんは、いや海原王はどこにいるのだろうか」

喜太郎は、通りを見渡した。砂漠のように砂埃が舞っている。人通りは極端に少ない。たとえ歩いていても精気のない人ばかりだ。水不足は、街全体を死滅させようとしていた。人々は、ふらふらと漂うように水を求めて歩いている。水道を止められた人たちだ。潤沢に水を使っている人は、その贅沢を誰にも知られまいと家の中に閉じこもっている。

「時限爆弾が爆発する。ここを離れなくては……」

喜太郎は、人は住んでいるが、廃墟のようになったビル群の方向に走った。

修繕されないビルは、コンクリートが剝げ落ち、見るも無残だ。人間が造り上げた文明などは、自然の雨と風によってかくも無惨に崩れてしまうのだ。今は、人々が住んでいるため辛うじて形を維持しているが、そのうち多くの住民が水不足のためにこの街を捨てたならば、瞬く間に瓦礫《がれき》の山となり、そのうち他の土や石と見分けがつかなくなってしまうだろう。そしてそこに草が生え、木が大きく育ち、枝葉を繁らせ、実をつければ、鳥や小動物が集まり、それらを目当てに狼などが群れをなす森林になるに違いない。森林は空気を浄化し、そこに雨が降り、清い水をたたえた川が流れ、魚が躍り、百年、二百年も経てば人間がいた痕跡を見つけることさえ困難になるだろう。

喜太郎は、自分たちの戦いの意味を考えていた。この街、いや人類は水の過剰な搾取によって滅びようとしている。有限の資源を無限であるかのように使う文明を発達させすぎたからだ。それも自然のゆっくりとした何千年、何万年、何億年という時間ではなく、人類は異常なほどせっかちだ。少しでも早く、一分でも早く他者より豊かである自分を確認したいと先を急いだ。それは滅びの道だった。誰もが気づいているが、後戻りする気はない。それどころかWE社のようなメジャーといわれる巨大な企業が、全てを支配するようになった。貴重な資源は、少なくなればなるほど資本力のある巨大メジャーに集まり、彼らのやりたい放題になってしまうのだ。

あえてWE社をこのまま放置したとしよう。水の戦士が戦いを挑まなくても水が枯渇すればWE社は消えてしまう。ということは水の戦士は、WE社の死期を早めようとしているだけではないか。

否。WE社の自然死を待つということは、人類の自然死を待つのと同じだ。水がなくなれば、水メジャーのWE社は消えるだろう。しかしその時は人類も消えるときだ。水なくして人類は生きられない。

水の戦士は、WE社のような巨大企業の欲望から水を人類の手に取り戻すのが役割なのだ。水はビジネスではない。水は、マネーではない。生命そのものだ。水をWE社から、人類に取り戻すことは、人類が自然と寄り添って、調和を保って生存する証なのだ。

「戦う意味がある」

喜太郎が、確信した、その瞬間、警察署内で爆発音が響いた。建物が揺れ、外壁がばらばらと崩れた。人に危害を与えるような爆発ではない。あの鉄格子が吹っ飛ぶ程度だ。

警察署から人が飛び出してきた。爆発に驚いて逃げ出してきたのだが、すぐに留置場に閉じ込めたはずの喜太郎がいないことに気づくに違いない。

「携帯電話がないと、なんて不便なんだ」

喜太郎は、ぶつぶつと不平を言った。逮捕されたときに携帯電話を没収されてしまったのだ。精神を集中しさえすれば、水の戦士同士でテレパシー交信ができる。しかし喜太郎はまだその能力に気づいていない。剛士が隠れていそうな廃墟ビルを目指して、走り出した。

3

剛士は、深い憂鬱の中に沈んでいた。王と呼ばれているが、実際の戦いの主導権はウルフが握っていた。そのウルフは、ＷＥ社のタン・リー、あるいは藤野市長と手を組んでいる。それは裏切りなのか、それともウルフの作戦なのか。ウルフは何も答えないで、ただ信じて欲しいと言い残して消えた。次に会うのは、明日の夜のヤギ・ダムだ。

「海原王、あなたは明日の満月の夜、ただ戦えと号令を発していただければいいのです」

ウルフは言った。

「水守殿、私は無力です。私は飾りです。私には力がありません」

剛士は、目を閉じ、心を落ち着かせ、呟いた。

廃墟のビルの中に風が吹き抜ける。剛士の頬を撫でる。それは、坐禅を組む剛士の周りで踊り、小さな渦となり、埃を巻き上げ、高く上ったかと思うと、まるでマリンスノーのように白く、輝きながら降り注ぐ。

剛士の周りは、深い湖の底、あるいは深海のような沈黙に包まれている。剛士は、動かない。まるで苔むした石像のように座っている。その場所にもう何年も前からいるようだ。

急に光が乱れた。歪みが生じ、まるで海草のようにゆらゆらと揺れた。

「海原王、迷うな。戦え。力とはなんだ。答えてみよ」

光の揺らめきの中に水守老人の姿が現れた。それは影のようで、はっきりとした形にはなっていない。知らない者が見れば、陽炎《かげろう》と思うだろう。

「力とは……。征服するもの?」

「違う。力とは信ずることだ。海原王、あなたには他者を征服し、虐げる力はない。しかし他者を信ずる力はある。信じれば、それが大きな力となり、どんな悪とも戦うことができるのだ。まず信じることだ」

その声は剛士の魂を揺すぶるように響く。光の揺らめきは消え、水守老人の姿は見えなくなった。

「信じること、それが力……」

剛士は、かっと目を開いた。もうその顔には迷いはなかった。

突然、声が聞こえた。はっきりしない。か細い声だ。耳を澄ます。喜太郎だ。間違いない。テレパシー交信を意識していないで思念を送ってきたのだ。よほど真剣に自分のことを探しているのだろう。その真剣さが、テレパシー交信になったのだ。

「喜太郎、喜太郎」

剛士は呼びかけた。

「この声は、海原王ではありませんか？　今、どこにいらっしゃるのですか？　近くですか？」

「僕は、あなたの心に話しかけています。今は、あるビルの地下にいます。心を僕に集中してください」

剛士の指示に、喜太郎が集中力を高めている。思念が徐々に強くなってきた。

「急いでお知らせしたいことがあります。青斑病に関わる重大な事実が判明しました」

「わかりました。WE社の本社が正面に見える通りのコンビニの前で待っています。そろそろ暗くなってきましたから顔を見られることもないでしょう。警察に見つかるとやっかいですからね」

「すぐ向かいます。この交信方法、結構疲れますね。携帯の方が便利かな……」

喜太郎との交信は途絶えた。ふうと大きな息を吐き、肩を上下させた。このテレパシー交信は、非常に疲れる。精神を集中しなければならないからだ。もう少し訓練をすれば、楽になるかもしれない。しかしこんな能力が自分にあるとは驚きだった。

青斑病に関わる事実と言っていたが、こちらも喜太郎に話さねばならない重大なことがある。ウルフを信じていいかどうかだ。水守老人は、信じることが力だと言った。実際、ウルフ、喜太郎、照美と自分を含めた四人が、信じ合い、力を合わせた結果、水の門が開き、警察の突入をかわすことができた。これからも危機に遭遇することだろう。その時、もし心から信じ合っていなければ、どうなるのか。その時は、四人の敗北であり、死が待っているに違いない。表向きは、信じた振りをすることはできる。本当に信じ合っているかどうかは、危機にならなければわからない。

喜太郎を待たすことはできない。急ごう。剛士は、地上に出る階段に足をかけた。

4

「どこへ行くの、山口さん」

WE社の本社ビルが近づいてくる。ステンレスのように無機質で、他者を寄せつけない冷たさで輝いている。圧倒的な高さが周囲を睥睨《へいげい》する。普通の優しさを持っている人なら、このビルの前に立っただけで卒倒してしまうだろう。それほど非人間的な構造物だ。なぜこれほどまで非人間的なのか。それは効率しか考えていないからだ。あらゆるものを数字に置き換え、それがより小さくなり、ロスがなくなることだけを考えて設計されているのだ。人間が働く場所ではない。感情を失ったロボットが働く場所だ。

「まあ、黙って」

山口は、照美の顔を見ない。

「だって私は街に連れていってと頼んだのよ。海原君に会わなければならないの」

突然、山口の左手が伸びてきた。照美の口を塞いだ。

「何するのよ！」

ヒステリックに叫んだ。

「黙っていてくれないかな。もうすぐだから」

山口はさも面倒なような顔をした。

「目の前は、WE社の本社じゃないの。私たちの敵よ。今、乗り込むときじゃないわ」

照美の叫びにも山口は耳を貸さない。ハンドルに付いたスイッチを押した。内蔵されている電話だ。

「山口です。タン様をお願いします」

「誰よ、タン様って！　なんとか言って！」

照美の問いに答えない。以前の山口ではない。照美の記憶の中の山口は、大柄で少し偏屈だが、温かい兄貴タイプの男だった。いったいどうしたというのだろうか。

「山口さん、どこへ行くの？」

照美の声は不安げに変わった。

「タンだが……」

「ああ、タン様、山口です。今、そちらに伺ってもいいでしょうか？」

「何か特別な用か？」

冷たい声だ。

「木澤の秘密を握っている女性を連れていきますから」

「木澤の？　わかった。待っている」

電話が切れた。

「何よ、海原君のところに連れていってよ」

「連れていくさ。その前にちょっと会って欲しい人がいる。俺の直属の上司だ。WE社のナンバー2でタン・リーという方だ」

山口は、照美を見て、腐臭を放つような笑みを浮かべた。

「聞いたことあるけど、会ったことはないわ」

照美は、山口を睨みつけた。

目の前に門が迫ってきた。警官とそっくりの制服を着た警備員が四人も立っている。肩から機関銃をぶら下げているのは、不法に侵入する者がいれば射殺してもいいとの許可を市から得ているからだ。

門が開いた。車は中に入ると、すぐに止まった。

「降りてくれるか」

山口は、さっさと車から出た。照美も仕方がないので言われるまま車から降りた。

「おい、警備。この女性を警護してくれ」

山口の言葉に、二人の警備員が照美に近づいた。機関銃を構えたままだ。照美は、緊張するというより人を殺すことができる武器に睨まれていることに気分が滅入った。

山口が照美の腕を摑んだ。

「どうするつもり」

「逃げ出されては困るんだよ」

山口は表情を変えずに言った。

「山口さん、どうしちゃったの？　WE社に魂を売ってしまったの」

「おかしいことを言わないでくれ。俺はもともと、ここの社員なんだ。それもかなりのプライドを持つ、忠実な社員さ。ところが剛士や喜太郎や君に会ってから、微妙に人生が狂い始めたんだ。でもやっと修正できた。今や、タン様の腹心に昇格だよ。運が向いてきたんだ。あの時、踏みとどまったおかげさ」

「水の門に飛び込まなかったこと？」

「そうさ。あの決断が運命の分かれ道だった」

山口は、にんまりとし、照美の腕をぐいと引いた。

「痛いわね。逃げないわ。でも本当にいい運が巡ってきたのかどうかはわからないわよ」

機関銃の銃身が、背中をつついた。歩くにつれ、鈍色《にびいろ》の高層ビルが近づき、圧迫してくる。押しつぶされてたまるか。照美は踏み出す足に力を込めた。

5

大きな間違いを犯そうとしているのではないだろうか。海原王、剛士様の澄み切った、疑いを持たない目を見ていると、内省的になってしまう。今まで正しいと思って行動してきたことが、ひょっとしたら間違いではなかったのかと思うようになってしまった。今、目の前にいる男は、本当に信用できるのだろうか。いや最初から信用などしていなかった。ただ利用しようと思っていた。しかしそれが間違いなのだ。他人を利用して正義を行なうこと自体が不正義なことだ。

引き返すべきか？　引き返すことができるのか？　しかし引き返したところに道はあるのか？

「ウルフ、随分、深刻な顔をしているじゃないか。悩みがあるなら言え。溜めていると体に悪いぞ」

タンが蛇の鱗のような沈んだ輝きの目で見つめている。

「どうしたのでしょう。ウルフは明日、全てが成就《じょうじゅ》するのが、怖いのでしょうかね？」

藤野が、脂肪の染み出ているテラテラとした頬を撫でて笑う。

明日、北東京市の五ヶ所の主要な給水所に硝酸を投入する。水に溶けた硝酸は、誰に気づかれることもなく北東京市の家庭に水道管を通じて運ばれていく。自然界に存在する硝酸は、どんな異常も起こさない。もしそれが川に流れても、魚や小動物が死ぬことはない。健康な大人たちは何も気づかずに水を飲み、食事を作る。しかし乳児だけは違う。父母の愛と、家族の希望を一身に集めてこの世に生を受けた幼子《おさなご》。それは未来のないこの世界の希望であり光だ。それが闇に落ちる……。

「この世が終わるのと同じだ……」

ウルフは言葉を搾り出した。しかしタンも藤野も何も聞こえないのか、ウルフの言葉に反応しない。

「今、山口から連絡があった。木澤のことで何かわかったようだ」

タンが藤野に言った。

「木澤の件ですか？　どんなことでしょう。私も知りたいものです」

藤野は、二十センチもあろうかと思われる葉巻をくわえ、火を点けた。

「硝酸を給水所に投入するのを中止したい」

ウルフは、タンの正面に立った。

顔を覆ったフードの中の目が鋭くタンを見据えている。

「はっはっは……」

堪えきれないようにタンが笑い声を上げた。

「何を言い出すかと思えば、そんなことか。お前も気が小さい男だ。先ほどからそんなことを考えていたのか」

「中止したい」

ウルフは、再度強く言った。

「ダメだ」

タンも強い調子で言い放った。

「私は、部下に指示しない」

硝酸入りのドラム缶をウルフの部下が、それぞれの給水所に運び、投入することになっている。給水所は、毒物混入などのテロから守るために、正確な場所を公表せず、内部へ入ることも限られた人物にしか許されていない。ウルフの部下は、ＷＥ社から特別に給水所に出入りすることを許可されていた。

「裏切りは許さない」

タンの目が厳しくなった。

「何を二人で言い争っているのですかね。ウルフ、お互いうまくやってきたではないか。今頃になってどうしたというのかね。もうすぐ君の願いが成就し、このWE社がタン様のものになれば、君こそ水の国の支配者になれるんだよ」

藤野は葉巻の煙をウルフに吹きかけた。

「私は水の国の支配者になりたいなどと言った覚えはない」

ウルフは怒った。

「何を言うのかね。君は水の国の支配者になるために我々に近づいてきたのだろう？　君の思惑と、私とタン様のWE社支配という思惑とが一致したから、私たちは手を組んだのじゃなかったのかね」

藤野は、薄く笑い、満足そうに葉巻を吸った。

「ウルフ、考え直せ。いったいどうしたというのだ」

タンの声が柔らかくなった。懐柔しようというのだろうか。

「どれだけの乳児が死ぬかわからない……。そんなことをしていいのかと恐ろしくなった」

「何事も成就するためには、犠牲が必要なのだ。尊い犠牲だ」

「幼子は、この世界の未来だ。それを犠牲にはできない」

「弱気になるな。乳児が、犠牲になるからこそ親、家族など大人たちの怒りが本物になるのだ。

怒りが本物にならなければ、お前が憎むワン・フーを倒すことはできないぞ」

「わかっている。それでももっと違う方法があるはずだ」

「もう遅い！」

タンの声が広い執務室内に響き渡った。

「山口様が来られました」

タンの部下が告げた。

「おお、来たか」

タンが入り口に振り返った。

「入れ」

山口が照美の背中を押した。

「痛いわね」

照美は、不満顔で文句を言い、執務室内に顔を向けた。

「照美！」

ウルフが叫んだ。

「兄さん！　こんなところで何しているの？」

照美が顔全体に驚きを表した。

「ほほう、兄とな？　ウルフとこの美しき女性が兄妹ですか？」

藤野が愉快そうに葉巻をくゆらせた。

「ウルフ……、妙な展開になったな」

タンが冷たく囁いた。

ウルフは言葉を飲み込み、奥歯を嚙み締めた。

6

剛士は、指定したコンビニのゴミ箱の前の石畳に座っていた。水の国の王といってもこの地上世界では、浮浪者とみなされても同然の姿だ。かつてアルバイトのようにWE社に勤めていたときのほうがずっといい暮らしをしていたかもしれない。なぜこんな姿でいるのか？　それは勿論目立たないということもあるが、それよりも地上の文明を拒否しているからだ。

人類は、地球の石油や石炭、天然ガスなどの化石燃料、そして水を空気を無尽蔵に存在するものとして使ってきた。なくなれば、他者から奪い取るという愚かな行為を繰り返してきた。その貪欲さに地球が悲鳴を上げようとも、それに耳を貸さなかった。

水の国は、全く違う価値観の国だ。まず自然、まず地球ありきだ。人類は地球と寄り添って生きなければならないというメッセージが水の国の存在意義だ。そのため文明を拒否した姿で剛士も暮らしているのだ。

「遅くなりました……」

剛士が顔を上げると、喜太郎がいた。腰を上げ、「すぐ側の公園に行こうか」と声をかけた。

辺りはすっかり暗くなり、コンビニの明かりだけが通りを照らしていた。

剛士と喜太郎は並んで歩いた。公園の寒々とした外灯が二人を照らしている。

「硝酸？　それが水道水に大量に含まれているというのか？」

喜太郎の話に剛士は驚きを隠さなかった。

「これが乳児のチアノーゼである青斑病の原因だと木澤さんは突き止めたのです」

「その硝酸を誰かが人為的に入れたというのか」

「自然界には存在しない量ですから、そう思われます」

「誰が？」

「木澤さんは、ワン・フーの依頼で調査していましたから、彼に敵対する人間ということになります」

「ワン・フーに敵対している人間となると……、ウルフ？」

剛士は目を見開いた。

「そうとしか考えられません」

喜太郎の顔が暗い。

「まさか……」

「しかしこの推測は間違いないかと思います」

「水を守る者が、水を汚していたのか……。実は、思い当たることがある」

剛士は、ウルフと藤野市長、タン・リーとの癒着を話した。ウルフに説明を求めたが、明確な答えは得られなかったことも付け加えた。

「いったいウルフは何をしようと考えているのでしょうか」

喜太郎は不安そうに言った。

「硝酸の件は、ウルフに聞かざるをえないだろう。もし喜太郎の推測が正しければ、これは水の戦士として、大変な背任行為だ。許すわけにはいかない」

剛士は厳しい顔に変わった。

「ウルフに今すぐ、この件を質しましょう」

喜太郎は、剛士に言った。

「ウルフの居場所がわからない。明日の満月中天の時間にヤギ・ダムで会うしかない」

「テレパシーは？」

「それが使えないんだ。僕がウルフを信頼していないのかもしれない。僕たちは信頼し合っていないと力が出ない」

剛士は悔しそうな顔でうつむいた。

「海原王、明日の戦いはどうなりますか？　大丈夫でしょうか」

喜太郎は心配そうに訊いた。

「WE社の本社に攻め入って、ワン・フーを倒す。この方針に間違いはない。ウルフも明日には、僕たちの疑問に対して明快な説明をしてくれるだろう。それを信じたい」

剛士は、WE社の本社ビルをじっと眺めると、再びフードを深く被り直した。ビルはライトアップされ、闇夜に白く浮かんでいた。

「今、午後七時です。今から二十四時間後、満月が中天に昇る頃に集合した後、あのビルに攻撃を仕掛けるのですね」

喜太郎もＷＥ社の本社ビルを見つめていた。

「あのビルの中についてはウルフが詳細に知っており、作戦を立てている。僕は、戦士を鼓舞するだけでいいのだそうだ」

剛士は、寂しく笑った。全てをウルフのお膳立ての上で戦わねばならないことへの不満も含まれていた。

「もしウルフが本当に藤野市長やタンと癒着していて、何らかの理由により水道に硝酸を混入させたとしても、それは全て明日に向かってのためだったのでしょう」

「その通りだと思う。だが僕は、彼を正しい道に戻さねばならない。それも戦いの一つの目的だ」

「ワン・フーについて私の父が話していたことを思い出します」

喜太郎は静かに話し始めた。剛士は、興味深く耳を傾けた。

「実は父は、ワン・フーの側近として仕えていました。水の国から送り込まれたスパイだったのです。ワン・フーの信任は厚く、重要な仕事を与えられておりました。その父でさえワン・フーの本当の姿を見たことがないと申しておりました。いつも若い姿をしていたというのです」

喜太郎の話に、いつかＷＥ社の本社でワン・フーの訓示を聞いたことを思い出した。あの若くバーチャルな映像で現れたワン・フーの姿は忘れられない。

「父は、ワン・フーの本当の姿を突き止めようとＷＥ社の本社内を探り始めました。その動きが発覚し、命からがら脱出するのですが、その時『小さき者、奥に住まう』という言葉を聞いたのだそうです」

喜太郎は、じっとWE社を見つめている。

「小さき者、奥に住まう……」

剛士は繰り返した。

「この言葉は、逃げ出そうとする父に向かってワン・フー自身が投げかけた言葉だったようです」

「ワン・フー自身が、自分の存在について明らかにした言葉だというのか？」

剛士の言葉に、喜太郎は頷いた。

「きっともはや逃亡できない状況に追い詰められていた父に対する最後の言葉として放ったのではないでしょうか。あざ笑うかのように言ったそうですから……」

「しかし喜太郎の父上殿は、生き延び、その言葉を君に託したというわけか。僕は父も母も記憶にない。ワン・フーに殺されたらしい。喜太郎の父上殿もワン・フーに苦しめられた。今度の戦いは、僕たちの親子二代の戦いだ」

剛士は喜太郎の手を握り締めた。喜太郎もそれに応じて、握り返した。

「海原王、父の無念を晴らすためにも戦い抜きましょう」

喜太郎は目を輝かせた。

「君の父上殿の残された『小さき者、奥に住まう』の謎も攻め入ればきっと解けるに違いない」

剛士は言った。

空には、わずかに欠けた月が昇っている。あれが明日、満月になり、全てが満たされたとき、戦いが始まる。剛士は更に強く喜太郎の手を握り締めた。その手を通じて喜太郎の戦いにかける純粋な思いが、奔流となって剛士の心に届き、ぶつかり合い、共鳴し、全身を熱くしていく。

7

「さあ、寄越せ。木澤から預かった手紙を」

山口は照美の胸に機関銃を押し当てた。

ウルフは、青ざめた顔でその様子を見つめている。タンと藤野は、ソファに座り、まるで何か楽しい芝居でも観賞するように寛いだ姿で、頬を緩めている。

「大事なものよ。渡せないわ。山口さん、あなた恥ずかしくないの。皆を裏切って……」

照美は、空気を切り裂くような声で叫んだ。

「俺は、裏切ってなどいない。剛士も喜太郎も俺の部下だった。それが俺を差し置いて、王などと言いだすからおかしくなっただけだ。俺はいつだってWE社の社員だ」

山口は、タンを意識しながら話した。タンの満足そうな顔を視界の中に捉えていた。

「きっと後悔するわよ」

「裏切りと言えば、ウルフがここにいるのは妹として裏切りとは見えないのか！」

山口は、ウルフに機関銃の銃身を向け、にやりと笑った。

「な、何を言うか！　私は水の国の戦士だ」

ウルフが興奮して叫んだ。

「兄さん、説明して。なぜ、こんなところにいるの。ここは敵の城よ」

照美の目に疑いと、軽蔑の炎がちろちろと小さく燃えている。これを大きくしないで欲しいと涙が滲んでいる。

「戦いに勝つためだ……」

ウルフは頭を覆ったフードを取った。現れた顔は、苦しそうに歪んでいた。

タンが静かにソファから腰を浮かせ、立ち上がった。照美に近づき「君たち兄妹で疑いを持つのはよくない。私たちとウルフとはともに共通の敵と戦う仲間なのだよ」と微笑んだ。

「仲間……？」

「そうだよ。なあ、ウルフ君」とタンは底冷えするような笑みを浮かべ、ウルフに顔を向けた。ウルフの眉間の皺が更に深くなり、その目は悲しみをたたえ、色を濃くした。

照美は、タンを睨み、「青斑病を流行らせたのは、木澤さんの言う通りあなた方の仕業ね。本当だったのね」と言った。

突然、タンの手が高く振り上げられ、乾いた音がしたかと思うと、照美が蹲った。ウルフが照美に駆け寄った。

「照美に何をする！」

ウルフは、照美の肩を抱いた。照美は赤くなった頬を撫でていた。目は、憎しみの炎を燃やしている。

「山口、ぐずぐずせずに木澤の手紙を奪い取れ」

いつの間にか、タンの側に藤野が立っていて、荒々しく指示を発した。

山口は、機関銃を肩にかけると、照美の背後に回り、ジーンズの後ろポケットに差し込まれた手紙を抜き出そうとした。照美が、必死でそれを押さえる。

「やめないか」

ウルフが言う。

「素直に渡しなさい。そうでないとまた痛い目に遭わせなければならない。その時は、兄妹もろともになるよ」

タンは薄笑いを浮かべて言った。

ウルフはタンの言葉に、かっと目を見開いた。その目は、絶望が色濃く漂っていた。

「照美、そこに書いてある内容は、私にも推測できる。どんなことが書いてあっても驚かないし、説明もする。だから君のために渡しなさい。今は、それが一番の策だ」

ウルフは照美を諭した。照美の力が、一瞬、弱くなった。

山口は、それを見逃さない。木澤の手紙を照美のポケットから抜き取った。

「あっ」

照美が叫んだ。

「てこずらせやがって……」

山口は、悔しそうな顔で睨みつける照美に吐き捨てるように言うと、それを重々しくタンに渡した。

タンは、手紙の中身を抜き取り、読み始めた。その顔は、最初は笑っているように見えたが、そのうちこわばり、やがては怒りにこめかみの血管を太くした。

「何が書いてあるんだね」

藤野が、脇から好奇心に溢れた顔で覗き込む。タンは、手紙を藤野に無造作に渡した。藤野は、それを受け取ると、読み始めた。その顔は、タンと同じように最初は、緩やかな余裕の笑みを浮かべていたが、すぐに怒りに破裂しそうになった。

「あの男、ここまで調べていたのか。忠実な顔をしていたのに」

タンの声が震えている。怒りからだ。

「始末して、間違いではなかった」

藤野が思わず呟いた。

「木澤さんは、青斑病の原因を水道水の硝酸異常混入だと突き止めた。ではどうしてそんなに自然界ではありえない混入が発生したのかを考えた。そして誰かが投入したに違いないと確信するに至ったのよ」と照美は、タンを睨みつけ、話を続けた。

「まずどうやって、どこに投入したか？　ダムに直接投入するには、いったいどれくらいの硝酸を使用すればいいかわからない。水を浄化する過程で硝酸を完全に取り除くことはできないというものの、水の旅は長い。ダムから長い旅路を経て、取水口を通り、浄水場に至り、そこで何段階も浄化され、給水所に運ばれ、そしてやっと蛇口から水は出て、人々の口に入る。その長い過程で、硝酸は徐々に失われ、自然に帰っていく可能性がある。そうなれば青斑病を確実に発生させることはできない」

照美の淡々とした口調に反応して、タンも徐々に冷静さを取り戻した。

「それで彼は給水所を疑ったというわけだ。しかし給水所には、水道を担うWE社の社員しか立ち入りできない。まさか水道を担う者が、人をあやめる毒物とでもいうべき硝酸を投入するのかと信じられない思いになった……」

タンは、ゆっくりと室内を歩きながら言った。

「そうよ、水道事業に使命感を抱いていた木澤さんは、もし内部の犯行なら許せないと思った。それでワン・フーに疑問をぶつけた」

照美は、タンを睨みつけた。

「それで木澤は、ワンから徹底した調査を命じられたと言うのか」

タンは、立ち止まり、照美を睨み返した。

「木澤は、給水所に隠しカメラを設置し、二十四時間監視した。そこに写っていたのは、給水所に出入りするウルフとその仲間たちの姿だった。これは彼らのテロだと思ったと書いている。しかしそれにしても関係者しか自由に出入りできない給水所になぜ出入りできるのか。その疑問は解けない。誰か内部で協力している者がいるに違いないと思った。それが私だと疑った……」

タンは、薄笑いを浮かべた。

「はっきりとタン様が犯人だと決めつけているわけではないが、給水所に出入りするにはセキュリティコードが必要だ。それは一部の関係者にしか割り当てられていない。どのセキュリティコードを利用したかを探っていくと、タン様の側近に行き着いたわけだ。タン様を疑うのは木澤もさすがに恐れ多いと思ったようだね。哀れな奴だ」

藤野は、葉巻をくゆらせながら、言った。

「木澤さんは、この報告をワン・フーにすべきかどうか迷っていた。これはテロではなく、おそらくWE社内の覇権争い、すなわちクーデターではないのかと……。でもその首謀者がタン・リーだと言い切る確信はなかった。だから正式な報告書ではなく、このような私信にとどめた。真面目な木澤さんらしいやり方よ」

照美は、立ち上がり、山口の腹を肘で突いた。

「うっ」と山口は、腹を押さえ、

「何をしやがる」と叫んだ。

「私のお尻を触った仕返しよ」

照美は言い捨てた。

「やはり木澤を殺したのはお前か？」

ウルフは、藤野に詰め寄った。

「調査の手がどこまで伸びるかわからなかったからな。早いうちに芽を摘んでおこうと思っただけだ。奴は、なぜ警官に殺されるのか最後までわからなかったはずだよ」

藤野は声に出して笑った。

「木澤さんの遺体を発電機の前に置いたのはなぜ？」

照美が訊いた。

「発電機？　ああそうか……」と藤野は薄笑いを浮かべ、「発電機に意味はない。水道設備の近くに死体を放置しろと指示をしたのだ。あの時点では、木澤が誰の指示で調査をしているのか、どの程度調査が進んでいるのかわからなかったからね。とにかく始末したかっただけだ。だから水道設備の近くに置けば、木澤の背後にいる者にメッセージが伝わると思ったのだ。水道に関して余計な調査をするなとね」と言った。

「貴様たち……」

ウルフが藤野の襟首を摑んだ。

「テロリストに貴様とは言われたくないな。みんなお前が仕事をやりやすくするためじゃないか」

藤野は薄笑いを浮かべた。

「兄さんが、殺したのかと思っていたわ」

照美の目に憎しみの光が見えた。

「私は、殺さない。誰も殺さない」

ウルフは、藤野から手を放した。

「嘘、嘘、多くの幼子たちを殺したじゃない」

照美は泣き出した。

ウルフは、黙り込んだ。

「照美さんと言ったかな？　これは全て水の国のため、水道をワン・フーから我々に取り戻す崇高な戦いなのだ。私がこのＷＥ社の支配者になれば、もちろん青斑病はなくなるし、水の国と協力して貧しい人々にも豊かな水道を提供することを約束するよ。ねえ藤野市長」

タンは、藤野に声をかけた。

「御意」

藤野は簡潔に答え、また葉巻をくわえた。

「私はもうお前たちには協力できない」

ウルフは、タンの前に立ち、毅然と言い放った。

「協力させる。予定通り明日実行する。おい！」

タンが山口に顎で指示をすると、山口は照美の腕を摑んだ。

「何するの！」

「ウルフが裏切らないように人質に預かる」

タンは冷たく言った。

「なんだと！　照美を放せ」

ウルフは山口に向かった。

「じたばたするな」

藤野が拳銃を構えている。ウルフは動きを止めた。

「兄さん、明日、何をするつもりなの！」

照美は山口の腕の中で暴れながら、叫んだ。

ウルフは、奥歯を嚙み締めて、言葉を殺している。

「私から言ってやろう。市内の主要な給水所にウルフの部下が硝酸を大量投入し、一挙に青斑病の大量発生を図るのだよ。これで市民の水道への怒りが爆発し、ワン・フーを倒せという声が抑えきれなくなる。その時、私が救世主として登場するのだ」

タンは高揚した様子で言った。

「私もね」

藤野が、にんまりとし、葉巻の煙を照美に吹きかけた。

「兄さん！」

照美は絶望的な声で叫んだ。

「連れていけ。地下の倉庫にでも閉じ込めておけ」

山口は、乱暴に照美の腕を引き、照美の体を引きずるように連れていった。

「兄さん！　やめて！　幼子たちを殺さないで！」

「黙らないか！」

山口が大きな声を張り上げた。

「ウルフ、妹の命が惜しければ、もうしばらく私たちに付き合え。もうここまで来てしまった。今さらお前も引き返せないはずだ。その手は正義の名の下に、幼児の血と涙で汚れているんだ。急に怖気づいたり、奇麗事を言ったりするんじゃない」

タンはウルフの腹を拳で殴った。鈍い音がし、拳が腹にめり込むと、ウルフは目を剝き、荒い息を吐き、苦痛に顔を歪めた。

「悪魔……」

ウルフが呻いた。

「愚か者め！」

ウルフをあざけるタンの言葉はしばらく室内に響いていた。

第九章　攻撃開始

1

ヤギ・ダムの湖面は、中天にかかる満月を映して、まるで昼間のように明るく輝いていた。わずかばかりの風にも水面は波立ち、月は、いくつもの小さな月に分裂して、湖面は宝石をちりばめたようだ。

水は少ない。本来なら、満々と溢れんばかりの水が、厚いコンクリートの壁にひたひたと打ち寄せていなければならない。しかし日照り続きと水の浪費は深刻で、今では渇水ライン近くまで水位が下がっている。

ダムを見下ろす小高い丘に三メートルほどの石柱が建てられている。このダムを建設するために尊い命を落とした人たちの慰霊塔だ。周囲は、春になれば桜が咲き誇り、華やいだ景色になる。

そこに多くの影が蠢《うごめ》いていた。水の国の戦士たちだ。影の中心に剛士がいる。その側には、ウルフと喜太郎。そしてまるで浮いているように立っているのは、水の戦士の精神的支柱である水守老人だ。戦士たちの集団の中には国水兵庫もいる。時折、彼の白いあごひげが月の光を反射して銀色に輝く。彼がしっかりと手を握っているのは、孫の遥だ。相変わらず負けん気の強い目で剛士を見つめている。

影の数からして、数十人はいるはずなのだが、その気配はない。まるで人がいないも同然にもない。


静かだ。狸《たぬき》などの夜行性の動物が近くを徘徊しているが、彼等でさえ人の存在に気づかない。当然、ダムを管理するWE社の社員たちも、この丘に戦士たちが集まっていることは知るよしもない。

「剛士の野郎、偉くなったものだなぁ」

唯一、気配を消すことができないのが山口だ。ウルフに同行してここへやってきた。

「しっ」

遥が厳しい目で睨む。

「だってあいつ、俺の部下だったんだぜ」

山口は、口をひん曲げるようにして反論した。

「今は、水の国の王様なの。昔は昔。静かにしなさい。今から話が始まるから」

遥は、口に人差し指を当てた。

「わかったよ」

山口は、ふてくされた顔で正面の剛士を見た。

「水の国の戦士たちよ」

剛士は呼びかけた。静かな声だ。山口の耳にははっきりと聞き取れない。しかし集まった戦士たちの心にはテレパシー能力で直接語りかけている。

「今日こそ、水を私たちに取り戻さなければならない。WE社から水の支配権を取り戻さねば、多くの人々が渇きで死ぬことになる。WE社を倒すこと、それが私たち戦士の役割だ」

剛士は、話し続ける。

「いい気なものだ。裏切り者がいることも知らないで……」

山口は呟いた。

「しっ」

また遥が注意した。

山口は、にんまりと不敵な笑みを浮かべて遥を見つめた。

ここへ来るには、ウルフに同行してもらうことが必要だった。役目は、剛士たちの行動をタンに報告することだ。

ウルフは、嫌がった。しかし妹の照美を人質に取られていては逆らうわけにはいかない。タンからは、こっそりウルフが裏切ることがないように睨みを利かせて欲しいと言われている。ウルフは、給水所に硝酸を投入するように命じられているが、それをきちんと実行するか否かを見届けねばならない。とにかくタンの命令に忠実に従うことがWE社における地位を確立していく。

「出世して、親子水入らずで暮らすのだ」

山口は、遥の耳に気をつけながら呟いた。

腹の底から幸せが湧き上がる。つい最近子供が無事生まれた。男の子だ。正式な結婚をしていないので、すぐに籍を入れるつもりだった。ところがその矢先にWE社を馘首になり、親子三人の生活をどうしたらいいか、途方に暮れた。しかし神は見捨てていなかった。WE社のナンバー2であるタン・リーの側近に昇格したからだ。ついている、と思った。

硝酸投入は、午前二時。ウルフが中止命令を出さなければ、給水所に待機した彼の仲間が自動的に行動する手はずになっているという。つまりウルフが土壇場になって勝手に中止命令を出さないか見張っていなければならないのだ。

ウルフを見た。

今夜が、決戦の夜だというのに元気がない。月明かりに照らされているだけだから、余計に青ざめて見える。内心は、心配でならないのだ。この場にいるべき照美がいないのだから。その理由を知っているのは、ウルフと山口だけだ。

「哀れな奴だ。結局、タンと藤野に利用されただけじゃないか。功を焦ったからだろう」

山口は呟いた。

隣の遥に聞こえたかと、振り向いたが、彼女は真剣な顔でまっすぐ剛士を見つめていた。

ウルフみたいに利用されない。必ずWE社での地位を確立すると山口は固く決意していた。このひどい世の中で妻や幼子を守るためには、どんなことをしても許されると思っていた。そのためWE社を潰して親子の生活を破壊しようとする剛士や喜太郎を許すわけにはいかない。彼らには悪いが、強いものの側に立つのは仕方のないことだ。長いものには巻かれろという諺《ことわざ》もある。

それにしても剛士も喜太郎も能天気だと山口は含み笑いを洩らした。ウルフと一緒に彼らの前に現れたのだが、少しも疑いを持たなかった。

むしろ「必ず来ていただけると思っていました」と剛士は涙を流さんばかりに喜び、山口に抱きついた。

山口は、戸惑いを覚えながらも「俺だって、お前の役に立ちたいからな」と笑みを浮かべた。

少し硬い表情だったかと、ウルフを見た。目を合わせたくないのか彼は、ぷいっと顔を背けた。

「照美さんはどうしたのでしょうか」

喜太郎が心配そうに言った。

「何をしているんだろう。事故でもあったのかな」

剛士はウルフを見て、何かを知っているかと、無言で問いかけた。

ウルフは、「知らない」と黙って首を振った。

「テレパシーで呼びかけても応答がない」

剛士は首を傾げた。

「照美さんは、まだその能力を使いこなせないのかなあ」

喜太郎が言った。

照美は薬で眠らされているに違いない。WE社の地下深い倉庫の中に眠っているのだろう。

ただ一人、何事も見抜いてしまうような険しい目で山口を見つめていたのは、水守老人だ。

「あの年寄りは何者だ。全てを知っているような目つきだ」

あの目を見ると、山口は背筋が冷たくなる。

「我々の目的は、WE社の本社に攻め入り、ワン・フーを捕らえることだ。中にいる仲間が誘導してくれるはずだが、残念ながら彼の居場所は、現在も正確にはわかっていない。この探索には、喜太郎のチームが当たる。そこには海原王にも同行していただく。私と他の者は本社内の占拠に当たる。皆は、それぞれの役割をもってWE社の機能を支配して欲しい。警察は夜間警備の警察官を張り付けているだけだが、攻撃の連絡を受け、すぐに増員されるだろう。かなりの抵抗が予想される。命を無駄にしないようにして欲しい」

ウルフが、戦士たちに攻撃の概略を話す。誰もが真剣だ。ひと言も聞き漏らさないという決意に溢れている。

「さあ、今こそ、水をわれらの手に取り戻そう。水を民に取り戻そう」

剛士が、拳を夜空に突き上げた。月を摑まんとする勢いだ。

ウウウウオーという狼の遠吠えのような雄たけびが上がった。

山口は、人目を避け、携帯電話でタンに連絡をした。「いよいよです」と。

2

剛士は、戦士たちに号令をかけながら迷いを払拭できなかった。ウルフの顔を盗み見た。その表情に、いつもと変わるところはなかった。剛士は、先ほどまでウルフと対峙していたことを思い浮かべた。

＊

「ウルフ、あなたは何か言うことがあるだろう」

剛士は、前警察署長や喜太郎からの情報に基づいてウルフを厳しく問い詰めた。

照美がここにいないこともウルフに対する疑念を大きくしていた。

照美は、殺された木澤の妻に会いに行った。そこで何かを聞いた。あるいは誰かに会った。それが非常に重大なことであったため、自分の意思か、あるいは第三者の意思で、この場に来ることができないのではないか。

「何もない」

ウルフは、怒りを込めた激しい口調で言った。

「正直に言って欲しい。僕は、あなたを信じている。あなたがいるからこそ水の国の王になった。青斑病はあなたの仕業なのか？　あなたはWE社のタン・リーや藤野市長と組んで何をやってきたのだ」

剛士は質問をしながら、悲しくて泣きたくなっていた。信頼こそが戦士の強さだと水守老人に教えられている。それなのにこんな質問をウルフにしなくてはならないとは……。

「私を信じてください。私は、全てを水の国に捧げています」

「それはよくわかっています。だからこそ疑惑を晴らしてください」

剛士は、体が引き裂かれるような苦痛を感じていた。ウルフは、剛士をじっと見つめたまま黙っている。

「木澤さんは、ワン・フーに敵対する者が水道に硝酸を混入させたと疑っていました。それはあなたですね」

喜太郎は言った。

「私は、水の国に命を捧げています。言えるのはそれだけです」

「質問を変えましょう。ここに照美さんが来ないのはなぜですか？　ウルフ、あなたはその理由を知っているのではないですか？」

ウルフの目が、一瞬、動揺した。

「あなたは、兄としてここに照美さんが来ないことを心配しないのですか？　それに僕たちは四人が完全に一つになり、信頼し合ってこそ目的が成就するのです。このままでは持てる力を発揮できません」

「知りません。私も先ほどから照美に呼びかけていますが、返事がありません」

ウルフは、うつむいた。動揺を悟られないためだ。

この場に山口はいない。照美がタン・リーに囚われていることを話しても山口に知られることはないのではないか。ウルフは照美が囚われていることを話すべきか悩んだ。

しかし断念した。タン・リーは恐ろしい男だ。そのことはよく知っている。もし剛士たちが照美を救出に動く気配を少しでも見せれば、彼女を容赦なく殺すだろう。照美は、ＷＥ社への攻撃にまぎれて自分が助け出す。それが兄としての責任だ。ウルフは密かに決意していた。

ウルフは、想像以上に頑なだった。

「あなたが、何も話してくださらないなら僕は今日の攻撃を中止します」

剛士は言った。本気だった。戦士の中心である四人が揃わず、それに加えてお互いが疑心暗鬼では攻撃は失敗するだろう。

「海原王、それはおやめください」

ウルフは平伏した。

「ならば全てを話してください」

剛士は、ウルフの手を取った。ウルフが顔を上げた。その目には涙が滲んでいた。

「信じてください。お願いです」

ウルフは、剛士の手を強く握り締めた。

「ウルフ」

いつ現れたのか、水守老人がウルフの側に立っていた。

「はい」

ウルフは答えた。

「覚悟を決めておるのだな」

水守老人は、静かに言った。何もかも見通している目だ。

ウルフは、ゆっくりと頷いた。

「のう、海原王、この男もウルフと呼ばれて恐れられている男だ。第一級の水の国の戦士だ。信じてやりましょう。自分の行く末の覚悟はできておるようだ。それに攻撃は今日をおいて、他日はありませぬ。もはや時間の猶予はないほど、民は水を欲しているからです」

水守老人は、剛士に静かに言った。

「わかりました」と剛士は言い、「あなたを信じています」とウルフの手を再び強く握り締めた。

＊

「水の国に栄光あれ！」

剛士は、叫んだ。銃を高く掲げた。銃は、波動砲だ。内部に水の国の気とでも称すべきエネルギーが充塡してあり、その衝撃で人体を傷つけることなく敵を失神させることができる。水の国の戦士は、血を望まない。そのために開発された武器だ。

「海原王に栄光あれ！」

戦士たちが声を合わせた。それは木霊《こだま》となってヤギ・ダムに響いた。ダムの事務所で眠っているWE社の社員には、精霊の声に聞こえたことだろう。

3

タン・リーは、山口からの連絡を受け、ほくそ笑んでいた。いよいよこのWE社が自分のものになるときが近づいている。

「いよいよ水の国のテロリストどもが攻撃を仕掛けてくるようだ」

タンは、藤野に言った。

藤野は、いつもなら自宅に帰り、眠っているか、ワインを呑んでいる時間だ。しかし今日は、テロリストに対して陣頭指揮を執るためにWE社に来ていた。

「いったい何人くらいで攻めてくるのでしょうか」

「五、六十人だということだ」

「たったそれだけでこの堅牢なWE社を倒そうというのは、無謀でしょう」

藤野は呆れたように笑った。確かに警察だけで三百人がWE社の各所に配置されている。藤野は警察署長ではないが、彼の命令で全員が動き出すことになっている。

「彼らは、我々が動きを遂一マークしていることを知らないのだろう。だから動きやすい人数を選んだのだと思う」

タンは、冷静な口調で言った。

「そうであればよっぽど善良な奴らでしょう。自分たちの動きが相手にばれていることくらい予測すればいいだろうに。一挙に殲滅《せんめつ》してやりましょうか」

「それはならん」とタンは、断固として言い、「彼らが市民の敵となり、殲滅の対象になってから本格的に行動するのだ」と言った。

「それは青斑病のことですね？」

藤野は訊いた。

「給水所に硝酸を投入する。これはあくまで彼らの仕業でなくてはならない。その後、青斑病が大量に発生する。これはテロリストの仕業であると情報を流す。市民は、WE社にこもるテロリストに殺到するだろう。そのとき市民の側に立って殲滅するのだ」

「それまでは泳がせるのですか？」

「いい言葉だ。水の国の戦士だけに泳がせるのだ」

タンは、含み笑いをした。

「ワン・フーはどうしますか？」

タンは、黙った。みるみるその顔が歪み、苦悩に満ちてゆく。

「どうされました？」

藤野は、心配そうに訊いた。

「私は、WE社のナンバー2といわれている」とタンは、藤野をじっと見つめ、「しかしナンバー1の存在を本当はよく知らないのだ」と両手で頭を抱えた。

「どういうことですか？」

藤野は怪訝な顔をした。

「あなたはワンの姿を見たことがあるか？」

「いつも会って話しているじゃないですか」

藤野は、馬鹿なことを訊くなという顔だ。

「あれは映像だ。極めてリアルな映像なのだ。だからいつも若い」

タンは、両手で顔を覆った。嘆いているようにも見える。

「確かに映像ですよ。でもそんなことはよくあることです。若いリーダーで、いつも忙しいから、映像になっているのでしょう？　実際は、あなたがいるから何も困らない。映像のワン・フーで構わないのです。いったい何を言いたいのですか。今、我々の野望が成就しようとする日に！」

藤野は、苛立ちを顕にした。ワン・フーを倒さねば、タン・リーはWE社のナンバー1になれないではないか。それをよく知らない？　何をふざけているのだ。藤野は、大声で、ふざけるなと叫びたかった。

「私たちにも実際の姿を見せたことがない。私は、前のナンバー2からの引き継ぎで、この地位に就いたが、一度も本物のワン・フーに会っていないのだ」

タンは、絶望したような目で藤野を見つめた。

「一緒に食事をしたこともないのですか？」

藤野は、気持ちを静めるように室内を動き回り始めた。葉巻をくわえ、せわしなく煙を吐き出し、灰を撒き散らした。

「ない」

タンは言った。

「肝心のワン・フーがいないのでは、彼を失脚させ、あなたがその後釜に座るという戦略は無意味になるのではないですか」

藤野が歯を剝き出して、喚いた。

「水の戦士ならワン・フーと会うことができる……」

タンが呟いた。

「どういうことです？」

藤野が、葉巻を床に捨て、足で踏んだ。

「二十五年前、ワン・フーは水の国を攻めたという。その時以来、彼は実際の姿を見せなくなり、映像で私たちの前に現れるようになってしまった」

タンは、じっと藤野を見つめた。張り詰めた緊張感が漂っていたが、それは藤野の甲高い笑いによって破られた。

「ばかばかしい。この建物をくまなく探ればいいじゃないですか。ワン・フーも人間だ。飯も食えば、クソもするだろう。探せ、探せ。私が部下に命じてやらせましょう」

藤野は、興奮して叫んだ。

「小さき者、奥に住まう」

タンが、呟いた。

「なんですかそれは？」

「ワン・フーの居場所の秘密だ。この秘密が解けるのは水の戦士たちだけだ。私は、ただ指示を受ける召使でしかない。彼らは、水というものでワン・フーと繋がっているらしい。悔しいが、仕方がない……」

「訳のわからないことを言わないでください。ワン・フーを倒さねば、私たちはWE社とともに世界の水を支配できないではないですか」

「だからここに水の戦士を呼び込み、ワン・フーを彼らに倒させるのだ。彼らをこの本社内に誘い込む。彼らは導かれるようにしてワン・フーに会うだろう。そこで悲劇が起きる……」

タンの目に力が漲った。

「彼らをこの本社に引き込み、彼らにワン・フーの居所まで案内させれば、あとはもろとも一気に殲滅する。そういうことですか」

藤野は薄く笑みを洩らした。

「我々の企みは全てうまくいくだろう。WE社は、もうすぐ私たちのものだ」

タンは、静かに言った。

4

WE社の本社の門は、固く閉じられている。水の国の戦士たちは、WE社の本社を見上げる場所にある公園に集合していた。

剛士は、戦士たちの部隊を二つに分け、正門と裏門から突入することにした。

深夜は警戒が手薄になっている。裏門から入った部隊は、水道全体を監視している水運用監視センターなど業務の心臓部を占拠する。そこを押さえれば北東京市の水道業務は手に入ったも同然だ。その他、水質研究センター、コンピュータルーム、営業部などを制圧する。全ての業務が、戦士の監視下に置かれることが重要だ。この任務はウルフが担当だ。そこに山口も加わった。山口は、自らウルフと行動をともにしたいと名乗り出た。

剛士は、喜太郎たちとともに正門から突入し、ワン・フーの居所を探る。この本社内には、タン・リーなどの主要役員の住居もあるが、それらは部下の戦士に任せる。役員たちを一歩も動かさないようにすることが重要だ。問題は、ワン・フーがどこにいるか、今のところ不明であることだ。ウルフが事前に調べてもわからなかった。喜太郎の父が残した「小さき者、奥に住まう」という謎の言葉が頼りだが、不安は大きい。

それに加えてウルフがタン・リーや藤野と組んでいるなら、この攻撃に対して彼らが罠を張っているかもしれない。その疑いは、頭から払拭するように努力している。

水守老人が言うように、水の戦士は、お互いが信じ合わなければ力が発揮できないからだ。少しでも相手を疑うことがあれば、持っている力を使えないまま倒されてしまうのだ。

「それにしても照美さんはどうしたのでしょうか」

喜太郎が、まだ到着しない照美を心配している。

四人の力が、合わさればどんなことも成就可能な力と自信を持つことができる。しかし一人欠けているというのは、剛士にとってもなんとも頼りない気がしている。照美が攻撃を前に逃げ出したわけではないと信じている。きっと何か特別な事情があって間に合っていないだけだろう。

「もうすぐ元気な姿で現れると思う。ただテレパシーが通じないのが不安だが」

剛士は、ウルフを見た。彼は、部隊を裏門の方に移動させようとしていた。目が合った。

「何か事情があるのでしょう」

ウルフは、剛士の意図を察して、答えた。

「問題が起きてなければいいが」

剛士は、照美へ呼びかけるテレパシーを強くした。しかし応答はない。

「逃げ出したんじゃないか。女だから、怖くなったんだろう」

山口がにやりとした。

「失礼ね。女を馬鹿にしないで」

遥が怒った。遥は、剛士たちと一緒に戦いに加わる。

「強がりを言うなよ。警官にピストルでパンと撃たれりゃ、コロリだよ」

山口が撃たれた真似をした。

「あなたこそ、撃たれりゃいいのよ」

遥が怒った。

「遥、なんてことを言うんだ。山口さんもいい加減にしてください」

剛士が怒った。

遥は黙った。山口は、平然とした顔で「ウルフ、行こうぜ」と言った。ウルフは、「出発」と声をかけ、裏門へと向かった。そこにはWE社の内部に放っていた水の国の戦士がいて、内側から鍵を開けてくれる手はずになっている。

「こちらも出発しようか」

剛士は喜太郎に言った。

「行きましょう」

喜太郎が応じた。

剛士を先頭に戦士たちが続く。国水兵庫も隊に加わっている。顔つきは硬い。この戦いを復讐だと位置づけているだけに、期するものがあるのだろう。剛士のすぐ側には、遥がいる。水の国に残っているように説得したが、言うことを聞かなかった。仕方がないので剛士は彼女を側に置いて戦うことにした。

　WE社の本社が近づいてきた。背後には、一点の欠けたところもない満月が浮かんでいる。地上からライトで照らし出されたビルは、まるで悪魔の巨人のようだ。立ち向かってくる者を容赦なくなぎ倒そうと構えていた。

　剛士は、戦いの凄まじさを想像して身震いがした。

　なんにも世の中の役に立っていないと自分自身を卑屈に思っていたフリーター時代を経て、やっと臨時でWE社に雇用され、ほっとひと息ついた。

　自分の人生は、これで頂点だと思っていた。WE社に食らいついてさえいれば、日々の糧《かて》はなんとか得ることができる。WE社が行なっている水の搾取というべき事態、それから引き起こされる人々の苦しみ、嘆き、病、死……、全てのことを見て見ぬ振りさえしていれば、自分だけの小さな幸せは確保できる。それでいい。それで仕方がない。そう思っていた。この北東京市で生きていくにはそれしかなかったからだ。

　閉塞した状況を破るのではなく、その中にいることを選択する方が心地好かった。

　そんな小市民的幸せに埋没していた自分が、ある日、突然、水の国の王になった。ありえないことだ。自分が他人を助けるリーダーになるなんて悪い冗談だろう？　しかしそれは冗談ではなかった。選ばれてしまったのだ。選ばれた以上は逃げるわけにはいかない。勿論、迷った。自分にその資格はないと思った。しかし多くの人から信頼されたら、突き進むしかないじゃないか。自分だけではない。

　人生には、他人から本当に信頼され、あなたについていくと言われる事態が、一度や二度はあるに違いない。その時、逃げ出してしまえばそれっきりだ。しかしその信頼を受け止めたら、違う人生が開けるのだ。

この戦いで死ぬかもしれない。勝つかもしれない。こんなことを言ってはいけないのだが、それはどちらでもいいのかもしれない。勝ったからといって、これから先も王として君臨する気はない。たまたまこの戦いのために王に選ばれてしまっただけだとわかっている。

どんな結果になろうとも、自分は自分の役割を果たし、人々の信頼に応えたと自信を持って言い切りたい。それさえできれば満足だ。

正門にある警備室に市警察から派遣された警察官が二人常駐している。北東京市でWE社に攻撃を仕掛けようとする愚か者はいないと思われているため、夜間はのんびりと気を緩めている。

剛士が、手を挙げた。喜太郎と彼に率いられた数人の戦士が、固く閉じられた門にロープを掛け、軽々と上っていく。その身軽さは、猿以上だ。そして音も立てずにWE社の敷地内に降り立った。

喜太郎が剛士に向かって、親指を立てた。うまくいったというサインだ。喜太郎はすぐに次の行動に移る。警備室に侵入し、門のロックを解除するのだ。月夜に幾つかの影が静かに動く。人には見えない。まるで形の定まらないアメーバが地面を這っているようだ。それはやがて警備室の壁に張り付き、音も立てずにドアを開けた。プシュッ、プシュッと圧搾音がした。波動砲の発射音だ。影がゆっくりと警備室から門に近づいてきた。喜太郎だ。

「今、開けます」

その声と同時に、行く手を塞いでいた門が開いた。

剛士は、兵庫を見た。深い皺に彼の人生が刻まれている。このまま静かに年齢を重ねてもらいたい。遥を見た。まだあどけない。危機にさらすわけにはいかない。剛士は、決断した。

「なあ、兵庫殿、遥」

剛士は言った。

「なんでありましょうか」

兵庫は緊張した声で答えた。遥もじっと見つめている。

「ここに残って連絡担当をして欲しい。もし周辺に何か発生すればすぐ連絡をくれ」と兵庫に言い、「遥も一緒だ」と言った。

「海原王、ご一緒に行かせてください」

「私も。ここに残るのは嫌！」

兵庫は、深く頭を下げ、遥は剛士を睨んだ。

「ダメだ。これは命令だ。ここで周辺を警戒することも重要な任務だ」

剛士はきつく言った。遥が膨れた。

「わかりました。それではここに遥と残ります。一人たりとも敵は中に入れませぬ。ご無事で」

兵庫は、剛士の手を握った。

「おじいちゃん」

遥が悲鳴のような声を出した。

「遥、海原王の命令は絶対だ。従わなければならない」

兵庫は、遥を説得した。

「ワン・フーをやっつけてくるから。ここで待っていろ」

剛士は、優しく微笑み、遥の頭を撫でた。遥は、わずかに涙ぐんだ。悔し涙だ。

5

「行くぞ！」

剛士の命令で、戦士たちは音もなくWE社の敷地内に入っていく。剛士の後ろに二十人ほどの戦士が続いているのだが、そんな気配はつゆほども見せない。静かに地を這うように本社の建物に進んでいく。明るい月夜は、何もかもが沈黙する。また周囲の建物の影が地面にくっきりと映り、彼らの影がかえって目立たなくなるのだ。

入り口に警備の警官が銃を掲げて立っている。四人だ。剛士は、周囲に目を走らせる。四人以外は見えない。

「散開！」

剛士が囁くように命じる。影が左右に広がっていく。入り口を包み込むように地面に影が広がる。

「攻撃！」

影は四人の警官にそれぞれ近づき、急に大きく盛り上がると、彼らを包み込んでしまった。影のベールの中でプシュッ、プシュッと連続した圧搾音が聞こえたかと思うと、四人の警官は悲鳴も上げずに、同時にその場に崩れ落ちた。

水の国の戦士たちは、まさに水のように隊形を状況に応じて自由に変化させ、敵を倒していく。

「突入！」

剛士が腕を振る。入り口に影の集団が近づく。本社内は真昼のように明るい。中の様子は、わからないが、内部に放っている戦士からの情報では、警備の警官は少ない。この北東京市の警官は、藤野の私的軍隊というべき存在で、人殺しも平気で行なう。たとえ少ない人数でも警戒をしなければならない。

戦士たちは中に入った。がらんと広いロビーだ。身を隠す場所はない。上を見ると、フロアを囲むように回廊が作られている。ここはすぐに通り過ぎ、各フロアを制圧し、早くワン・フーの居場所を見つけなくてはならない。予測としては四十階、即ち最上階周辺の住居フロアにいるはずだ。

「突入しました。水運用監視センターの占拠に向かう」

ウルフから無線で報告が入る。

「了解」

剛士も応答する。

「ウルフも突入した」

剛士は喜太郎に伝えた。喜太郎は、緊張した顔で頷き「行きましょう」と答えた。

「進め！」

剛士は、率いている影のような戦士たちに命令する。数人をこの入り口フロアに配置し、新たな敵の侵入を防ぎつつ、剛士と喜太郎は、ワン・フーの居所と予測している最上階を目指す。他の戦士は、途中階の主要フロアを押さえ、役員やその家族は見つけ次第建物外に追放する。

「高速エレベータに向かうぞ」

剛士が全員に指示する。

かつて二十二階の営業部に行くためにこれに乗っていたものだ。しかし懐かしんでいる暇はない。

フロアを抜けようとした瞬間、上空から何かが降ってきた。ドサッと鈍い音を立て、その黒い塊が剛士の目の前に落ちた。

「あっ」

剛士は、その場に立ち止まり、息を呑んだ。普通の会社員のようなスーツ姿だ。すでに死んでいる。

「戦士です」

喜太郎が言った。WE社内に放ったスパイだ。

「そこで止まってもらおう。動くとフロアを血の海にしなくてはならない」

フロア中に声が響いた。

剛士が見上げると、いつの間にか回廊には銃を構えた警官がずらりと並んでいた。その銃は、全て剛士たち戦士に向けられていた。声は、彼らの中心にいる長身の男からだ。その横には、小太りの脂ぎった男がいる。

「タン・リーと藤野です。私たちは罠に落ちたようですね」

喜太郎が、呟いた。その目は、怒りに満ち満ちていた。

「どうやら私たちの行動は、遂一、監視されていたようだ」と剛士は答え、「ウルフ、ウルフ」と体に忍ばせた無線で呼びかけた。応答はない。

「ウルフが応答しない」

剛士は言った。

「あちらも同じ状況ですか」

喜太郎は、回廊にいる二人の男を睨んだままだ。

「水の国の戦士諸君。ようこそわがＷＥ社へ。歓迎する」

タン・リーは笑顔だ。

「そこに投げ捨てられた男のようになりたくなければ、抵抗しないことだ。悪いようにはしない」

藤野は余裕の笑みを浮かべ、葉巻をくわえている。

「どうしますか？」

喜太郎が訊く。

「戦う。これくらいのことは予測されていたことだ」

剛士が答えた。

「わかりました。それぞれ低層、中層、高層エレベータホールに逃げ込み、そこから応戦しましょう。私たちは当然高層です。そのまま最上階に向かいましょう」

喜太郎は剛士に言うと同時に他の戦士たちに指示をした。

「私は、そこにいる水の国の王に用がある。他の者には用はない」

タンが呼びかけている。

「僕に用がある？　残念だが、こちらにはない」と剛士は呟き、「散開！」と指示を発した。

影の集団が動いた。その動きは素早い。

「撃て！」

藤野が叫んだ。

銃声が轟き、警官の構えた銃の口が、一斉に火を噴いた。

フロアにいた戦士たちは、雨のように降り注ぐ弾丸を、目にも留まらぬ動きで避けると、エレベータフロアの壁に身を隠した。

「応戦しろ。そして各エレベータに乗り、各フロアに散れ」

剛士は指示した。

エレベータホールの壁に隠れ、波動砲で応戦する。波動砲に撃たれた警官が次々とフロアに墜落した。

「フロアに下りて、戦え！　水の国の王を生け捕るんだ。殺すんじゃないぞ」

藤野が叫ぶ。警官たちは、回廊を走り出した。左右の階段からフロアに下りる。銃撃が一旦、止んだ。

「みんなエレベータに乗るんだ」

剛士が叫んだ。

戦士たちは、それぞれがエレベータに乗り込んでいく。各フロアで戦いが繰り広げられるだろう。みんな生きていて欲しい。

再び警官の銃が火を噴き始めた。

「海原王、参りましょう。我々はワン・フーを倒さねばなりません」

喜太郎が、声をかけた。

「ここはどうする？」

剛士は訊いた。

「彼らに任せましょう」

部下の戦士たちは、壁をうまく楯に使いながら、警官隊の攻撃に応戦している。

剛士は、彼らに申し訳ないと頭を下げ、「行こう」と答えた。

回廊を見上げた。しかしそこにはもはやタン・リーと藤野の姿はなかった。

第十章　最後の聖戦

1

剛士と喜太郎は、他の戦士たち五人と一気に四十階まで上った。この階は、剛士がWE社の社員であったときには、絶対に足を踏み入れることができない場所だった。ワン・フーがいるといわれているからだ。

「ゴージャスだな！」

喜太郎が叫んだ。エレベータホールから続く広い回廊には真っ赤な絨毯が敷き詰められている。

「感動している場合じゃないぞ」

剛士が警戒するように言った。

戦士たちは廊下の壁に体を張り付かせて、周囲を警戒しながらゆっくりと進む。このフロアのあらゆる部屋を調べて、ワン・フーを見つけ出さねばならない。

どこにワン・フーがいるのか、確たる情報を入手することができずにWE社に攻撃を仕掛けた。彼を捕まえなければ、攻撃は失敗だ。しかし剛士には、彼は必ず現れるだろうという確信があった。

「敵だ」

剛士が叫んだ。

目の前に武器を持った数人の男たちが現れた。警官のような制服を着ているが、警官ではない。ＷＥ社の特殊部隊だ。

彼らが、剛士たちをめがけて銃を乱射し始めた。

「応戦！」

剛士の合図で、戦士たちは、回廊の角の壁に体を隠し、波動砲を撃った。剛士の撃つ波動砲は、確実に特殊部隊員を倒す。

「ナイスヒット！」

喜太郎が叫ぶ。顔の横を銃弾が掠めていく。

「喜太郎！　気をつけろ」

「了解です」

喜太郎も射撃の腕はなかなかのものだ。敵を確実に捉えている。

ようやく特殊部隊の攻撃が止んだ。

「逃走したようですね」

喜太郎が言った。

「当方の犠牲者は？」

剛士が訊いた。

「肩を撃たれたのが、一人だけです」

「大丈夫か？」

「止血をすれば、大丈夫です。後方の状況もわかりませんので、このまま連れていきます」

「了解。それでは各部屋を点検する。皆、一緒に行動するように。まだ敵は隠れている可能性が高い」

剛士が叫んだ。

「了解！」

全員が声を揃える。士気は高い。

回廊を進んでいくと、枝分かれし、それぞれが一つの部屋に通じている。

その部屋は、住居になっている。

一つの部屋の前に立った。

「ドアを開けろ」

剛士の命令で、戦士の一人が前に出る。その間、他の戦士は、ドアから離れ、壁に体を寄せて隠れる。ドアの向こうから銃が乱射される可能性があるからだ。

鍵がかかっている。戦士が慎重に鍵穴に細いピアノ線のようなものを通している。息を止め、ドアに耳を当て、指先を動かしている。緊張した表情だ。もしドアの向こうに敵がいて、銃で撃たれれば、ドアを破って飛んできた弾丸に命を奪われるかもしれない。

ドアが開いた。

剛士は、ドアの前に立ち、「行くぞ」と声をかけ、ドアを開く。同時に剛士は波動砲を構え、中に突入した。剛士の後に喜太郎たちも続く。

なんの反応もない。誰もいないようだ。ドアの向こうはリビングだった。かなり広い。テーブルと幾つかの椅子が整然と並べられている。トイレや衣装室のような小さな部屋がリビングの周りにある。それらも一つ一つ手分けして点検する。しかし誰もいない。

「ワン・フーはいったいどこにいるのでしょう？」

　喜太郎が悔しそうに唇を歪めた。

「一つ一つ部屋を点検しよう。彼は、僕たちに恐れをなして逃げ出すほど柔《やわ》ではない」

　剛士が答えた。

　喜太郎は、急に頭を押さえ、苦しそうな顔をしてしゃがみこんだ。

「喜太郎、どうした？」

　剛士が、駆け寄った。

「頭が、頭が痛いのです。すみません。こんな時に……」

　喜太郎が顔を歪めている。額には汗が滲み出ている。

「このまま戦い続けられるのか？」

「頑張りますが、足手まといになります。ここに残ります」

　喜太郎は、苦痛に耐えながら、搾り出すように言った。

「そんなことができるか。僕たちは一つなんだよ。欠けるわけにはいかないんだ」

　剛士が、喜太郎の肩に腕を伸ばし、体を支えようとした。他の戦士たちも一緒に支える。

　喜太郎を抱えて立ち上がったとき、「無様な恰好だな」と声が室内に響いた。

　剛士は、声の方向を見た。そこには、多くの特殊部隊員に囲まれたタン・リーと藤野が立っていた。隊員の抱える銃は、全て剛士たちを狙っている。

　剛士は、波動砲を構えた。

「水の国の王とやら。無駄なことはするな。ここで一斉に撃てば、あなた方は、蜂の巣だよ。銃を捨ててもらおうか」

タン・リーが脅す。

「みんな、波動砲をその場に置け」

剛士が指示した。

戦士たちは、悔しそうに呻いたが、剛士の指示に従い、波動砲を床に置いた。

喜太郎が呻いた。

「大丈夫か？」

剛士が訊いた。

「すみません。私のために……」

喜太郎が言った。

「大丈夫だ。心配するな」

剛士は、喜太郎を慰めながら、タン・リーを睨みつけていた。

2

「おい、そろそろ給水所にいる部下たちに指令を出せ」

山口が、ウルフを恫喝《どうかつ》している。北東京市内の五ヶ所の主要給水所に硝酸を投入するべく、ウルフの部下たちが待機していた。

ウルフは、忌々《いまいま》しげに山口を睨んだ。山口の手には、波動砲が握られているが、ウルフの波動砲は床に置かれている。

ウルフたちは中央監視センターに突入した。無人だと思っていた監視センター内には多くの警察官が隠れていた。あっという間に、ウルフたちは、警官に取り囲まれてしまったのだ。まさに一網打尽だ。

「本当に剛士の野郎も抜けた奴だよ。水の国の王とかなんとか偉そうに言っていながら、戦争の作戦なんか子供じみてるよ」

山口が大声で笑った。

ウルフは怒った。

「王を侮辱するのは、よせ」

「だいたい王様っていうのは、馬鹿に決まっているんだ。それにしても攻撃計画が筒抜けになっているとも知らないなんてお人よしだよ。あいつは、俺の下で集金人をやっていたんだが、どうも要領が悪くて、成績もよくなかった。あんな奴が王様をやっている水の国もたいしたことがない」

山口は、波動砲を天井に向けて、発射した。

「ウルフ、そろそろ指示を出せ」

「まだ時間になっていない」

「いいんだ。もうそんな時間、どうでも。早くやってしまえ。それで俺も役目終了だから」

山口は、波動砲をウルフに向けた。

「嫌だ」

ウルフは拒否した。

「お前、妹の照美がどうなってもいいのか。地下の倉庫に閉じ込めている照美をここに連れてきて、痛めつけてやるぞ」

「そんなことをしてみろ。許さないぞ」

「俺は本気だぞ。とにかくWE社の幹部になるチャンスなんだ。女房や子供に楽をさせてやるんだ。そのためには早く成果を挙げたい。硝酸だろうが、なんだろうが早く投入させるんだ」

山口は、ウルフの襟首を摑んで締め上げた。

「私が、指示をしなくても、あと、一時間もすれば部下たちは自動的に投入する。私は、中止命令を出すだけだ」

ウルフは、苦しい息を洩らしながら答えた。

「ウルフ、いい加減なことを言うな。実行命令がなくて中止命令だけだなんて誰が信用するか」

山口は、喚き、荒い息を吐いた。

「本当だ。おい、放せ。苦しいじゃないか」

ウルフは言った。

山口は、投げ捨てるようにウルフの襟首を摑んだ手を離した。

「今頃、剛士や喜太郎は、タン様の手にかかって殺されているだろう。哀れな奴らだ」

山口はにんまりと口角を引き上げた。

「なんだと！」

ウルフが山口に詰め寄った。

「おっと、その態度はなんだ。囚われ人の態度と違うな。こうなったら意地でも命令を出させてやる。おい！」

山口は、側にいた警官を呼んだ。

「はい」

警官が山口の側に走り寄った。

「地下五階の第三倉庫に女がいる。それをここに連れてこい」

山口は、警官に命じると、鍵を取り出し、警官に渡した。

「地下五階、第三倉庫ですね」

「そうだ。急げ」

「了解しました」

警官は走っていった。

「おい、ウルフ、照美をたっぷり痛めつけてやる。それが嫌だったらさっさと命令しろ」

山口は、汚い言葉を口にしながら、目は笑っていた。

ウルフは、血が出るほど唇を噛んだ。

3

北村健吾は、もしWE社側の攻撃が激しければ、水の戦士たちを手助けするつもりでWE社に紛れ込んでいた。北東京市警察の警官であり、紛れ込むのは簡単なことだった。

ウルフたち水の戦士は、為すすべもなく囚われてしまった。事前に攻撃日時など詳細な情報がWE社に提供されていたのだ。あの山口が裏切っていたからだ。

山口は、ビルの地下集会に警察が踏み込んだ際に逃げ遅れて逮捕された男だ。北村もうっすらと顔を記憶している。その山口が、なぜウルフと一緒に行動しているのか、不思議に思っていたが、やはりスパイだった。

北村は、できるだけウルフと山口の近くにいた。よく二人を観察していると、ウルフの様子がおかしい。なぜか山口の言いなりになっている。

その理由は、すぐに判明した。ウルフの妹が人質になっているのだ。英雄として北東京市当局から恐れられているウルフが、あの山口に唯々諾々《いいだくだく》と従っているのは信じられなかったが、やっと理由がわかった。

その妹を連れ出してこいと山口が命令した。まさか自分が、水の戦士の味方だとは、山口は知らない。早く妹を助け出し、ウルフを自由にしてやらねばならない。

北村は、地下五階に急いだ。こんな時のエレベータは、なんと遅いことか。

ドアが開いた。山口が倉庫と言ったために、埃っぽく雑然とした場所を想像していたが、真っ白な壁がどこまでも続き、清潔すぎるくらいだ。回廊を急ぐと、目の前に巨大な黒い鉄の塊のようなものがある。バルブだ。とても人の力では動かせないほど巨大だ。この向こうに何かとてつもない力が秘められており、それをこのバルブが押しとどめているのだろう。

北村は、そのバルブに荘厳な思いを抱いたが、今は照美が囚われている倉庫を見つけねばならない。先を急いだ。倉庫が並ぶ回廊に着いた。両脇の表示を一つ一つ確認しながら歩いた。

第一倉庫、第二倉庫、第三倉庫……。

「ここだ」

冷たい金属のドアがぴったりと閉まっている。北村は、鍵穴に鍵を差し、回す。鍵が外れる音がする。慎重にドアを少し開ける。中は真っ暗だ。

山口は、ウルフの妹の名前を照美と呼んでいた。

北村は、「照美さん、ウルフの妹の照美さん」と呼びかけた。

目が暗闇に慣れ始め、部屋の隅に人のようなものが横たわっているのがぼんやりと見えた。

「照美さんですか。北村といいます。味方です」

北村は、声をかけながら気味が悪くなってきた。死んでいるのではないかと思ったからだ。あるいは全く違う何者かが、横たわっていて自分を襲うのではないか、山口は自分のことをスパイと見抜いて、わざとここに誘い込んだのではないか……。

「ううう……」

くぐもった声が聞こえる。生きている。

北村は勇気を振り絞って、人に近づいた。女性だった。さるぐつわを外した。女性は、大きく息を吐いた。

「照美さんですか」

北村の問いに目の前に横たわる女性が、大きく目を見開き、頷いた。

「私は、北村という者です。北東京市の警官です」

「警官なの？」

照美は、警戒を見せた。

「でも皆さん方の味方です。喜太郎さんもよく存じ上げています」

「喜太郎君を！」

照美は、顔をほころばせた。

「さあ、ここを出ましょう」

北村は、照美の体を縛っていたロープを解き始めた。

「手も解いてよ」

照美は両腕を差し出した。

「解きますが、自力で解けるように結び直します」

「どうして？」

「私は山口に命じられてあなたを連れてくるように言われています」

「あの裏切り者に！」

照美の顔が険しくなった。

「山口は、あなたのお兄さんであるウルフに何かをさせようとしています。それであなたを連れてきて、ウルフの目の前で痛めつけようと考えています。囚われた振りをして山口を出し抜いてやりましょう」

北村は、真摯な思いを照美にぶつけた。

「囚われた振りをして山口を捕まえるのね」

「そうです。ではいいですね」

山口は、照美の両腕を縛ったロープを解き、それを再び緩く結び直した。

「ここを引けば、ロープが解けますからね。さあ、行きましょう」

北村は、照美の腕を摑み、倉庫の外に出た。

「山口をやっつけてやるわ。それに兄さんがやろうとしている恐ろしいことをやめさせなければ……」

「恐ろしいこと？」

「ええ、兄さんは、青斑病の原因になる硝酸を給水所に投げ込もうとしているのよ」

「青斑病の原因？」

北村もその病気について何度も聞いたことがある。幼児が、突然、チアノーゼ状態になり、体中に青いあざが現れ、やがて死んでしまう恐ろしい病気だ。

「ええ、北東京市の幼い子供たちを殺してきたのは、兄さんなの。その過ちを、今も繰り返そうとしているの」

照美の目が潤んでいる。

「大変だ。急ぎましょう。でも山口にばれないように芝居をしてください。周りは敵ばかりですから」

「大丈夫よ」

照美は、微笑んだ。

快活な女性だ。この女性ならうまくいくだろう。北村は、希望を抱いた。

4

——キタロウ　アナタヲ　マッテイマシタ
喜太郎の頭の中で誰かが話している。割れるように痛い。両手で頭を抱え、蹲ったままだ。タン・リーや藤野が目の前に立っている。彼らの足が見える。顔を上げようにも、痛くて上げられない。

——キタロウ　アナタヲ　マッテイマシタ
「誰だ？　誰なんだ？」

喜太郎は、蹲ったまま叫んだ。

「大丈夫か？」

剛士が、喜太郎の体を強く抱いた。

「おかしくなったんじゃないか」

藤野が笑った。

「人が苦しんでいるのに笑うな」

剛士が、藤野に強く言いこんだ。

「海原王、誰かが盛んに私に呼びかけるのです」

「耳鳴りのようか？」

「そうではありません。頭の中に住んでいる、何かです」

喜太郎は、真剣な顔で訴えた。

「頭の中に……」

剛士が不思議そうに、喜太郎の頭を眺めた。

「さあ、立て」

タンが、喜太郎に言った。

喜太郎は、剛士の腕に支えられて立ち上がった。

頭は、まだ痛いが、先ほどのようではない。声が聞こえるときに、ひどく痛むようだ。

「僕たちをどうするつもりだ」

剛士は、タンを睨みつけた。

タンは、静かに微笑み、剛士の前に進み出た。

「生かすも殺すも私次第だという状況は理解できるな」

タンが右手を上げると、背後にいる特殊部隊員が、銃を構え直し、狙いを剛士たちに合わせた。

剛士は、喜太郎を抱えたまま黙っていた。

「あなたが水の国の王か？　随分若いな。聞くところによると、あなたはわが社の社員だったそうじゃないか。笑ってしまうね。水の国の王が、水を売る会社の社員だったなんて」

タンが笑うと、藤野も一緒に笑った。

「まだ決着したわけじゃない。あまり笑っていると、ほぞを嚙むことになるぞ」

剛士は言った。

「さすが王様、強気でいらっしゃることよ。しかしあなた方の動きは、全て事前に報告を受けていたから、ＷＥ社を占拠するなどということは最初から無理だったのだ。こうなったら私と協力しろ」

タンは、にんまりとした笑みを浮かべた。

「あなたと協力？」

剛士は訊き返した。

「そうだ。実は、ウルフも私に協力をしているのだ」

タンは剛士の目を見据えた。

「だから自由にこの北東京市で活躍できたんだ。そうでなければこの私がとっくに捕まえている」

藤野が喚いた。

「ウルフのことを悪く思わないでくれ。実は、利害が一致したのだ。あなた方は、ワン・フーを倒し、水を人々に開放しようとしている。私も同じなのだ」

タンは、まるで役者のように胸に手を当て、自分の言うことを信じて欲しいという顔をした。

「何が同じなものか。貴様は、水の国もこの地上の国も、水を握ることで全て支配しようと目論んでいる悪党だ！　ウルフを利用しやがって」

喜太郎が叫んだ。

「落ち着け。確かに私は、このWE社の支配者になろうと考えている。それが私の望みだ。そのためにはワン・フーを倒さねばならない。それには君たちが必要だ。もしワン・フーを倒すことができたなら、その時には、私は君たちの要望を聞き入れ、水を人々に開放する。これでわかっただろう。共通の目的があったから、ウルフは私たちに協力したのだ」

「そんなバカな話があるか。僕たちと協力するまでもなく、お前が勝手にワン・フーを倒せばいいではないか」

剛士は言った。その言葉にタンの顔が急激に翳った。

「私には、ワン・フーを倒すことができない。その所在さえわからない」

「お前は、WE社のナンバー2だ。日常的にワン・フーと会っているのではないのか」

剛士の顔に驚きが走った。

「私は、ワン・フーの影に支配されているだけだ。実体のない影にね……」

タンは自らを哀れむように言った。

「ワンの居場所を見つけることができるのは、お前たちだけなんだ」

藤野は不愉快そうにタンの顔を覗き込んだ。

「小さき者、奥に住まう。これがワンの居場所を知る手がかりだ」

タンは呟いた。

「その言葉は」

剛士は喜太郎を見た。

「私が父から聞いた言葉と同じです」

喜太郎は答えた。

剛士は、タンの前に進み出て、「その意味はわかっている。私の指示に従うなら、教えてやろう」と厳しい顔で言った。

「海原王……」

喜太郎が動揺した表情を浮かべた。

「本当か、知っているのか」

タンの顔に喜びが走った。

5

「照美は、まだ来ないのか。あいつは何、ぐずぐずしているのか。もし俺がＷＥ社の幹部になったら、あの警官を馘首にしてやる」

山口は、苛立っていた。

「照美は関係ないぞ」

ウルフが怒った。

「来ました」

警官の一人が叫んだ。

山口とウルフも入り口を見た。

「お待たせしました」

北村が、ロープで縛った照美の腕を強引に引っ張った。照美は、体をふらつかせながら山口の前に現れた。

「照美！」

ウルフが叫んだ。

「兄さん！」

照美が答えた。

「いいざまだな。美しい兄妹愛か」

山口はにやにやと笑い、照美の前に立ち、彼女の顎に手を添えた。

「水の戦士などにならずに大人しくジャーナリストをやっていればよかったんだ」

山口は、照美を嘗《な》め回すように見つめた。

ぺっ！

照美が、山口の顔に唾を吐いた。

「き、きたねぇ」

山口が顔をしかめた。

「動くな」

北村が、山口に銃を突きつけた。照美が、腕に巻かれたロープを振りほどくと、それで山口の体と腕とを素早く縛った。

「な、何するんだ」と山口は、咄嗟のことに事態を飲み込めず、慌てた。しかしすぐに「みんな、こいつらをなんとかしろ」と警官たちに叫んだ。

「動くと、こいつを撃つぞ」

北村が大きな声を出した。警官たちは、動くのを躊躇した。

「兄さん！」

照美は、床に落ちていた波動砲をウルフに蹴り渡した。

「ありがとう」

ウルフは、それを素早く摑み取り、身構えた。他の戦士たちも床に置いた波動砲を取り上げ、再び構えた。

形勢は一気に逆転した。警官たちは全員が銃を置いた。ウルフと戦士たちは警官たちにそれぞれが持っている手錠をかけた。

「お前たち、こんなことをしたって無駄だぞ。今頃、タン様が剛士や喜太郎をやっつけていることだろう」

山口が憎々しげに言った。

「ここはいいから、そっちへ応援に行かなくてはならないんじゃないか」

北村が、照美に言った。

照美は、真剣な顔で「それは大事なことだけど、もっと大事なことをやらなくてはいけないの」とウルフの前に進み出た。

「照美、助けてくれてありがとう」

ウルフは、妹に助けられたことに少し恥ずかしそうに言った。

「兄さん、もうこれ以上、罪を重ねないで」

照美は、真剣に、涙を浮かべて言った。

ウルフの顔が、たちまち歪んだ。ウルフは、照美が責めていることに気づいていた。

「私は、青斑病の原因を調べてきた。それは水の国の戦士になる前から、ずっと……」

照美は話した。

ウルフは、照美を黙って見つめていた。

「その病気を作り出していたのは、ウルフ、即ち兄さんだったとわかって死にたいほどショックだったわ」

照美の目には涙が溢れんばかりに溜まっていた。

「それは……」

ウルフが口を開いた。言い訳をさせてもらいたいと思ったのだが、言葉を飲み込んだ。理解してくれないだろうと思った。

「おいウルフ、こんなことになって言うのもなんだが、俺の出世を考えてくれるなら、計画通り硝酸投入を部下に指示してくれよ。頼むよ」

山口が、喚き、頼んだ。

「兄さん、やめて。木澤さんの遺書から、兄さんが給水所に硝酸を投入して、それが水を汚し、青斑病を起こしていることを知ったわ。そしてそれをもっと大々的に行なおうとしていることもね」

照美は、ウルフの手を握り、涙を流した。

「ウルフに余計なことを言うな。もう投入予定時間が過ぎてんだからな」

山口が、がなりたてた。

「いい加減に黙れ」

北村が銃で山口を叩いた。

「もう手遅れだ。今からでは間に合わない」

ウルフが、頭を下げた。

「何が、何が手遅れなの」

照美が、ウルフを真剣に見つめた。

「部下たちが北東京市内の五ヶ所の主要給水所に硝酸を大量投入する時間が過ぎている。簡単に中止命令の指示が届く場所ではないし、時間もない。それにこれで一挙にWE社への信頼はなくなり、我々のもとに水道を取り戻すことができる。タン・リーが、ワン・フーを倒し、経営を握るつもりのようだが、一度失った信頼をそうやすやすと取り戻せるものでもない。危険で被害も出る方法だが、水道、即ち水を我々に取り戻すには仕方がない。幼児たちは、そのための尊い犠牲だ」

ウルフは、照美の目を見ないで、淡々と話した。

照美は、力を失ったようにウルフの手を放し、両腕をだらりと垂らした。虚《うつ》ろな目からは、涙が溢れ、頬を流れている。

「うははは……。本当だったのか。時間になれば、投入するというのは！」

山口は笑った。

「黙んなさい！」と照美は、泣きながら山口の頬を叩いた。

「痛い！　何するんだ！」

「山口さん、あなた子供は？」

「今頃、女房があやしているよ。可愛いぞ。男の子だ。生まれたばかりだ。そのガキのためにも、俺はWE社で出世しなけりゃいけないんだ」

「あなたの息子が死ぬのよ！」

照美は、叫んだ。

「な、何を言っているんだ。うちの息子が死ぬわけがないだろう」

山口はうろたえた。

「硝酸をなんのために投入したか、知っているの？」

照美は、山口の服の襟首を摑んだ。

「俺には、関係ない。ウルフが投入するかどうか、監視しろとタン様から命じられただけだ」

「硝酸を含んだ水で発生する青斑病で、多くの幼子たちを殺すためよ」

「うちは母乳だ……」

山口がやっとの思いで答えた。

「水を全く飲まないというの？　その水を飲んだ母親の母乳を通じて硝酸が幼い子に与えられないという保証はあるの？」

照美は、山口に語りかけ、そしてウルフを再び睨むと、「どうにかして！　何か、方法はないの！」と叫んだ。その目は怒りに満ちていた。

「うぉおおお！」

突然、山口が暴れ出した。北村が、「動くな！」と叫び、押さえつけた。

「息子を助けてくれ。お願いだ！」

山口は跪き、助けを求めた。

「やっと自分がやろうとしていたことの重大さに気づいたようね。あなたは自分の手で可愛い息子を殺す計画に加担しているのよ」と　照美は冷静な口調に戻り、「北村さん、ロープを解いてあげて」と言った。

「いいのか？」

北村が驚いて聞き直した。

「ねえ、山口さん、すぐに家に帰り、奥さんや息子さんに水を飲ませないように注意するのよ。助かるには、それしかないわ。わかった？」

照美は山口を見つめた。山口は、焦った顔で、何度も頷いた。

「俺たちも家に帰してくれ！」

警官たちが、口々に叫び出した。幼い子供がいるのだ。照美やウルフの話を聞いて、事態の深刻さを悟ったのだろう。

「皆さん、水道の水を飲むなと、皆さんの家族、そして北東京市の人々に手分けして伝えてください。今すぐです。ここにいる水の国の戦士たちも一緒に行動します。時間がありません。ただちに行動してください。あなた方はＷＥ社を守るためにいるのではありません。市民を守るための警官です。お願いします」

「わかった」

警官たちは答えた。

「俺は行く。女房と子供に水を飲むなと言わないと……」

山口は立ち上がり、虚ろな目で歩き出した。

「私も彼らと一緒に行動します。結果は、また報告します。照美さん、水がまた飲めるようにしてくださいね」

北村が微笑んだ。

「必ず……」

照美は、北村の手を強く握った。

「行くぞ！」

山口が声を上げると、「おぉ」と警官たちが呼応し、ものすごい勢いで全員が外に飛び出していった。

「それではまた会いましょう」

北村も出ていった。

瞬く間に、室内は静かになった。照美とウルフの二人きりになった。

「どうするつもり、兄さん？」

照美は、怒りを含んだ声で言った。

「海原王のところに行こう。彼なら何かできるかもしれない」

ウルフは弱々しく呟いた。

6

「ワン・フーが私に会いたいと盛んにメッセージを送ってくる」

剛士は、目を閉じた。

「なんだって」

タン・リーが驚き、目を輝かせた。

「本当か」

藤野が、信じられないという顔をした。

「海原王、本当にワンが……」

喜太郎が囁いた。

剛士は、片目を軽く閉じた。喜太郎は、小さく頷いた。

「静かな環境でなければ、ワンと話ができない。タンよ。親衛隊に我々の戦士を連れて外に出るように言ってくれないか。私と喜太郎は逃げも隠れもしない」

剛士は、重々しく言った。

タンは、しばらく考えていたが、「わかった」と言い、親衛隊に「戦士たちを連れて、外に出ていろ」と言った。

親衛隊に銃を突きつけられて、戦士たちが外に出ようとドアを開けたとき、ウルフと照美が飛び込んできた。

「ウルフ！」

「照美さん！」

剛士と喜太郎が側に駆け寄った。

「な、なんだ！　貴様ら」

タンが、特殊部隊に命じてウルフと照美を囲ませた。

「照美さん、どこにいたの？　心配したよ」

喜太郎が笑顔で言った。

「詳細は、後で。このビルの地下深くに閉じ込められていたの。そんなことより給水所に硝酸が投入されてしまったわ」

照美は、悲鳴のように叫んだ。

ウルフは、青ざめている。

「ははは。とうとうやったか。これで水道の信頼は失墜し、ワンは失脚する。経営はわれらのものだ」

タンが喜びで顔を崩した。

「私もウォーター・バロンの仲間入りですな。うははは」

藤野も声を上げて、笑った。

「何、喜んでいるのよ。幼い子供たちが死ぬのよ。それでいいの！」

照美が声を上げげた。

「他の戦士や山口さんは？」

剛士が訊いた。

「山口さんは、ここにいるタンの命令で動いていたのよ。私を拉致《らち》したのも山口さん、攻撃の情報を全てWE社に提供していたのも山口さんよ」

照美は言った。

「スパイだったのか」

喜太郎が驚いた。

「でも硝酸の恐ろしさを知って、水道水を飲まないように家族に伝えると言って出ていったわ。警官も戦士たちも街の人々に水道水を飲むなと警告するために、行動を開始したわ。あなたたちもこんなところにいてはダメよ。自分の子供が、青斑病でみんな死んでしまうわよ」

照美は目を吊り上げ、特殊部隊に向かって、叫んだ。

特殊部隊員たちに明らかな動揺が走った。

「私には生まれたばかりの娘がいる」

隊員が嘆いた。

「俺にも息子が……」

別の隊員が言った。

「タン、藤野、彼らを家に帰しなさい。われらの戦士も街に出て、危険を知らせるから」

剛士は言った。

隊員たちがタンと藤野を見つめている。

「何を情けないことを言っているんだ。子供の一人や二人、死んだってどうってことはない。WE社を手に入れるメリットを考えれば安いものだ」

藤野が、大声で怒鳴った。

バンッ。突然、銃声が轟いた。

藤野が、両手で腹を押さえ、苦しそうに顔を歪め、膝から崩れ落ちた。そしてそのまま前のめりに倒れた。床には、真っ赤な血が広がり、藤野の体はまるで血の海に浮かんでいるようだ。

先ほど、幼い娘がいると言った隊員が、青ざめた顔で銃を構えている。瞬きもせず、じっと倒れた藤野を睨みつけている。

「お前たちが青斑病の元凶だったのか。許せない。許せない。ぜったいに許せない。私は、結婚してすぐに生まれた男の子が青斑病で死んだ。妻は何日も嘆き、悲しんだ。そしてやっと次の子を授かったのだ。それをまた殺されてたまるか……」

隊員は、銃を構えたまま踵を返した。

「どこへ行く」

タンが、震える声で訊いた。

「家に帰る。妻に水道水を飲むな、娘に飲ませるな、と伝えねばならない。お前を殺すのは、その後だ。多くの市民たちとともにこのＷＥ社に戻ってくる。いくら逃げても逃がさないからな。覚悟しろ」

特殊部隊員は、タンに背中を見せたまま恨みの籠った声で話し、走り出した。

「俺も家に帰る」

「市民に水道水を飲むなと伝えに回る。安全な水を供給できないＷＥ社に社会的な制裁を加えねばならない」

他の隊員たちも口々に叫びながら走り出した。

「ま、まて！」

タンが、銃を隊員に向けた。その腕をウルフが摑み、捻りあげた。タンは、苦痛の声を上げ、その場に銃を落とした。

「タン、あなたの思い通りになったではないか。市民たちは水道水を拒否し、ＷＥ社を恨み、武器を持って立ち上がるだろう。違うのは君がトップに立つことができる可能性が極めて少なくなったということだけだ。水によって幼い命を奪われた親たちの恨みを過小評価していたのではないか」

ウルフが言った。タンは、ううううっとくぐもった声を上げた。

7

――キタロウ　アナタヲ　マッテイマシタ
喜太郎が、また頭を抱えて、蹲った。

「大丈夫か」

剛士が訊いた。

「どうした？」

ロープでタンを縛り上げていたウルフも心配そうに言った。

喜太郎は、頭を抱えたまま、立ち上がって叫んだ。

「誰だ！　誰が私に呼びかける」

――ワタシハ　ワン・フー　アナタノ　チチダ
「なんだって！　ワン・フー？　私の父？」

喜太郎は、顔を歪め、苦しそうに叫び続けている。照美が不安そうな顔で喜太郎にしがみついた。

「お前は、ワン・フー？　どこにいる？　姿を現せ！」

喜太郎は、宙に視線を向けて叫んだ。頭の痛みは消えていた。

「あっ！　ワン・フー」

タンが声を上げた。

フロアの中心にワン・フーが現れた。いつもの立体画像だ。浮かぶように立ち、微笑みながら喜太郎を見つめている。

「おい、喜太郎。さっき、父とか言ったな」

剛士が言った。

「はい。頭の中で、ワン・フーが、私の父だと言ったのです」

喜太郎は、ワン・フーから目を離さずに答えた。

「以前から不思議に思っていたことがある。WE社の総会でワンの立体画像を見たとき、喜太郎に似ていると思ったのだ」

剛士は、喜太郎とワンを見比べて言った。

ワン・フーが微笑みながら静かに近づいてくる。戦士たちが波動砲を構えた。

「銃を下げろ」

剛士が言った。

「剛士様！」

フロアを大きな音を立てて走ってくる少女がいる。遥だ。彼女の後ろから息を切らせて国水兵庫が追いかけてきた。

「やっと見つけた」

「遥、どうしたんだ？」

「外で見張っていたら、中から大勢の人が駆け出してきて、水道水を飲むなって叫ぶの。剛士様のことが心配になってここまで来たの」

「ありがとう。大丈夫だ」

剛士は、遥の頭を撫でた。

「海原王、ご無事で」

兵庫が跪いた。

「きゃっ！」

遥が、驚いて飛び上がった。藤野が血の海で倒れているのを見たからだ。

「遥、それを見るな」

剛士は、遥の肩を抱いた。

「あれは？」

遥が、ゆっくりと近づいてくるワン・フーを指差した。

「ワン・フーだ。WE社の支配者だ」

剛士が答えた。

「そっくりだね。喜太郎さんに」

遥は目を見張った。

「私もそう思う。今、喜太郎にそのことを話したところだ」

剛士は言った。

「いったいどういうことでしょうか」

兵庫が震える声で言った。

ワン・フーが喜太郎の前まで来て、立ち止まった。

「水の国の戦士たちよ。ようやくここに来てくれたか」

ワンが剛士たちを見渡して、微笑みながら語り始めた。

喜太郎がゆっくりと歩き出した。

「喜太郎君！」

照美が喜太郎の腕を摑んだが、喜太郎はその手を優しく解いた。喜太郎は、漂うように歩き、ワンと並んで立った。

「そっくりだ」

ウルフが呟いた。

「これ、どういうこと？」

照美が半ば悲鳴のように言った。

「喜太郎、お前は、今、全ての記憶を取り戻したはずだ。私の細胞でお前は作られている。その細胞の一つ一つが記憶していることを皆に話して聞かせて欲しい」

ワンが喜太郎に命じた。

「細胞が記憶を宿すって聞いたことがあるわ。心臓移植を受けた人が、心臓を提供してくれた人の人格に変わってしまったという話があるのよ。それは私たちの記憶というのは、脳だけにあるのではなくて、細胞の一つ一つにあるからなの」

照美が興奮気味に話した。

喜太郎は、夢を見ているような目になった。

「海原王」と喜太郎は、剛士に言った。剛士は、前に進み出た。

「懐かしいです。お父様にそっくりです。私はお父様の忠実な側近でした。お父様の命を受け、地上世界に豊かな水を供給する任務に就いていました。ある日、お父様から呼び出しを受けたのです。お父様は、このままでは水の国も地上の国もともに滅びてしまうと話されました。それは誰もが余りにも水を無駄に使い、水に感謝しないからです。そこでお父様は、恐ろしい提案をされたのです。お母様とともに、ご病気で、余命幾ばくもないことを悟られていたからでしょう。私に、裏切り者になれ、ユダになれと命じられたのです」

　喜太郎は、ゆっくりとしかし確かな響きを持った声で語り続ける。

「どういうことでしょうか？」

　兵庫が剛士に囁いた。

「しっ」

　剛士は兵庫に注意した。フロアは、沈黙に満ちて、誰も咳一つしない。新たな水の国の伝説が語られていく。

8

「お前は、私と、王妃を殺し、水の国を滅ぼそうと企てるのだ。そして地上の国で水の帝国を造り上げるのだ。水の国は、お前を恨み、お前から水を守ろうとするだろう。お前は地上の国の人々が、水に感謝をするようになるまでありとあらゆる手段を使うのだ。水がなければならないと地上の国の人々が心の底から思うようになるまで、彼らを地獄に落とすのだ……」

　喜太郎は静かに語った。

「できないと申し上げました。しかしお父様は、断固とした口調で、お前がやらなければ水の国も間違いなく滅びてしまうと言われました。水が飲めない地獄に人々を落とさなければ、人々は覚醒しないと……。私はやむをえず命令通りに動きました。そして地上の水の王となりましたが、いつになれば人々が水の大切さに覚醒するのかがわかりません。永遠にその時が来ないかもしれません。それではお父様の遺志に反してしまいます。そこで私は、自分の細胞でクローンを作り、その細胞にお父様の悲痛な遺志と私の思いを伝えることにしました。それが喜太郎です。喜太郎は、私のクローンであり、彼の細胞には私の記憶が、思いが詰まっています。私は、志半ばで命を失くしましたが、私の全ては喜太郎の中、細胞の一つ一つに生きています。それが『小さき者、奥に住まう』の意味です。このビルもこの立体画像も喜太郎の中で成長する私の細胞が動かすように作られています。この私の姿は、喜太郎が私のもとに来る頃をイメージしました。お父様と一緒に水の国で楽しく暮らしていた最も輝いていた頃の姿です」

喜太郎は話し終え、意識を失いそうになり、ゆらりと揺れた。剛士は、喜太郎に駆け寄り、体を支えた。

「海原王、ありがとうございます。あなたのお父様に命じられてからというもの、苦しい日々でした。水を金に換える、水をビジネスにすることで、人々に水のない世界の恐ろしさを味わわせてきました。今、やっと私とお父様の思いが成就しました。人々は、水を失って初めて水の大切さに覚醒したのです。外をご覧ください」

喜太郎は、ゆっくりと歩き始めた。ワンの立体映像が消え始めている。

「ワンが消える……」

照美は言った。

「私の役割は終わりました。この水の世界は、海原王とそして王に忠実に仕える成長した喜太郎が守っていくでしょう。私は、お父様に命じられ、裏切り者として生きてきましたが、これでやっと楽になれます」

消えゆくワンが話した。

「待って！」

照美が言った。

喜太郎とワンが、歩みを止めて、照美を振り返った。

「私は青斑病を追究してきたわ。それが兄のウルフがタンや藤野に言われて給水所に投入してきた硝酸が原因だとわかって、もうどうしようもないショックだった。あなたは、海原王のお父様から人々が水への感謝を覚醒するように命じられ、水を徹底的に飲めないようにしてきたという。そんなの勝手よ。幼い子の命をなんだと思っているのよ」

「あなたの言うことは間違っていない。ウルフよ」

ワンは、ウルフを見つめた。それは悲しい目だった。

「あなたには辛い役目を担わせてしまった。タンの野望を知り、それに利用されているあなたの姿には心を痛めていた。人々が水道に恨みを抱くようにするためにタンがどのような手段を講じていくのか、私は知らなかった。硝酸を給水所に投入するなどということを思いつくとは思わなかった」

ワンは床に倒れているタンを見つめた。

「私は、あなたに代わってこのＷＥ社を手に入れようと考えた。ひょっとして、それはあなたの意思だったというのか」

タンが悲痛な叫びを上げた。

「私は、人々の水への信頼を失わせるという目的を果たせなくなった。その時、喜太郎の中で成長する私の細胞は、このＷＥ社を動かし、あなたに悪意を抱かせるように仕向けたわけだ」

ワンは言った。

タンは、天を仰いだかと思うと、床に落ちている自分の銃を摑んだ。

「ワン！　死ね！」

タンは、銃を構え、ワンに向かって引き金を引いた。銃声が響いたが、銃弾はワンの立体画像を少し揺らしただけで、壁をえぐって落ちた。タンは、銃を自分の胸に当てた。

「やめろ！」

ウルフが叫んだ。

タンは、にんまりと不敵な笑みを浮かべた。引き金を引いた。銃声とともに、タンはその場にどうと倒れた。

「悲しいことです」

ワンは、倒れたタンを眺めた。立体画像の輪郭がぼやけてきた。

「ワン！　消えないで。あなたにはやることが残っているわ」

照美が叫んだ。

「わかっています」とワンは言い、「硝酸に汚された水を浄化することですね」と微笑んだ。

「そうよ。硝酸の水を元のきれいな水にしなければならないわ」

照美は喜太郎の手を引き、窓際に駆け寄った。

剛士、ウルフ、遥、兵庫も窓に近づき、外を眺めた。

地上には、多くの人が押し寄せていた。誰もが水を汚したWE社をののしっていた。水を返せと叫んでいる。その声は地上から、この空中の楼閣にまではっきりと聞こえてくる。

「これが、父が望んだことか」

剛士は呟いた。

「人々は、水を失って初めて、水の大切さに気づくのです。そこまで絶望しなければ何も変わりません。これで次の時代は、人々は水を大切にするでしょう」

「今のままでは、水がなくて、人々は滅びてしまう。次の時代が来ない」

剛士はワンに言った。もうワンはほとんど形が見えなくなっている。

「今こそ、水の戦士の活躍するときです。北東京市の人々を全て、このWE社の二十階以上に収容しなさい。そしてあなた方は、地下五階にある巨大バルブを開けなさい。それを開けるには海原王、喜太郎、ウルフ、そして照美。あなた方四人が心から信頼し合うことが必要です。少しでも疑念があれば、バルブは開きません。さあ、行きなさい。行ってバルブを開け、地上を美しい、豊かな水で満たしなさい」

ワンは消えた。

剛士に支えられていた喜太郎が、意識をしっかりと取り戻した。

「私、そのバルブを見たわ。地下五階に閉じ込められるとき……」

照美が言った。

「行こう。すぐに」

喜太郎が言った。

「遥……」と剛士は、遥を側に呼んだ。

「剛士様、何？」

遥が剛士を見つめた。

「遥、街中の人を一人残らず、このビルの二十階以上に集めるのだ。幼子もおじいさんもおばあさんもだ。街の人々は、興奮している。殺気だっている。しかし遥の愛らしさ、優しい歌を聴けば、心が静まるだろう。やってくれるね」

剛士の頼みに、遥は「はいっ」と明るく答えた。

「兵庫殿、頼みましたよ」

剛士は、遥の側にいる兵庫に頭を下げた。

「海原王、お任せください」

兵庫は頭を下げた。

「それでは行くぞ」

剛士は言った。喜太郎、ウルフ、照美が力強く頷いた。

ワンは、最後にどんな仕掛けを残したのか。剛士は身震いがするほどの不安を感じたが、自分の父親とワンの思いを信じるしかないと覚悟した。水を人々に取り戻せ。水を感謝する人々に取り戻せ……。

9

目の前に巨大なバルブがそびえている。黒く、太い鉄の棒が幾重にも重なり、まるで巨人の大きな手のようになり、それが真っ白な壁を支えていた。

「これを回すことができるのか」

剛士は、思わず唾を飲んだ。

「やりましょう」

喜太郎がバルブにしがみついた。ピクリとも動かない。ウルフが飛びつき、唸った。動かない。照美も鉄の棒を抱えた。動かない。

「全く動かないぞ」

ウルフが嘆いた。

「心を合わせるんだ」

剛士が言った。剛士も鉄の棒を抱えた。

深い意識の底に眠っていた記憶が蘇ってくる。美しい、豊かな水をたたえた湖。緑の森。鳥のさえずり。湖面には魚が跳ね、水紋が広がる。

バルブが軋む音がする。

「動き出したぞ」

ウルフが言った。

「心を一つに、力を込めろ」

喜太郎が言った。

「美しい湖が見えるわ」

照美が顔をほころばせた。剛士と同じ光景を思い浮かべているのだ。

バルブが勢いよく動き始めた。もう剛士たちが力を込めなくても勝手に回り始める。バルブから離れた。

「水よ……」

照美が言った。バルブが支えていた白い壁の隙間から、少しずつ水が流れ出てくる。

剛士たちの足下を水が濡らしたかと思った、その瞬間、バルブがものすごい勢いで回り始め、白い壁が開いた。そこから水が溢れ出てきた。

「この水は水の国から流れてきているのだ。水の国の水だ。ウオーッ」

剛士は叫んだ。

喜太郎もウルフも照美も勢いよく飛び出してくる水に吹き飛ばされた。

「みんな手を握るんだ。離れるんじゃない！」

剛士は手を伸ばし、照美の腕を摑んだ。喜太郎が、ウルフが、剛士の腕を摑んだ。激流に体は翻弄され、どこまでも流されていく。

水の国の水が、硝酸で汚された地上の水を押し流し、浄化するのだ。水の国の豊かな水が、地上の水の穢《けが》れを清めていく……。

薄れていく意識の中で剛士は、父親、そして彼の忠実な部下だったワンの思いを悟り、幸せな気持ちに満たされていった。

＊

「見て、見て、みんな」

遥が、WE社の屋上に集まった人々に呼びかけた。ビルの周りは、美しい、青い水が満々とたたえられている。周囲には緑豊かな森が広がっている。汚れきった、埃っぽい北東京市は水の中に沈んでしまった。

「水ってこんなに美しいんだ」

誰かが言った。

剛士たちがバルブを開くと、水はWE社のビルから北東京市内に溢れ、みるみるうちに市を水の底に沈めた。人々は遥の指示に従って、WE社の二十階以上に避難した。

「ノアの箱舟に乗っているみたいだな」

誰かが言った。

「ノアの箱舟？」

遥が兵庫に訊いた。

「昔、神様が、悪いことばかりする人間を懲らしめるために、大きな洪水を起こした。その際、巨大な船を造らせて、そこにノアやその家族、動物たちを避難させた。彼らは何日も洪水の中を漂流し、やがて陸地に辿り着き、新しい世界を築いた。そんな神話だよ」

兵庫は、優しく語った。

「そうか……。このビルは、水を悪用する人たちのビルだと思っていたけど、本当は水を大切にする人たちを援《たす》けるために造られたノアの箱舟だったのね」

遥が微笑んだ。

「水の戦士たちのお陰で、今度こそ水に感謝し、大切にする世界ができるんだよ」

兵庫が、遥の頭を撫でた。

「剛士様や喜太郎さん、ウルフさん、照美さん……。みんな助かったかな……。帰ってくるかな？」

遥が、遠くを見つめた。

「心配しなくていいよ。帰ってくる。きっと帰ってくる。彼らが次の時代を創る、この箱舟の船長だからね」

兵庫は、遥を抱きかかえた。

「鳥だ！」

遥が叫んだ。

緑の森から羽ばたいた白い鳩が、湖の青さを映して青く染まった空を横切っていく。

この作品は「ポンツーン」に二〇〇八年八月号から二〇〇九年六月号まで掲載されていたものを、加筆修正したものです。

〈著者紹介〉
江上 剛　1954年兵庫県生まれ。早稲田大学政治経済学部卒。旧第一勧銀時代に総会屋事件を収拾し、映画『金融腐蝕列島 呪縛』のモデルとなる。2002年に『非情銀行』で作家デビュー。著書に『起死回生』『異端王道』『腐蝕の王国』『失格社員』『合併人事』など。

GENTOSHA

渇水都市
2009年9月25日　第1刷発行

著　者　江上 剛
発行者　見城 徹

発行所　株式会社 幻冬舎
〒151-0051 東京都渋谷区千駄ヶ谷4-9-7

電話:03(5411)6211(編集)
03(5411)6222(営業)
振替:00120-8-767643
印刷・製本所:図書印刷株式会社

検印廃止

ISBN978-4-344-01729-0 C0093
幻冬舎ホームページアドレス　http://www.gentosha.co.jp/

この本に関するご意見・ご感想をメールでお寄せいただく場合は、comment@gentosha.co.jpまで。